若有光

Ruo You Guang

余敏 著

百花洲文艺出版社
BAIHUAZHOU LITERATURE AND ART PRESS

图书在版编目（CIP）数据

若有光 / 余敏著 . -- 南昌 : 百花洲文艺出版社，
2023.6（2024.11 重印）
ISBN 978-7-5500-5144-7

Ⅰ . ①若… Ⅱ . ①余… Ⅲ . ①散文集 – 中国 – 当代
Ⅳ . ① I267

中国国家版本馆 CIP 数据核字（2023）第 052303 号

若有光

余敏 著

出 版 人	陈 波	
策划编辑	朱 强	
责任编辑	杨 萍　王园园	
书籍设计	朱嘉琪	
出版发行	百花洲文艺出版社	
社　　址	南昌市红谷滩区世贸路898号博能中心Ⅰ期A座20楼	
邮　　编	330038	
经　　销	全国新华书店	
印　　刷	江西省和平印务有限公司	
开　　本	710 mm×1000 mm　1/16　印张 17.25	
版　　次	2023年6月第1版	
印　　次	2024年11月第3次印刷	
字　　数	200千字	
书　　号	ISBN 978-7-5500-5144-7	
定　　价	49.00元	

序一：追光的人

　　记不清是在哪一年和余敏相识，但情谊在不知不觉中与日俱增。每念及此，眼前就会浮现出她的笑脸，灿烂、纯真。她默默写作多年，而今作品汇集成一本厚厚的散文集，这份朴素的坚守，蕴含着许多不为人知的悲喜。我想起前几日，看到一段视频，播放了一只飞蛾扑向灯火的过程，那种向着光亮一次次的奋不顾身，很执着，让人感动，有一丝天然的忧伤和执念隐含在其中。我惊讶于它和余敏这本散文集所呈现出来的气息有某种契合度。她在写作这条孤独而奇异的路上行走着，不气馁始终保持热忱和理想，她付出的勇气和深情汇聚成迷人的璀璨之光，从文字的原野到广阔的人世间，照耀着同样孤独但热忱的灵魂。

　　从这本散文集里，可以感受到一种光之美。这种美可简略为三点：一是燃烧之美，向广阔的世界表达深沉爱意；二是本真之美，生发于生命中的悲悯与赤忱；三是寂静之美，修复和守护一个秘密国度。

　　纵观全书四辑，山河、田园、咏怀、咏物、羁旅、思乡、亲情、爱，万事万物被一一串联。在这里，人心温暖，草木有情，山川俊朗，既有日常的细节铺陈，也有点石成金的练达。全书文字表达个体思想，记录生命体验，记录生活轨迹。时而怅然若失，时而淡淡喜悦，唤醒人们共通的情感，继而去观察、捕捉身边最普通人的生存状态，进而揭示、勘探，并一再深入。作者让生活的密度、生命的广度，有根系、有光亮，真实鲜活，在时光的更迭中展现对抗之力，让每一个文字，获得别样风情和美，传递着绵绵不绝的情意，发散出一种独特的亮度和温度。

丰溪河、合欢花、细碎的日常生活记载……构成了我对余敏写作的想象。厚重的历史人文，丰沛的风物，淳朴的民风人情，都可以提供丰富的创作元素。她生活在这里，被这片土地滋养。她的语气，时而轻盈、柔和，时而粗粝和迟缓。她没有在自然景观中逗留、沉吟，而是直接于内心剧场表达现实关怀。她沉迷自我的经历经验，体会着"山林绚烂，田野丰收，总能给我许多慰藉"。感受到"人生不过是一段未知的旅程，做好自己，过好今日，便是幸事"。她用"一些人，一些音乐，一些文字"来为生命和灵魂提纯。将热爱之光注入它的内部，情动于中，从一食一物一事一情的细微之处去发现和追寻，在俗事烟火中爱了又爱，亲切而真诚，以此达到"一切的美好都是恰逢其时"的境地。

情感的注入，很多时候都是碎片化的，在某一神秘的瞬间打开通道。余敏喜欢在重复的镜像里捕捉、淬炼。她不厌其烦地写到父亲、母亲，写生命中遇到的人……无论是用外貌、心理描写塑造出的真实模样还是用自我意识勾勒出的轮廓，无论忧伤、疼痛、苦难，都是她对命运进行辨识和指认的要素。我们看到了她的诘问和思虑，由此产生了一个更丰富的思想空间。叙事，及事及物的描述，大量的原浆生活，拓展了人性体验的复杂空间。另外，在情感的爆发点上，着墨于爱，故土家园、山川草木，对时光流逝、人情世故的感叹。在这里我们能够感同身受地接收到字里行间传递出来的挣扎、疾苦、温暖，人性之光，生命慰藉。其中出现大量的人和事，是她的生活经验经过提炼后加宽后，个体和大众，相互转化，身体的痛楚、灵魂和精神的火焰紧紧交织，痛定思痛之后的释然，让我们获得了具有力量的情愫和普世情怀。在切换的时空背景中展现敬畏生命、悲悯万物、感恩世界的自我修炼态度。

散文和生活相关，建立人和人、人和社会、人和自然、人和宇宙的密切关系。一定程度上，散文从自我开始，自内而外扩散。无论是古代还是现代，无论人的思维方式和生活方式发生了多大的变化，我们还是要面对这些问题：生和死，有和无，爱和恨，希望和绝望，短暂和永恒。显然余敏深谙此中秘密。她不停地行走、追寻，将本心本性植根其中。她不懈追着一道虚无的却又真实可感可触的明亮之光。事实上，我们每一个人活着爱着，都要有一份这样的自我持守。

我读到它们时，恰逢春天又临，窗外时有鸟鸣。读到好文字时心中总觉悲欣交集，它在寻找它的知音，像马在寻找它的骑手。我视此为一种美好的开始和期许。一本书，静静在光中，被风翻动。可以看见它幽蓝光焰，忽闪着。不妨坐下来，回归这光中，在汉语的沉默里打开缓慢又急切的一生。

余敏是江西省作家协会会员，这些年她一直笔耕不辍，其散文在省级及省级以上各杂志报纸上发表、获奖。她真诚而赤忱地追寻着一道文学之光，在这些活色生香的生命记录和发现里，为读者展现了一处独特的精神皈依地。我们有理由相信，她的写作会持续传递出更多的可能和希望。

林莉

2023 年 3 月

（作者系江西省作家协会副主席，知名诗人）

序二：行者如歌

海棠红，李花白。

三月的春光总给人美好的期待。比如，好友余敏的新书问世。每一个喜欢文字的人，都怀着一颗渴望出书的"少女心"。我想这大抵是对文字的滚烫挚爱，更是对一段岁月的回望致敬。

"若有光"，初见这个标题，甚是诧异，且以为作者言而未尽。如此热爱生活的阳光达人，哪需若有？问及，笑而不语。作者余敏及她的先生，喜好读书，温文尔雅，热心真诚。其家有一女，更是口齿伶俐，文字功底了得，目测在父母之上。余敏和我同为一代中师生，又曾经在同一所学校任教，还相继在旅游系统工作过，算是多年相知的老友。我们一直保持着淡如水的君子交往原则，联系不多，但对彼此的每一个足迹，都非常关注。她能说善辩，敏于表达，和我们的另一位老同事程丽琼一样，得理不饶人。我们三个人曾经是实验学校辩论队成员，代表广丰参加全市青年辩论大赛，是一个战壕的战友。

在工作之余，能将情绪码成字的，那一定是缘于热爱。对生活的热爱，对工作的热爱，对世间美好的热爱。纸短情长中，诉说着经年的故事。一如我们的母亲河丰溪河细细流淌的光阴。"那条叫生活的河 / 我们深一脚浅一脚地淌着 / 或急或缓的水流 / 交替出现的云雨和阳光 / 星辰的倒影 / 都是给予我们的丰富馈赠 / 深藏于心 / 酿成岁月的醇香。"

这条生活的河，流经了作者怀念的秋天、盗版的冬天，也流进了母亲的河。似邻家姐姐般细说着家长里短，酸甜冷暖。"一年中我最喜欢的季节是秋天，也许是天空够辽阔，阳光够美好，也许是因为我的人生故事总在秋天次第展开。秋至，山林绚烂，田野丰收，总能给我许多慰藉。"与其说是作者对秋天的怀念，不如说是对外婆深深的思念。谁说不是呢？丰盈之下的秋天，也藏有不可名状的痛楚，唯岁月聊以抚慰。正如，"暖冬或者寒冬，都不重要了，心有欢喜，不惧寒忧，每个冬天都可以是暖冬"。

　　情怀，可抵岁月漫长。情怀于作者，是白花岩的星空，是通往幸福的峡谷，是心怀诗歌奔向远方，是柳暗花明小丰村。作为一个旅者，我看到了她纵情山水的欢喜，放歌文旅的情怀。我算是个斜杠青年，跨界多个行当，但做旅游不敢说精通。而她，似乎如鱼得水。"从一颗香甜的果实里／看到了一朵花的绚烂明丽／就如在山水田园中／歌声／从古传到今／我在流水和山峦中流连／恍如穿过五千年的云烟／且行且歌"。作者笔下的山水是鲜活灵动的，饱含情感，一帧帧画面立体而浪漫。你看，"沿着山谷逆流而上，仿佛时光的册页被次第打开，缓缓呈现。一路迎着溪流，绵长清冽的水流在我们脚下叮咚作响，欢快地一路突奔"。每一个人心里，都向往着远方。或穿越千山去看海，或摇一湖梦去枫林。看云端之上，听石头歌唱。"一个人独自守候在窗前／茶已微凉／关于你的消息／风告诉了我"。特别喜欢这句话，好有格调，是对远方的听闻，似乎还有对远方隐隐的牵挂。做旅游时，我去过很多地方，关于海，也去过四五处，但平潭却没有去过。"海风阵阵拂来，带着咸湿的淡淡的鱼腥味儿，随意把我们的头发，吹成各种奇特的发型。不远处，海浪轻拍堤岸，吟唱着婉转的小夜曲。墨一般的海面上，渔火影影绰绰，恍如一个遥远的梦境。"此刻的平潭，海水仿佛就在脚边，细细絮语，成了我对远方的听闻。

生活，不只是诗和远方，也会有一地鸡毛。但作者似乎总持有从容的态度和有趣的灵魂，在流年中撷趣。来，和生活干杯，奏起除夕"欢乐颂"，抛下三千烦恼丝，回想那些年追过的男神。"喝下这杯酒，我们原谅这个世界，也原谅自己的不完美。"读到这句话时，突然想起冯唐的九字真言。欣赏作者对生活的态度，努力过后的接纳，烦扰过后的放下，与自己言和。

余敏的文字干净朴素，时而婉约飘逸，时而率性俏皮。有围炉闲话的谐趣，也有一本正经的架势。思维却如同波浪，随意跃动。生与死，美与丑，所有的日常，都在用心抚摸。那些曾经温暖过时光的记忆，也随之丰沛。走走停停，那个钟灵台吟诗的少年，已是中年。一路走来，她都在努力寻找光。即使在暗淡的日子里，也努力活成了照亮前行的那束光。

窗外，阳光明媚。如此美好的三月，仿佛时时提醒着行者，每一个不曾起舞的日子，都是对春光的辜负。

张庆良

2023 年 3 月

（作者系江西省上饶市卫生学校校长）

目 录

纸短情长

行歌文旅

听闻远方

流年撷趣

纸短情长

那条叫生活的河

我们深一脚浅一脚地淌着

或急或缓的水流

交替出现的云雨和阳光

星辰的倒影

都是给予我们的丰富馈赠

深藏于心

酿成岁月的醇香

秋天的怀念

　　在南方，我们把母亲的母亲叫作外婆，这个词语有着高亢的爆破音，几乎是温暖、明朗和向往的代名词。外婆家是孩子们的乐园兼避难所，不少孩子都是外婆带大的。外婆，就是这样的人，她们养大了自己的孩子，还要抚育孩子的下一代，就像门前的那棵枣树，甘心年年负重一树枣子，直至熟透。

　　我的外公外婆是广丰沙田人氏，外婆姓郑，是当地的一个大姓。外公姓俞，祖辈由杉溪迁居而至。广丰属丘陵地带，山多地少，贫瘠的土地支撑不了逐年增多的人口。20 世纪 40 年代，许多人离开家乡外出讨生活。外婆他们随着迁徙的人群，风尘仆仆，肩挑手提，辗转到离家很远的一个垦殖场，安顿下来。这个垦殖场位于鹰潭和余江之间，浙赣线从中穿过，小小的站台上立着一块牌子："刘家站"，白底黑字，很是醒目。一起到这里的有很多老乡，他们干活卖命，爱抽黄烟，说带着严重方言的普通话，被当地人称为"广丰佬"。我的母亲六兄妹都在那里出生。

　　母亲高中毕业那年，外婆遇到了一个大难题。外婆全家算是安定下来了，可是她的母亲，也就是我的老外婆，一个人还是住在广丰老家。老外公早已故去，只留下一个空寂的房子，给陪伴了他半辈子的女人。

谁都不是时间的对手，老外婆日渐衰老，有天摔了一跤，从此卧床不起。像一个老旧的玩具掉在了地上，零件还在，却再也回不到当初的周正模样。外婆回娘家照顾了一个星期，如坐针毡。女人的本能让她牵挂着远方的丈夫和孩子，女儿的责任又迫使她不得不留下。她像一个成绩糟糕的学生，拿着一份考卷，心乱如麻，手足无措。

生活从来是个严厉的主考官，他面容肃穆，缄默不语，冷眼旁观。父亲就是这个时候进入外婆的视野的。二十出头的他高大魁梧，眉清目秀，在村里的小学当代课老师，算是村里的知识分子。但父亲家境贫困，那时他的养父母均已过世，他一个人孤零零地生活，头无半片瓦，脚无一寸地，寄居在老外婆隔壁院子的一个破房子里。在别人眼里，女儿是决计不能嫁去这样的家里吃苦受难，但外婆看到父亲的时候，眼里霍地冒出亮光来。她当机立断，让刚离开校园的母亲嫁回来，照顾老外婆。

母亲的命运就这样被外婆一锤定音。她哭哭啼啼地跟着外婆，来到这个被称为老家却完全陌生的地方。我想象得出她有多委屈。但是母亲是长女，穷人家的孩子没有矫情的权利，她挽起包裹，告别了她的少女时代。

1975 年的深秋，寒意弥漫，田野空旷，荒凉。母亲挺着大肚子，不时地抚摸着这个即将到来的生命，望着高处的天空发呆。思忖再三，母亲决定回外婆家待产。那时的交通极为不便，一百多公里的路程，需要换乘三趟车。从村里到县城，再到上饶市坐火车，摇晃半天才能到达。可是千难万险也阻挡不了母亲回家的心。她像一只大马哈鱼，必须回到自己出生的地方产卵，那是一只鱼的宿命。

去县城唯一的一趟班车嗖地过去了——车里已经坐满了人，扬起的灰尘淹没了母亲身影。母亲不停地擦眼睛，尘土和失望混杂在一起，催生出满眼的咸湿。父亲劝母亲第二天再走，母亲偏不。僵持时，远处突突突地来了一辆拖拉机，平日里堆得满满的车斗，今天却是空荡荡的。母亲看着它逐渐驶来，眼光聚拢，脚步无比坚定地靠近。

母亲躺在宽敞的车厢里摇晃着向县城出发。秋天的风从她的脸上吹过，带来了深秋的寒意。田野已经收割过了，颗粒归仓，母亲也丰收了，她的果实在肚子里不停地闹腾，提醒着要收割的日子。电报已经发给外婆了，母亲计算着到家的时间，以及怎么去对付这个即将到来的小家伙。可是生活常给人一个措手不及的恶作剧。快到县城的时候，母亲的肚子开始一阵一阵地疼痛，拖拉机的长途颠簸让我觉醒，迫不及待地想来到这个世界。母亲大声呻吟，父亲不停搓手，两个人都满头大汗。开车的师傅一看情况紧急，直接把车子开到了他的一个亲戚家——老东街的一个小旅馆。

这个秋天，我就这么仓促地来到了世间，母亲满心以为我第一眼看到的会是外婆，结果不是，而是小旅馆老板娘。在此后很多年，我都到她家里去拜年，也称她为外婆，以纪念那个匆匆的缘分。

父亲抱着瘦弱的我，扶着虚弱的母亲，舟车劳顿，终于到了外婆家。外婆早早地到火车站等候，她坐在站台上，脚上搭着为我准备的小棉袄。已是深秋，虽然有阳光照耀，凉意依然在空旷的站台上飘荡。一辆辆火车停顿，开启，像希望和失望在反复纠缠。当我们三个人的身影终于出现在站台上的时候，外婆飞奔过来，她的大脚板在站台上发出沉重而急促的响声，短发在秋风中扬得很高，挡住了她的脸颊，也顾不上捞起来。母亲看到外婆，连日来的辛苦委屈终于化成了无声的抽泣。她的肩膀一耸一耸的，被外婆用温暖的大手轻轻地按住，连同她的委屈，也一并化解。

　　我想，其实没有一个母亲希望女儿远嫁他乡，每一个人的远行，都有不为人知的酸楚。舅舅小姨们很兴奋，他们轮流过来拨弄我小小的脸蛋，热烈欢迎家里首位第三代成员。这些细节我当然无从感知，只是在我长大的过程中被小姨们一次又一次地提及，直至我刻骨铭心。

　　在这里，我度过了一段最惬意最无忧的生活。当然，也可以毫无悬念地预测，这是我一生当中最美好的时光。外婆把对母亲的愧疚，全部转化为对我的精心照顾和无比宠爱。舅舅小姨们更是不敢轻视我这个"太上皇"，他们竭尽全力来讨好我，变着花样逗我玩，生怕我在外婆面前说他们的不是。我就在这样的环境里娇宠无比地成长起来。

　　外婆是"广丰佬"中有名的多面手，铁算盘。她身材高大，体格健硕，面容坚毅，十指粗大而有力，完全是个男人胚子。她的手掌摊开，纹理分明，沟壑纵横，摸上去就像是砂纸。这双手，从来没有被生活的温柔浸泡过，好像它的存在，就是为了迎接苦难的。我的记忆中，外婆只留过一种发型，齐耳的短发，一丝不苟地梳理在耳后，干脆利落，和她做事的风格一样。家里七八口人吃饭穿衣，全靠外婆一个人张罗。光挣工分是不行的，外婆的诀窍全在搞副业上。后院是外婆的主阵地，贯穿了她的每个清晨与黄昏。挪腾移转，推拉倒拌，自是一番热闹。每日里，猪在哼哧哼哧地睡觉，兔子在笼子里咀嚼青草，等着别人上门来拔它们的长毛。鸡鸭鹅们好像一天到晚都在伸长脖子找吃的，它们长声短调地叫唤，使后院里嘈杂无比。这样，才能保证老大能穿上新衣服，把短了一截的衣裤传下去。

　　外婆种了许多花生，一年的油料便有了保障。丰收的时候，舅舅们负责拔花生，她带着我去捡拾零落的花生粒。那些和母体分离的花生躲在泥土里，被外婆粗粝的大手和我稚嫩的小手一颗颗地翻出来，丢回篮子里。茶园也有，一年总有几次大规模的采茶，清明前后最甚。家里的四个姑娘都被外婆调教成了采茶能手，整个春天，她们的手上身上沾染了淡雅的茶香。春季过后，外婆的腰包有了温润的铺垫。

夏季最是不愁，茄子苦瓜豆角辣椒轮番上阵，抢占外婆的餐桌。秋冬的萝卜白菜芋头吃不完，外婆把它们晒了做干菜，菜荒的时候，它们成了饭桌上的主角。年前外婆会做两锅豆腐，煎、煮、红烧，再安排几罐的霉豆腐，或者酱豆干，豆渣加入辣椒大蒜成了豆渣饼，茄子可以做成茄子干。平时是没有肉吃的，过年时候腌制的咸肉要应付一年来的大小节日……一年四季，外婆总能想出无限的办法来满足全家人的胃。

我就这样在外婆这棵大树的荫庇中，美妙地不食人间烟火地活着，直到七岁时的那个秋天，我随同父母回家上学。

和秋天的到来一样的自然，我的童年结束了。

尽管和外婆住在一个屋子里，但只有一日三餐，我才能看到外婆，其他时间，她都被埋在了不同的劳动场景里。早晨，我看到她坐在炉灶前，锅里是冒着热气的早餐，外婆在用手掰着煤块——她要把大煤块中侥幸没有烧透的一小部分从里面掰出来，聚集起来下次再烧。煤在那个时候是奢侈品，大部分的燃料是捡回来的干柴和牛粪。她穿着黑衣，坐在炉灶前，身后是黑乎乎的墙壁，她几乎隐身，只现出闪闪发光的眼睛和被灶火映红的脸。她的双手沾满煤屑，黑色的汗迹在脸上纵横交错，看起来像白居易笔下的卖炭翁。白日里我只知道四处疯玩，天擦黑的时候，外婆扛着劳动工具出现在我们的视线里，全家人似乎看到了救星，开始按照她的分工做晚饭。烧饭、洗衣、种菜、缝补，外婆日复一日地忙碌着，像一只被不停抽打的陀螺，永远在旋转。

日日劳作的外婆却不招人喜欢，就坏在她那张嘴上。她是典型的刀子嘴豆腐心，心似豆腐需日久感受，嘴似快刀却显而易见。她满嘴都是武器，例无虚发，硬生生地把丈夫和孩子逼出了温情的距离。全家人看到她就想躲，大约只有我敢和她亲近，我成了她唯一的软肋。外婆脾气大，家里的一切都要按照她的指令进行，否则就别想安宁。据说外公插好的菜秧因为不整齐，被她拔了重新插，外公再也不下地了。小姨说，她不小心踢倒了凳子，砸死了一只鸡，被外婆整整骂了一周，而那只鸡呢，被完整地装入我的胃里，她连味道都没闻到。小姨耿耿于怀，每年清明节都要拿出来说道说道。

脾气火暴又不识字的外婆却做了一个特别英明的决定——让每个孩子都上学，小学、中学、大学，只要孩子想上、能上，她尽一切办法来提供条件。也许是因为她自己吃了没文化的亏，希望孩子们可以得到弥补。带着这样的期许，母亲六兄妹有五个高中毕业，除了我妈，其他都在当地就了业。

在我之后，母亲还生了两个丫头，二妹留在父母身边，小妹也是在外婆家长大的，直到六岁那年，外婆送回来上学。送回小妹那天，外婆准备住一晚第二天离开。或许是那天晚上她满腹心事，翻来覆去睡不着，现在我已经无从考证了，反正天快亮的时候，母亲被惊醒了，外婆血压突然飙高，被紧急送到了医院，医生判断为中风。

在医院住了几天，外婆保住了她的生命，却从此失去了劳动能力。她那双像砂纸一样的手，再也不需要握紧锄头，浆洗衣物了。她的手不由自主地抖动着，像在风中被吹打摇摆的枝干。双脚很难抬起来，需要别人扶着她，才能拖曳着前行。那双大脚曾经无数次丈量过她钟爱的土地，如今好像成了身体的一个摆设。这个大半辈子操劳拼命，争强好胜，甚至是剽悍的人，突然就停歇下来，变成别人照顾的对象。我曾看过她拼命地想去拿桌子上的水杯，可是手哆哆嗦嗦地摇晃，杯子"啪"地摔碎了。她的眼神里满是绝望，眼泪像蚯蚓一样在那些沟壑里爬行。也许，劳作是一个母亲的宿命，再也不能劳作的外婆，心里一定写满了悲凉。

因为生病，外婆在我家里长住了下来，这在过去是绝无可能的。那年我十一岁，上小学五年级，放学后经常搀扶着外婆出去走路。我很瘦小，带着高大的她，两个人都蹒跚地走，像是移动的两棵树——一棵新苗，一棵老树。她手臂几乎压在我身上，两条腿根本抬不起来，拖着往前移动。通常只走了一小段路，两个人都累得气喘吁吁。所以外婆更多的时候只能坐着，她经常出神地望着远方，我顺着她的视线，近山之外还有远山，远山之外是缥缈无边的天空，我在想，她在想什么呢？小小的我显然没有答案。

小学毕业，我去县城上学，一个月回家一次，和外婆见面的机会极少。不久，她被接了回去，在两个舅舅家轮流住着。从此，我和外婆之间便山一程水一程，渐成遥远。

我考上师范不久，有一次回家，父亲对我说："外婆走了！"从来不敢违抗父亲的我，猛地抬起头来，冲着他大声吼叫："为什么不通知我？"父亲大概也被我吓到了，像个做了错事的孩子，嗫嚅着说："你不是上学嘛，免得耽误你读书呢！""我都读师范了，那个学耽误两天怕什么呀！……她可是我外婆！"我哽咽着说。父亲看着我，叹了一口气，再没说什么。他这辈子，把孩子读书看得比什么都重要，这一点，和外婆很像。

时间，就这样悄悄地带走了一个人。

可是一个人的消失不会改变其他人的生活轨迹，一切还是依旧。父母继续为生活操劳,妹妹们慢慢长大,和我当年一样忙着对付繁重的学业。我毕业了,分配到镇上的中心小学工作。这几年的时光里,我觉得我已经淡忘了外婆。死亡对于一个对生活充满希望的年轻人来说,仿佛隔着千山万水,遥不可知。

我是新毕业生,工资一直到十月份才领。十月正是金秋,天蓝得纯粹透彻,没有一丝杂质。领到第一个月工资的那天夜里,我做了一个梦,梦见我去教室上课,却没有一个学生,走进去一看,只有外婆坐在教室中间。她一点儿都没变,还是那样的发型,还是当初健康的样子,我惊奇地问:"外婆,你怎么在这里?"外婆轻声地说:"我没钱花了,你要拿点钱给我。"说完人就没了。我一身冷汗地醒来,直到天明。我是个唯物主义者,不信妖鬼神灵。我深信,只要做好一个善良的人,佛自在心间,何须四处追寻。随着年岁渐长,看多了世事,更知善因良果,并无其他。可是我做了这样一个梦,直到现在我也无法理解,时间、地点和情节都那么合情合理,好像她真的需要我的工资似的。当时的我手足无措,第二天赶紧告诉父母,母亲不敢怠慢,马上写信给舅舅,告诉他买些冥币烧给外婆,特别强调这是我买的。她们做这些事情的时候,我保持沉默,没能亲身前去已是遗憾,如何还敢提出反对。那年清明节,我们来到外婆坟前,母亲絮叨着又说了一遍,告诉外婆以后要是没钱花了,继续告诉家里某一个人,我们会马上给她的。可是我从此再没有做过这样的梦。电影《寻梦环游记》中说,"死亡不是永别,遗忘才是!"我没有遗忘,只是我也会像外婆一样渐渐老去。我想把外婆的故事告诉我的孩子,因为我们身体里的热血一脉相承。

时至今日,外婆去世已经三十年了,她甚至没有留下一张照片。小舅那里有一张画像,可是画得一点儿都不像,外婆的眼睛是那样有神,五官是那样俊俏，笑容是那样爽朗，蹩脚的画师根本没有画出来，那张画像我看了一次就再也不看了。我也不需看，在我心里，永远留存着外婆的音容笑貌。

一年中我最喜欢的季节是秋天，也许是天空够辽阔，阳光够美好，也许是因为我的人生故事总在秋天次第展开。秋至，山林绚烂，田野丰收，总能给我许多慰藉。

一些故事还会在秋天发生，一些人适合在秋天怀念，许多的秋天，还会到来。

浣

1

二十岁的时候，我最大的梦想，就是能用上洗衣机。我时常望着泠泠作响的河水发呆，想象着我拥有一个洗衣机的欣喜。但是冷风经常敲敲我的脑袋，把我清醒地拽回现实。就算我省吃俭用，能买上洗衣机，我也无法使用——我们村里没有自来水。这是一个死穴，无解。

我从小手脚冰凉，尤其是冬天，一晚上缩在被窝里，到清晨双脚还是彻骨的冷。凛冽的北风一吹，手脚就开始不留悬念地长冻疮。原本修长白皙的手指，肿得像长相丑陋的胡萝卜，粗壮，僵硬，毫无美感。脚后跟或者脚掌边缘，鼓出一个个的大包小包。它们就这样笨拙地伴随我整个冬天，直到春天来临。等到春风掠过冻僵的土地，带来大地复苏，我的手脚开始了无尽的痒，难以言说的痒，我整天在不停地搓手，来缓解这种症状，到了夜晚，脚在被子里来回蹭，辗转反侧。冬天的进攻和撤退，都让我苦不堪言。

可是天气再冷，我仍要去河边洗衣服。呼啸的北风像一张网，我裹在其中不得动弹。哆嗦着把手伸入河水，寒冷仿佛一个怪兽看到了猎物，狞笑着扑向我，给我迎面痛击。手和脸都是麻木的，我几乎是刻板地，机械地，完成洗衣服的每个步骤。

之所以对洗衣机念念不忘，是因为我已然感受到它的奇妙。倘若我从来不知道世界上有这样的一个物件，也许就不会有如此执着的向往。就像村里的那些婆姨，清洗一家人的衣服，河流是她们自然而然的去处。在她们看来，一条河流足以容纳生活的一切污秽。我每次和她们在一起洗衣服，对她们的高声说笑充耳不闻，我的脑子里只有一个念头："我什么时候能用上洗衣机呢？"你看到了一个更新的世界，却仍在一个旧世界里挣扎，这就是人的痛苦所在。

那个让我一直念想着的洗衣机是我同学家的。念师范的时候，我们经常结伴回家，她家在县城，我家在乡下，有时候来不及回家，我就住在她家里。那个洗衣机就是此时进入我的视野的。这是个多么神奇的宝贝啊！衣服丢进去，扭一下按钮，倒入一些洗衣粉，自己就能哗啦哗啦地洗起来，还能脱水，最后拿出来晾晒，水分已经被机器掠走了一大部分，手感非常好，哪像我们在村里，所有的衣服是靠双手拧的。冬天的外衣，被单，厚重笨拙，一个人根本拧不动。每次洗被单，母亲都叫上我，作为家里的长女，我轻而易举地获得母亲关于洗浣的经验传授。床单从水里捞出来，我和母亲相对站好，弓腰，马步，一人拉住一头，向相反的方向持续用劲，得反复好几次。床单被拧成了一根大麻花，水淅淅沥沥地泄了下来，一次比一次少。我总是扭得满脸通红，母亲才肯罢手。尽管这样，它仍然在晾衣绳上滴滴答答地落水。所以，洗被单要起个大早，赶上一天的晴阳，到傍晚，才能收回干燥的满怀清香的被单。那时候，谁家里能有两床被单换呢，都是眼巴巴地等着太阳，晨晒夕收的。

与那个洗衣机有过短暂的几次交往，甜蜜便戛然而止——我毕业了，回到了村里，回到那个没有洗衣机，也不需要洗衣机的地方，退回到每日与河流相遇的生活方式。那条河离我家很远，在村子的外围，我提着塑料桶，得走上十五分钟才能到达。一路上要穿过一个长长的小巷，绕过一些民居,才能走向视线开阔的旷野。那条巷子里有户人家养了许多鹅,整日伸长脖子四处找吃的,我只要一路过那里,必定要追着来咬我的裤脚。我闪躲腾挪,来回拉锯,或者一路飞奔,每次费很多劲儿才能突围出去。河边通常都有人捷足先登,好的位置被人占了,我默默地找个角落蹲下,一边做些准备工作,一边等别人洗好,留出位置。

更多的时候,河边挤满了女人,尤其是连续晴天的时候,主妇们把能洗能晒的都搬到河边来了,河面上充斥着欢快的叫嚷。没有男人的场合,女人的话题会集中而大胆。"我家的小鬼,整天在地上爬,衣服穿得这么脏,膝盖上没几天就破了洞,哪里有这么多衣服给他穿啊。""我家男子,昨天帮别人做煤球,衣服上全是煤,洗都洗不干净!""就我们女人,洗'死'了算了……"说着说着,话题慢慢转变了方向,说话的人故作神秘地压低声音,有的人还回头看我一眼。通常的开头都是这样的,"你们知道吗?她家的男人……"后面的声音压得更低了,只听到窸窸窣窣的碎语,顺风刮到我的耳朵里来,听不清说什么。她们甚至把手里的衣服放下,脑袋挤在了一起,眉飞色舞地热烈讨论起来,脸上荡漾着似是而非的诡异笑容,还不时夹杂着一些粗野的笑话。最后声音大了起来,"你也小心看管好自己的男人,可别帮别人暖了被窝……"哈哈哈哈,肆无忌惮的笑声在河面上搅起一圈圈的波纹,波纹散尽,大家才回到自己的位置,继续洗衣服。

我插不上一句话,也不敢插话。我整日埋在纸堆里,很少出去,村子里的那些热气腾腾的日常,那些春耕秋收,婚丧嫁娶,飞短流长,被我自动屏蔽了。后来,我刻意地错开人群,挑选主妇们在家里忙碌的时间去洗衣。只有那时,河流才是我的河流,我一个人的。

2

那是一条宽阔的河，终日水流哗哗，永不停歇。水质清澈，有着玻璃似的质感。河中间有些大石横亘其中，激起白色的浪花，像是美丽的裙边。河边是树木的王国，抬眼便见满眼青翠，柳树婀娜，杨树粗壮，一年四季各有风情。最大的那棵柳树下是个渡口，经常泊着一艘渡船。河对岸有些人家，孩子上学，主妇们购买日用品，或者有个头疼脑热，都得坐着这个渡船过来。对于他们来说，河流是生活的指向，河在哪里，他们便走向哪里。

河岸边隔着一段距离便砌上一些洗衣石，主妇们依着方位各取方便。石头是青石板，带着本真的青色，极具乡野气息。石板比正常的水位高十厘米，特别方便清洗，挤在一堆肥皂泡里的衣物，顺势滑入水里，刹那间还原了本来面目。那青石板被清水整日泡着，洁净如新，光滑如镜，它的肚子里，装满了乡野的故事。

冬天，我尽量挑有太阳的日子去河边，通常在临近中午的时候去，此时河面平静，寂寂无声，捕鱼的男人已经回家了，女人们在家里忙着准备午饭，孩子们都在学校里上学，我兴高采烈地边哼着小曲儿边洗衣服。阳光到此时积蓄了诸多力量，晒在后背暖洋洋，酥麻麻的，不像十点以前，完全像个摆设。河面上有着细小的金灿灿的波纹，阳光赐予万物华丽的外衣，河流是他特别的珍爱。寒冷在此时被忽略，良好的心情似乎使我有了自带温暖的力量。我一边哼歌一边洗刷，气定神闲，像一个富有的国王，在自己的国土上纵横捭阖。

其他季节，河边通常都有人，尤其是夏天，河流是全村人的欢乐源头。劳作了一天的男人跳进河里，冲刷着白日的劳累和尘土。放了学的孩子们甩下书包，络绎不绝地往河里冲。下水的几乎都是男孩，光着身子，后背和脸上一样，被晒得黑黝黝的。他们瘦小但强健的身体在波涛里出没，水流被激起欢乐的浪花。岸边挤满了洗衣的妇人，她们的男人和孩子都在水里泡着，换下来的脏衣服就在她们手里洗洗刷刷，洗完了全家一起回去。河面上一片闹腾，孩子们大声地欢叫，为跳水英雄呼喊，为游泳冠军鼓掌。男人和女人大声地开着玩笑，这些玩笑有着灼人的温度，搅得河面仿佛要沸腾起来。

我望着孩子们发呆，羡慕他们溢得满河都是的欢快。虽然村里有河，但我不会游泳，我妈，我妹妹，都不会游泳，只有我爸会。女人只能在河边洗衣服，而不能和男人一样在水里舒畅地打开自己，人们自觉地维护这个平衡。小时候没有学会，现在的我也不允许自己在大庭广众之下，笨拙地摆弄自己的身躯，去适应一条河流的个性。同样，男人不许洗衣服，洗衣服的男人是会遭人耻笑的。洗衣服，是生活赋予女人的责任和义务，谁也不许打破规则。

我最欢快的时候应该是夏末秋初时节。家里几床蚊帐被换下来，母亲带着我一起拿到河里去洗。先用大号的澡盆，倒上洗衣粉，把蚊帐泡进去，盆里泛起白白的泡沫。母亲叫我直接上去踩，用手太吃力了。我光着脚丫，兴奋地在盆里踩来踩去，泡沫渐渐消失，水变得污浊。更美妙的时候到了，我们把裤腿一直卷到膝盖以上，站到河里去，清洗蚊帐。这个季节的水还不凉，非常适宜，水位在我的膝盖上下，水流哗哗地从腿边流过，痒痒的，像是无数小鱼在亲吻我的腿。有时候还真有小鱼从我脚边游过，换取了我的惊叫声后，倏忽就游走了。偶尔一个波涛过来，卷上来的裤腿刷地就湿了，我只好把裤子卷得更高一点儿，让我的身体最大限度地和河流亲密接触。我一次次地弯下腰去，像敬拜一个神灵。

3

河面上除了婆姨们的闹腾之外，还总是响着捶打声。衣服薄，能发出响亮的"啪啪啪"声，衣服厚，只会有沉闷的"噗噗"声。女人们人手一根洗衣槌，响声此起彼伏，不绝于耳。洗衣槌在那时，是妇人必备的洗衣工具。一般是用一根木头削成二十五到三十厘米长，直径五六厘米的一个圆柱体，执手处较细，以手执方便为准，很像一根巨大的冰棍。厚重的冬衣，光靠两只手去搓，拧，刷，力度是不够的，衣服挤成一堆，手执洗衣槌，对准最高处啪啪几下，那些污水就被挤压出来，顺着衣服的边缘流到河里去，流向了未知的远方。反复几次，衣物很容易清洗干净。洗衣槌天天泡在水里，还不断发力，日子久了，它浑圆的身体已经破损，一敲下去有碎木屑迸溅而出，顶端发青发黑，时光的印记昭然若揭。这个时候，我便需要一个新的洗衣槌了。

我不知道这个东西是什么时候发明的——劳动总能使人充满智慧。唐诗里有相关的记载。岑参有"孤灯然客梦，寒杵捣乡愁"这样的诗句，杜甫写了"落景闻寒杵，屯云对古城"。这个杵，就是捣衣用的棒槌。河边洗衣的女子，一锤锤，一声声，敲打着自己的思念。在外未归的游子，听着这一锤锤，一声声，乡愁油然而生。

隔着千年的光阴，千万个捣衣的女子都在历史里灰飞烟灭，这个杵，还杵在生活的深处，续写人间故事。

在古代，洗衣还有一个特别好听的名字"浣"。轻读着它，口腔里就仿佛含着万千诗意。"竹喧归浣女，莲动下渔舟。"王维描绘了一个绝美的场景。说到浣衣，便不得不提西施。这位生于乱世的绝美女子因卷入了国家兴亡之争而家喻户晓。她出生在诸暨苎萝山麓若耶溪边的苎萝村，父亲砍柴，母亲织布，她来浣纱，是个标准的平民家庭。但因为其美貌，被选中入宫，教以礼仪，习以歌舞，献给吴王夫差为妃。西施带着政治任务，算是以身许国，施尽百般妖媚，把夫差迷惑得众叛亲离，无心国事。公元前473年，越国经过多年的准备，终于灭掉吴国，是卧薪尝胆的正面典范。至于西施，从吴国角度说是红颜祸水，从越国角度看叫为国牺牲。

4

村里有个叫素琴的姐姐，我能和她说几句话，每次在河边遇见，我们都会愉快地嬉笑着挤在一起。她比我大一些，是嫁到我们村的，还是一个学校的校友。可惜的是，她平日里成绩很好，第一次高考时却少了两分，补习了一年，居然少了十几分，大哭了一场，默默嫁人了。这两分，就是她人生的分界线，没有考上大学，她就是个农民，就只能嫁给农民，给他生儿育女，给他洗衣服。命运给了她响亮的一个耳光，还不许她还手。她经常会问我上学时的情景，问得很详细，话语里充满着羡慕。有时候说着说着，她就呆呆地看着河水，良久，才叹一口气，继续搓洗。幸好，没过多久，改革开放给我们村开了一条小缝，南方的暖风吹皱了河水，也吹醒了一些脑袋，她和男人一起出去打工了，凭着上了高中的底子，很快就在外面站稳了脚跟，现在已经定居深圳。她离开了河流，离开了蹲在河边洗衣服的生活，最关键的是，她已经不是只能洗衣做饭的主妇了，在深圳，她找到了自己的位置。过了几年，我也离开了村里，考入了县城学校。

有些人，是注定要离开的。

母亲十九岁嫁给父亲，开始了日复一日的劳作。快五十年了，除了非常有限的卧病在床的日子，母亲的双手没有离开过水。家里没有帮手，却有着患病的老外婆和相继出生的几个孩子。且不说日常洗衣做饭，六张嘴，一双手，忙不完的鸡零狗碎。逢年过节，要做各种糕点，洗被子，凳子桌子都要拿出去洗刷，在太阳底下晒。父亲很少在家，如果在家，他也会做这些琐碎的家务。一年四季，母亲仿佛都是挽着袖子，裸着双手，有时候，她的手泡得发白，掌心的皮肤皱巴巴的，看上去惨白惨白的。有时候，她的手冻得通红，五指僵硬，硬得握不起拳头。

母亲高大健硕，干事麻利，一天的时间被合理分配，掌控着生活的节奏。她终日埋头苦干，洗刷，缝补，添火，打水，她的双手在不同空间不停转换着。我十岁之前，家里的衣服全是母亲一人经手。有一次老外婆生病吐了一身，换下的衣服堆在墙角，那些呕吐物一团团地粘在衣服上，发出阵阵酸臭味，家里人一个个捏着鼻子走过去，没有人停下来。母亲忙前忙后，照顾老外婆换衣，吃药，躺好，转身拿着这些衣服去洗。我明显地看到她捂着嘴，干呕的声音被硬生生地掩了下去。幸好，那些秽物在河流面前，被清理得无影无踪。

母亲偏爱那条河流，家里但凡要清洗的，能搬动的，她都要搬到河边去。不知道为什么，我没有遗传到她的体质。母亲很不怕冷，一年四季手脚暖烘烘的。只要不是太冷，她总是把袖子卷得高高的，有时甚至裤腿也卷起来，一边谈笑风生，手里却一刻也不停。母亲在家时，家里窗明几净，灶台亮堂，孩子和老人的衣物干净清爽，整个家，都透着一股清爽劲儿。

长期的浸泡中，袅袅的水汽小蛇一样地钻进她的体内，抵达四肢，五脏六腑。五十岁以后，母亲手指关节粗大，眼皮也总是浮肿着，遇上阴雨天，浑身酸酸胀胀，难受得很。一切过往都会在人的身心上留下深刻的烙印，看似无踪影，却总也挥之不去。

　　小姨家三个孩子，两个男孩，成天在地上摸爬滚打。小姨爱干净，我印象里，她没有一天不去河里洗衣服。有时候拎一个塑料桶，有时候是一个篮子，盛满了各种衣物。有一年出现了气温超低的一天，零下九度，小姨仍然去河里洗衣服。回家说，今天好奇怪啊，怎么就我一个人呢？后来看了天气预报，直吐舌头，说自己像个傻子。有一次小姨从河里回来，提着满满的一塑料桶衣物，没注意脚下，摔了一跤。右手骨折，打了石膏，缠着绷带。小姨天天念叨，"哎呀，这么多衣服没洗，咋办呀？"母亲笑她，你干脆住到河里去算了。

　　也许对于女人来说，亲近水，运用水，呵护水，是一种本能，水是根植于她们内心的一种信仰。女性的身体里就有这样的基因密码，对水有天然的亲近感，愿意用水荡涤世间万物，换来生活的洁净和美好。即使这些水汽在她们的体内留存，变成疼痛，化为眼泪。

　　后来，我终于不用去河里洗衣服了，我家房子的右边新打了一口井，做好了两个水泥的洗衣台。我简直是心花怒放，迫不及待想去试试。这里洗衣服，从来不会拥挤，我可以先探出头去看看形势，再决定以多快的速度拿衣服出来。洗衣台的高度正好，我不需要做很大角度的弯腰，特别方便。右边是水池，左边是刷衣台，表面被划成了众多的小菱形，刷子刷过，有清脆的嚓嚓声。最重要的是，我们用的是井水洗衣，这些来自地底的水日夜奔涌，没有杂物，没有污染，四季清波荡漾，且冬暖夏凉。这真是一个宝地啊！我一天要去井边好几次，有时候是打水，有时候洗衣，有时候洗菜。有时候啥事也不干，就去井沿上看看这一汪碧水，还有自己模糊的倒影。

　　洗衣服这件事就这么打了一个漂亮的翻身仗，让我甘心地臣服了。

5

时至今日,洗衣机成了家庭必备,主妇们更加热衷于阳光与水的嬉戏。爱洗衣就像一个痼疾,总会在恰当的时候发作。免去了走向大河的奔波,热水可以随时调用,还有洗衣机这样的强大帮手,洗衣服不再是一种折磨,反而成了享受。

冬天的阳光是宝藏,每到周末,早早地看好天气预报,若是晴天,那是决然躺不住的。先洗昨晚一家人换下来的脏衣服,随后是躲在角落里被忽略的袜子围巾,最后是抹布擦脚巾,非要把整个院子的空间都塞满。被子抱到楼上去接受阳光的洗礼,鞋子搁在阳台上,让那些浑浊之气散发殆尽。冬日暖阳温柔地笼罩着我,搓、刷、揉、压、摆动身体,挥舞手臂。袖子越卷越高,晒衣杆逐渐饱满,我终于心满意足地坐下,看着衣物带着新鲜的芳香在阳光下舞蹈,仿佛看着一群新生的婴儿。身体的疲倦和心灵的满足交织混杂,像体内奔流着两个不同走向的河流。遇上这样的日子,我们总是戏称为"大洗之日",自己就成了"夸妇",成天追着太阳跑。

我早已告别了在村里洗衣服的日子,洗衣机也早已不是我的梦想。现在,就算在村里,也可以用上洗衣机了。本应恒久相伴的河流淡出了人们的生活。渡口早已不在,新修了水泥的大桥,可以通车。男人也开始学会洗衣服,女人可以在水里尽情舒展自己。村里去得越来越少,许多场景,随着岁月逐渐消失,甚至记忆也变得模糊。不过,用清水来洗涤自己的生活,是女人永远的生活故事,心底的情结。

父亲的世界

　　外婆踮起脚尖不停地张望着，不放过远处任何向她移动的物体。空荡荡的站台上冷风刺骨，却吹不干她鼻头上那一层细密的汗珠。外婆手里攥着一张电报。"10日回家待产"，是她的女儿——我的母亲发过来的。那是1975年的冬天，春天的讯息似乎很遥远，大地一片荒寒。

　　那天直到夜晚星斗满天，外婆还是没有看到母亲的身影。我可以想象出她当时是多么忐忑而又失望。她哪里知道，在一百多公里外，一位年轻母亲正经历着一场生死考验。按照原计划，我的母亲在父亲的陪同下9日离开了家，准备坐火车到外婆家待产。电报已经提前发了，外婆也做好了一切准备。谁也没有想到，母亲挺着大肚子，受不了路上的颠簸，提前分娩了。天寒地冻，父亲焦急中找到一家小旅馆，我就在那里出生了。初为父母的两个人手忙脚乱，哪里还顾得上别的。等到一切收拾妥当的第二天，父亲才到邮电局补发了一份电报，说明情况，好让外婆放心。一百多里的距离，只有一班列车，电报自然成了那时最先进的信息传送工具了。

　　在我小时候以及更早的时间里，人们的信息交流就靠着电报和信件，邮电局成了隔空连接远方的唯一通道。祝福，思念，噩耗，甚至汇款，都集结在那里，然后通过邮递员，送到千家万户。读小学的时候，邮递员每隔几天会来我们学校来一趟，送来报纸和一些人的信件。我们村里只有两种人：农民和学校里的老师。那些面朝黄土背朝天的农民大多都不识字，所以他们的信件经常放在学校里，由某个老师代劳带回去，或是干脆到学校来请老师念，并顺便写封回信。我母亲就经常做这样的事情。

父亲那个时候是公社里的干部，工作的地方离家里有五里路的距离，他很神气地每天骑着自行车来回。那时，好像只有邮递员才有这样的装备，父亲因此收获了许多崇拜的目光。他在家里极威严，我和妹妹都非常怕他，听到他的自行车铃声远去了，我们才敢放心大胆地高声说笑，或是偷偷地吃点零食。他的铃声也成了一种通信方式，就像戈壁滩上升起的狼烟。那时，父亲认为孩子的教育是最重要的事。四年级的时候，父亲给我订了一份《小学生作文》，那是我文学的启蒙。这以前，我从不知道那些方方正正的汉字可以有着如此神奇的组合，散发着无穷的魅力。我透过这本薄薄的书逐步了解广阔的世界。

1986 年，父亲也找到了他打开世界的方式——家里买了一台电视机。很小，当然只是黑白的，但是，它就像一个万花筒，给我们展现了前所未有的精彩。事情的契机是隔壁的一个大哥哥回来了，他是最早离开村子出去讨生活的人，那一年他带了新娘回来，还捧回了这么一个大家伙，顿时成为焦点人物。当时经典电视剧里《西游记》正在热播，主题曲的声音一出来，大家都像着了魔似的，人全往他家里挤。房间里，客厅里，门槛上，包括窗户边，全都站满了人，个个伸着脖子踮着脚，后面的人嫌前面的人挡道了，前面的人嫌后面的人太吵了，弄得他家每天都像赶晚集似的。

我们姐妹端着板凳去哥哥家里看电视的日子持续了三个月，父亲决定自己家也买一台，看电视的人分了一半到我们家。接下去的半年，村里陆续购买了好几台电视机,那种人山人海的状况才得以解决。从那时起,父亲雷打不动,每天坚持看新闻联播。对于他来说,那就是他认识世界的一个最好的窗口。他不但爱看,而且喜欢评论,可是很多年来,他总是缺乏听众和互相探讨的对象。村民们只关心地里的收成,春耕和秋收才是他们眼里的大事,至于新闻联播,离他们十万八千里,因此父亲一直很孤独。从买了电视机开始,我印象中的父亲就是手里拿着一根烟端坐在电视机前目不转睛,他杂乱的思绪,仿佛缭绕的烟雾。一直到二妹大学毕业,到了新闻媒体工作,父亲才仿佛找到了一个知己,每次回家两个人你一言我一语的,相谈甚欢。

平地起春雷,1990 年代中期,乡镇企业开始改革,变成了股份制,父亲卖力地为自己的产品四处奔波。他们的产品是淀粉,主要销往福建,用来做鱼丸。父亲就在闽南的那些县市来回奔波,每次回家都是又黑又瘦。那时候没有电话,他的出去和归来都显得很突然。有时候明明晚上还在的,早上起床被母亲告知爸爸出门了,有时候半夜醒来,突然听到他的咳嗽声。总之,那时他很忙碌,甚至有点神秘。不过,在村人的眼里,他可算是个人物,走南闯北,见多识广,和他们完全过成了两个世界。那时,父亲常对我们说一句话:"你们,只有读书才有出路!"简短而掷地有声!这是他看到了宽阔繁复的世界后,心里无比坚定的一个信念。后来,我们姐妹很好地实践了这句话。

这个时候,程控电话开始进入普通家庭,尽管很贵,父亲还是在家里装了一部,这样他可以及时地和外地的供销商保持联系,避免了舟车劳顿之苦。除了我们自己家里人用,这个电话还是很多邻居的共用电话。母亲常常拖着嗓子大声叫某某人的名字,而且不止一声,直到听到对方忙不迭地应答"来了来了!"那时,改革开放的大潮彻底地席卷了广大的农村，大量的劳动力开始涌向广东、浙江、上海等沿海开放城市。这是一次全民参与的时代浪潮，它改变了千万个家庭的生活方式以及思想状态，以谁也无法阻挡的气势滚滚向前。很多人打电话到我家，请求叫一下他们的家人，这是一个让人无法拒绝的理由。接了电话的妇人总是很客气地和父亲道谢，过年回家的青壮年也总到我家给父亲敬一支烟。父亲笑眯眯地和人聊天，问问大家的情况。自己到不了的远方，听听别人讲故事，也是一种趣味。我出来上班的时候，父亲已经从企业里下岗了，那时他也才四十多岁，完全可以出去打工，但是几个妹妹都在上学，他一定要陪伴在身边，督促学习。这些都是我们姐妹成年以后母亲才说的。父亲丢失了一个世界，捡起了另外一个世界。1996 年的春节，我没有在家过年，思念通过一根短短的电话线连接起来。轮到小妹和我说话的时候，她哭了。那时她还是一个高一的孩子，人世沧桑她全然不知。

改革的步伐迈得很快，生活以迅雷不及掩耳之势在改变，通信方式尤其发展飞速。从程控电话到 BP 机，到大哥大，到手机，从邮件到短信，到 QQ，到微信，联系变得越来越方便。新事物不断出现，人们已经见怪不怪，世界变得越来越小，却也越来越丰富。父亲很长一段时间只会用手机打电话，没有使用过其他通信方式，不会上网，不会使用智能手机。微信出现好几年后，才在妹妹手把手的教学指导下，学会了发语音和视频聊天。

又是一年中秋到。月亮挂上枝头的时候，我和身处异地的妹妹们不约而同地打开微信互相问候。老人的笑脸，孩子的稚语，真挚的祝福，在这方寸之间一一呈现。时空已经无法阻隔亲情的表达，看着父亲微笑的神情，我深知，此时对于他来说，世界再大，爱才是家。

半生缘 一世情

　　我有个很严重的职业病。不管走到哪里，无论是旅游还是散步，无论是大型的，豪华的，还是袖珍的，简陋的，只要是学校，都要进去走走看看，实在进不去的，也要站在门口探头探脑，像个来路不明的嫌疑人，因此收获了很多怀疑的眼神。看到任何地方的错别字，或者别人说出的话有读错音的字，非得替人纠正过来，还要加上出处说明，毫不理会别人对我的看法。对一些词语异常敏感，比如讲台，比如公开课，比如改试卷，听到这些词语，没由来的产生亲密感。在过去的四十多年里，我有五分之四的时间都和这些词语紧密相连，它们构成了一张网，把我劈头盖脸地网住。又或者，我像一只蚕，吐丝结茧把自己给困住了。

　　从不谙世事到年过不惑，学校是我工作生活的主场景。从小学到师范，从农村到城市，从这所学校换到另一所学校，就如一艘船，不管是去往上游还是下游，却总离不开淌水的河流。

　　我念的小学是桐畈公社俞宅完小，每个年级一个班，老师几乎都是民办教师，没有教学方法这个概念，常常是上课铃响了好几分钟，他们才从泥地里深一脚浅一脚地赶来。裤腿常常半卷着，脚板总沾着黄泥。老师站在门口喘几口气，让我们打开书先读。老师们的普通话带着严重的方言口音，一般年龄大的索性就直接用方言上课。我念师范的时候，班里组织的推广普通话活动，广丰的同学上台发言，经常引起哄堂大笑。他们总是把"星期"念成"森期"，把"排队"念成"爬队"。一打听，很多同学的小学老师都是用方言上课的，大概那是20世纪80年代农村基层教育的通病。所幸我们班的老师还可以，用的是打着"趔趄"的普通话。我年年都是班上的学习委员，负责领读，好像我从小对语言有着敏锐的感受力，拼音学得扎实，老师念错的字，我能给他纠正过来，所以老师干脆叫全班同学都听我的。初中我上的是当时最好的广丰中学，师资力量非常强大，所以到师范读书的时候，不至于一开口别人就知道我是广丰乡下人这个底细。

小学时，我在学校里混得挺人模狗样的，没人敢欺负我，甚至有人谄媚地讨好我——我妈就是学校里的老师。我可以随意出入老师办公室，把粉笔拿出来给女孩子画线跳格子，当然，我只敢拿那些老师写剩下的粉笔头，至于长长的新粉笔，我是决计不敢的。新粉笔就两盒，一盒白色一盒彩色，全体老师共用，每次上课，老师拿两支白色的、一支彩色的带去教室，剩下的再带回来，有一个旧盒子专门装剩下的粉笔头。我就从那个旧盒子里淘短短的粉笔头，有些粉笔头真够短的，得捏着写，手指都要挨着地面了。就这，姑娘们还如获至宝的，反正能画出一个彩色的格子，跳起来多带劲儿。篮球抱出来给男孩子，让他们去操场上抢夺奔跑，扬起来的尘土，刚好给老师的办公桌铺上均匀的一层。所以一般我妈不让我拿出去，得挑她心情好的时候。况且，这些可都是稀缺资源，全校就这么一个篮球，破了可是大事。我呢，在办公室里用红墨水当作指甲油，涂得满手通红，然后出去向女同学炫耀。唉！女人的虚荣真是天生的。

我们从来不知道什么叫辅导班，连家庭作业也没有。下了课，全在田野和房前屋后疯跑。大部分的孩子要去拔草，喂猪，喂鱼，喂兔子。放下书包，大家就呼朋引伴，哗啦啦地一人一个竹篮子，去田野。拔草其实是顺便的事了，带根铁钉去，在泥乎乎的田里可以玩个游戏。带根毛线去，在女孩子的手里可以翻出各种花样。还有各种追逐打闹，拔草一点儿也不累。到天快黑了，慌慌张张地拔上一些，不至于回家挨骂。还有仗义的，从自己的篮子匀点出来分给小伙伴。反正都是地里长的，又不是自己家种的。吃了饭就是抓特务和捉迷藏，玩到家家户户大人扯着喉咙叫好几遍了，才一头大汗地回家睡觉。

这样的日子，现在想想都是奢望。

小学毕业，我离开了乡村，来到了当时最好的学府——广丰中学——上初中。我们这一届同学可厉害了，是从各个乡镇择优录取而来的。我记得特别清楚，当时的录取分数线是160分，我考了159.5，悬在那里。我爸急中生智，亮出了我四年级时评的一个全县优秀少先队员的证书，这才走进了校门。如今想来，姜还是老的辣呀。我初中回家，听同学说老家的初中老师也是拿方言上课的。而我们，当时已经有物理化学实验室了。这是我人生第一个转折点，我挤在一群特别厉害的同学们中间，被老师和同学推搡着往前走。考取师范的时候，我只比分数线多了四分，好险啊！不过，上师范的几年，我比初中也松懈不了多少，每年都有奖学金，毕业的时候是优秀毕业生。

进了师范的大门，就注定了我和学校的半生缘分。我后来的诸多岁月里，也不过是从一个学校到了另外一个学校，从一个学生变成了一个老师，从一个年轻老师变成了一个中年老师。

三年的初中收获了学业，更重要的是提高了生活自理能力。家离学校三十里路，只能住校。宿舍是老房子，阴暗潮湿，两层的木床，咯吱咯吱地响。地面是泥土，甚至有点高低不平，下大雨的时候，屋内自然形成一个个小水坑。没有卫生间，公共厕所在五十米远的高处，旱厕，半夜里只有结伴才敢去。宿舍外面有一个水龙头，二十个寝室的人轮流着去提水用，排着老长的队伍，我们总是伸长脖子踱着蜗牛似的步伐前进。冬天的早上，谁也没勇气早起，我们就在头天晚上提前打好水备用。过了夜的自来水真冷啊，冷得我这辈子都忘不了，咬着牙把手伸进去，感觉骨头真的要断了似的。胡乱擦把脸赶去早操，路上碰到睡眼惺忪的男生，我估计他们很多人都没有洗脸。每个月背着大米或者粮票去食堂换饭票，解决自己的一日三餐。我们就这么磕磕碰碰，稀里糊涂地长大了。如今我跟女儿说这些的时候，她眨巴着眼睛，表示很有意思。她的眼睛何曾见过如此的场景。所以，她听的是故事，而我，讲述的是刻骨的感受。她还曾经认真地问过我，老妈，你们以前做完了作业家长让玩电脑吗，还是逼着你们弹钢琴？我哑然失笑。除了笑，我还能说什么呢？

师范毕业，我的求学之路结束了，来不及看看这美好的世界，又回到了学校。没有任何悬念，我被分配到了自己家里的乡镇小学。从市里突然回到镇里，从学生突然变成了老师，前两个月还是蹦蹦跳跳的孩子，转眼就得管理一大群比我蹦跳得更厉害的娃娃，刚满十八岁的我马上要解决这个难题。学校在一大片居民区里面，楼房破旧，操场狭小，孩子背着脏兮兮的大书包怯生生地看着我。从我上小学到我教小学，十几年过去了，校园变化并不明显。幸好，那时候，已经基本没有了民办教师，大量和我一样的师范毕业生涌进乡村小学，夯实了农村教育的基础。有了之前学习的基础，我很快就成了教师骨干，班级成绩遥遥领先，大小比赛都是我上，自学拿到了专科文凭，同事们都考不过我。看起来，一切都很好。

但是，我知道我不适合生活在这里。我得到一个更大的地方去。

1998 年，县实验学校大规模招收老师，我以小学语文第一名的成绩考了进去。这是当时学校的样板工程，高大明亮的教学楼，红色的墙砖在太阳底下闪闪发亮。设施齐全，绿化到位，我们走在校园里，意气风发。记得经常有领导和兄弟学校的人到我们这里参观，走在外面，别人问起工作单位，说起"实验"这两个字，内心仿佛附着强劲的力量。我在这里待了二十年，可以说，这一辈子最重要的工作时间，都留在了这里。

学校里的老师年轻，都是考进来的，压力空前的大，我们也成长得空前的快。学习、探索、交流、比赛，一项接一项，应接不暇。虽然忙碌紧张，但练就了沉稳大方，变得一次更比一次强。我职业生涯最重要的技能都是在这里学会的，最重要的工作伙伴也是在这里找到的。

2004 年，我去参加创新教育课题组在上饶的授课比赛，预估不足，磨课不够，砸了，砸得粉碎。下课铃响起，我的脑袋轰的一声，知道完了。台下乌压压坐着一群听课老师，我恨不得从台上直接消失。回家的路上，教研员林慎兴老师安慰我，你的基本功很扎实，大家都知道的。我心里过不去这个坎，回到家里，抱着枕头号啕大哭，这是第一次在工作中感受到屈辱而伤心。擦干了眼泪，我找到了林子，她在比我早一年的全市班主任讲座中，获得了满堂彩，许多老师在活动结束后找到她，向她指教，甚至要她的签名。

"你知道我为了这次比赛准备了多少时间吗？你知道我修改了多少次讲稿吗？你知道我平时是怎么收集材料的吗？"

我傻眼了，我只会瞪着大眼睛看着她。

…………

"这世界上，没有一种成功是偶然的！"

这次谈话，让我终生难忘，在后来的班主任生涯里，无数次地和学生分享，激励他们，也激励自己。

调整了心态和方向，我进入了一个更好的工作状态。2006年，学校进行了改制，撤销小学部，所有的小学老师通过继续学习和培训，转岗到初中的相应学科中去。我得到了一个很难得的到上饶师院进修的机会。那时，我的女儿已经四岁，本以为这辈子已经和大学无缘了，却没想到做了母亲之后，来到了念想已久的大学校园，兴奋的劲头儿一直不减。这个短暂却难忘的时光，算是填补了人生的一个空白。

培训结束，回到了学校，开始新一轮的工作。从一个小学老师变成了一个初中老师，纪校长还一口气给我安排了一个重点班（当时叫桂芳班，取桂园芳香之意），交给我一群从全县选拔来的好学生，这个情景和我当年上广丰中学何其相似。1986—2006年，二十年的光阴，倏忽而过，当年我是一个茫然无知的乡下丫头，现在我是一个富有经验的年轻老师，我太知道这些离开父母的孩子的悲欢，太知道这些家庭的希冀，我希望我能尽自己的力量，给他们一个好的未来。这也是我教的时间最长，也最用心的一届。后来这些孩子大都学业有成，散落在全国各地。

那届学生毕业后，我在教师岗位上继续待了十一年，带了一批又一批的学生，对我来说，每个学生都是一个不一样的世界。当我对这个职业已经能举重若轻，心态就变得越来越平和，心境也日趋安宁。我比以往更包容，更明白教育的意义，也因此生出更多的慈爱心。

2017年暑假，我离开了校园，走上了新的工作岗位。但是，我的教育情怀没有断，半辈子的校园生活给我留下了太深的烙印。悲欢喜乐，酸甜苦辣，三言两语怎能说清？我只知道，不管我走到哪里，不管我年龄多大，都会关注教育，关注孩子，这是我和校园的半生缘，一世情。

草木有情

　　五月来临，阳光和雨水轮番上阵，万物在他们的笼罩下疯长，像一群奔跑的少年。桃红梨白黯然退场，合欢和栀子花温柔而坚定地登上了舞台。

　　合欢！合欢！我一直惊叹于起这个名字的人多么蕙质兰心，读着它就是一个美好的事情，让人产生无尽的遐想。在我每天必经的路上，有三株合欢树。树冠很大，枝干肆意地往四下里伸展，像是把自己完全打开去拥抱这美好的世界。对生的叶片很小，但排列整齐，很像巨版的含羞草。没有开花的合欢树是素颜的，它卑微地站在路边，无数人在它的身边来来往往，却没有人为它驻足。

　　每年五月，合欢花如约而至，这棵树就突然惊艳起来了。在她那密集的小叶子丛中，开出了朵朵粉红色的小花。对于合欢来说，仿佛此时春天才到。合欢和别的花不一样，它没有成形的花瓣，只有一根根细长的仿佛触须般的花丝。花形不大，花萼上有很多个小分枝，各自举着个小火炬，合在一起很像一个个小绒球。底部颜色较深，越到顶端颜色越淡，接近白色。远远望去，仿佛树身披了一件粉红色的锦衣，又好像天边的彩霞栖息在这树冠之上，这棵看似平淡无奇的树像是接受了神灵的洗礼，顿时神采飞扬，焕发出灿烂的光芒。

　　我是成年以后才知道这花叫合欢的。小时候住在外婆家，附近也有很多合欢树，我们管树上的花叫绒花。开花的时候，外婆总喜欢摘一两朵插在我的头发上，这是我对美好事物感知的启蒙。她还告诉我，这花可以吃，于是我经常头上插着，手里举着，嘴里嚼着，看起来自己就像一朵移动的合欢花。当然，那样懵懂无知又无忧无虑的岁月，永远不会再回到我的身边。

　　我总是睡眠不好。一个朋友告诉我，合欢花可以治疗失眠，可以帮我带一些回来。那时他在外地休假，周围都是合欢树。花捡好了，也带回来了，但是我们却总是阴差阳错地擦肩而过，新鲜的花没有得到处理，等到打开时已经腐烂了，只有丢弃。我大为可惜，那么美好的花朵在我的手上零落成泥，感觉犯了一个巨大的错误。直到现在，我也没有收到可以作为药物的合欢，以后也可能不会再有了。有些人和事一旦错过就不再，空留怀念。

　　合欢昼开夜合，作息很有规律，倘若清晨来到树下，你会闻到若有若无的香味，但远没有栀子浓烈。栀子的香味是我所见过最纯粹、最饱满和不可抗拒的。在很远的地方，你就会感觉它的存在，然后东张西望地寻找，仿佛有一根看不见的丝线，牵引着你锁定方向，靠近它。香味越来越浓烈，然后你会惊喜地叫起来，"原来你在这里呀！"在翠绿的树叶之间，洁白的花朵藏匿其中，大的，小的，盛开的，含苞的，它们不问红尘，兀自开放，那浓香丝丝入扣，直达你的心肺，让你的心仿佛洗了一个香水浴。

　　栀子的植株不高，很适合在庭院里种着，既方便观赏，也适合采摘，在江南，很多人喜欢在院子栽种，花朵盛放的时候，惹得人在围墙外四处转悠，碰上好客的大姐送你两三朵，像捡了宝似的千恩万谢。过去女子挽着发髻，倘若在鬓间斜插一朵洁白的栀子花，那真是说不出的风情万种。黑与白之间，香气弥漫，而随着人的一颦一笑，江南风景仿佛就化身于此了。老人和小孩喜欢把栀子别在衣襟上，时不时地低头闻一下，增添了很多意趣。我去浙江游玩，看到有人把成篮的栀子放在水里煮烂，下锅炒着吃，我尝了一口，洁白的色泽和浓郁的芳香都已不再，实在是暴殄天物。

"雪魄冰花凉气清，曲栏深处艳精神。一钩新月风牵影，暗送娇香入画庭。"明代沈周的这首《栀子花诗》写出了栀子脱俗的容颜和绝尘的香气。

栀子大都生活在南方，北方极少，那里的土地不适合，而且，北方也提供不了栀子所需的充足的光照时间。我常想，生活在南方是一件多么幸福的事啊！草木葳蕤，流水淙淙，四季都有鲜花怒放，即使是冬天，也有常青的树木在寒风中傲立，坚守着春天的到来。而每年的初夏，是江南最有生机的时候。放眼望去，世界就是深深浅浅的绿，雨水冲洗过后，阳光温柔地照射，那满山的新绿仿佛绽放着光芒，闪闪地耀你的眼。草木都疯了似的，和风吹着长，雨水透着长，太阳晒着也长，前几天才种下去的豆秧，眨眼就已经藤蔓缠绕了。

清晨和傍晚，可以闻到清新的草本芬芳。当然栀子的香味是超乎寻常的，你可以于千万种草木之间寻找到她。有一次我去广灵寺拍照，院子里长着一棵栀子，满树芬芳，让人不忍离去。日日听着晨钟暮鼓，这栀子仿佛也有了禅意。她在这人迹罕至之处，兀自散发幽香，人世的嘈杂达到不了这个高度。

植物界以浓香取胜的还有桂花。不同的是，桂树较高，花朵细密，不似栀子那般硕大。在我看来，秋天的到来是以桂花盛开为标志的。当我在空气中闻到飘逸的香味，抬头惊喜地发现那些金黄的花簇时，秋天才真切地来到我的身边。因为这些精灵，也因为蓝得彻底的天空，这个季节成了我最喜爱的时节。

我读初中的时候，住在学校阴暗潮湿的宿舍楼，除了收获学业，还"收获"了紧随我身的关节炎。幸好宿舍门前有两棵桂花树，算是生活的美好馈赠。到了深秋，每天门一打开，就有浓烈的花香扑鼻而来，让人忍不住深吸一口气。早上的时光急促短暂，我们一边奔跑一边回头看两眼。后来，高中部的姐姐们想出了好办法，晚上把雨伞、衣服铺在树底下，第二天一早醒来，来不及梳洗，裹个棉袄就飞奔到树底下。她们小心翼翼地把黄色的精灵包裹起来，藏在衣服口袋里，书本里，或是做成香囊，送给了意中人。把一段美好的情意藏在这些美好的花朵里，草木美妙地契合了人类的情感。

后来我工作的校园里，食堂门前种满了桂树。许多毕业了的学生，对这些带着浓香的树木怀念不已。我们的校长是个充满了教育理想的人，他组建了几个最好的班级，就叫"桂芳班"，取桂苑芳香之意。可惜，后来学校发生了人事变动，校长另换他人，他走出了这个校园。就像是英雄失去了宝剑，骏马离开了战场，一腔激情竟无处安放，不能不说是教育的悲凉。后来，老校长创办了自己的学校，迅速声名鹊起，打出了响亮的品牌。此为后话。

桂花除了以芳香取胜以外，还和我们的饮食息息相关。喝杯桂花茶可以止咳化痰、养阴润肺，缓解胃部不适，消除口气等，桂花还可以酿造桂花酒，做桂花糕，它们皆为上等的佳肴。有时候街头巷尾可以听到桂花糕的叫卖声，孩子们聚拢来，围着那一个小摊不肯散去，大人们便都会买一些带回家。桂花糕不似别的零食，它口感细腻，营养丰富，而且不上火，妈妈们放心让孩子多尝一些。

在南方，樟树是村子里必须栽种的树木，它们郁郁葱葱，生生不息，仿佛土地上长出来的绿色神庙。很多地方管村口叫作水口，都会有几棵大樟树，就像是村庄的守护神。远游的人回到家乡，远远地看到那几棵树，就像看到了母亲，不由加快了脚步。转过水口，整个村子就豁然开朗，一砖一瓦，一草一木，承载着游子们的无尽想念。

樟树是常绿乔木，一年四季都晃人的眼。树冠很大，向四面八方蔓延开来，像一个巨大的华美的大伞。夏天是一个天然的避暑宝地，老人们坐在树下，看着孩子在水里嬉戏打闹，一边不停地提醒安全，一边叨叨着说些往事。下雨天，坐在树底下发发呆，听雨打树梢，想想一些漫无边际的事情。一年四季，一棵老樟树就可以是个舞台。

樟树长得很慢，它深扎于泥土之中，承接风霜雨露，不疾不徐，不急不躁。人间的疾苦它都看着，可是，它无法言语。它唯一可以做的就是，永远站立在那里。

我见过很多古樟。2017年下乡拍摄的时候，当地人带我们去了一个古樟群，有好几十棵，每棵树身都得要两个人环抱。一进入那个区域，有浓郁的樟树香，是一个天然的香料库。婺源境内更是有许多古樟，尤其是严田村口的那棵，着实令我震惊。那是我所见过的最古老的一棵树，五六个男人牵手才能合围。当地人已经把它当神树一样看待了。这棵树，成为严田发展旅游的最大卖点。我们去的时候，树身和树枝挂满了红色的布条，似乎游人们有什么愿望，都可以由它来帮助实现。我站在树下默默地想，这几百上千年来，它见过了多少沧海桑田，人的一生和它相比，实在是不值一提。

过去，生了女儿的人家，得在家门口种上一棵樟树。女儿大了，樟树也成材了。把樟树砍下来，为出嫁的闺女打一对樟木大箱。父母的心意，都在那对箱子里。樟木箱有浓郁的味道，是储存衣物的绝好材料。不发霉，不长虫，干燥，拿出来穿着浑身生香。这几十年，老百姓的生活发生了翻天覆地的变化，这种笨重的家具也随之退出了历史舞台，被各种各样颜色鲜艳轻巧便利的旅行箱取代，转而成为一种历史的见证。爱人四十五岁生日的时候，我买了一只樟木箱送给他，这几年，他迷上了收藏书画，樟木箱就是最好的储藏工具。复古的造型，精致的雕刻，光亮的油漆，我一眼就喜欢上了。买回家放在书房里，满室生香。有时候，我恨不得把自己也丢进去，在里面做一个香甜而短暂的美梦。

植物给予我们的恩赐无穷无尽，是一个巨大的宝藏。和空气，阳光，水一样，是我们生活的必需品，无法脱离。或者，她更像是我们的母亲，把自己的所有赠予孩子，含笑看着他们长大。母亲与孩子血肉相连，情意相通，已无须更多言语。

我愿终生看到这样的场景：大地葱茏，天空明净，人类安然生活其中，草木有情，万物共融。

柴火灶上年飘香

　　年近了，近得就在眼前，公公的电话也一天比一天催得勤。自答应了今年回老家陪他过年起，听筒里的话音，越来越掩饰不住那种由里到外的喜劲儿。我一直不明白，早年老爷子带领全家离开农村，求学、工作，在县城乃至更远的地方安下了家。如今，儿女个个成家立业，老人身体健硕，本是在城里颐养天年的年龄，他竟一门心思要回到起点，还把老屋翻新重建了，我们都对于他如此狂热的举动无法体会。

　　过年前一天，我们举家回到了故乡。原先逼仄昏暗墙面土黄的老屋成了亮亮堂堂的一座新房，自来水、煤气灶、电热水器、空调，一样不落。在老爷子的坚持下，唯一与过往连接的，是灶房里的柴火灶。对，柴火灶，是褪去了沧桑的柴火灶，灶台高大宽敞了，灶面上贴了瓷砖，铮亮铮亮。厨房房顶不再压抑，变高大了的烟囱也长了胆儿，纵容炊烟肆意透露厨房的秘密。炉膛里火焰熊熊，注定了柴火灶是个温暖的地方，冬天坐在灶膛跟前，全身洋溢着暖意，仿佛每一个毛孔都带着热度。我的孩子第一次看到柴火灶，围着灶台，像是围着一个太阳，他们用锤子剪刀布的方式争取添柴加火的机会，笨拙的小手拿起铁钳，不断给炉膛加进柴火，像是在给一个大嘴河马喂食。年，就在孩子咯咯咯的笑声中，从厨房飘过贴满大红春联的厅堂大门，在院子的水泥地上蹦蹦跳跳。

年的味道，就从厨房、从炉膛、从炊烟、从笑声中酝酿开来，变得清晰醇厚，触手可及。老爷子爽朗地说："看看，看看，回来过年啥也不缺吧？我自己养的鸡，放在柴火灶上，先炒再炖，看不把你的鼻子给香得揪下来。"其实，除了家养的鸡，还有菜园子里鲜嫩的生菜、挺拔的大蒜、亮白的萝卜……样样齐全。回到老家的老爷子，扛起锄头躬耕于这片曾经收纳过他许多汗水的土地。工资微薄的年代，扛起锄头就是扛起了生活的重担，而现在，这把锄头开掘出他崭新的老年生活。种菜成了一种乐趣，一种休闲，即使"晨兴理荒秽，带月荷锄归"，心里也有着前所未有的踏实和诗意。

记事起，村里晴天灰尘雨天泥泞，鸡鸭猪随意逍遥。灰扑扑的低矮瓦房守着坑坑洼洼的泥路。我们的嗅觉被粪坑和污水的气味轻而易举地垄断了。那时，村人大都用柴火灶，柴火就成了紧俏的物品。男孩们很小就要跟着父亲去山里砍柴，姑娘家放学路上，看到可以当柴火烧的东西，顺手捡回家，搁在灶台边。铁狼萁、干松针、高粱秸都是上好的柴火。谁家里若是嫁女添了家具，轻薄易燃的刨花是孩子们争抢的"宝贝"。

过年了，添柴烧火便成了我们姐妹包干儿的活。父母忙得团团转，浆洗衣物被褥，扫尘清洗房屋，购买各种年货：鱼肉豆腐糯米，香纸爆竹春联。围着年，一家人忙开了。厨房里难得连续飘荡着让人难以抗拒的香味，那美食香味，吸引着我们抢着去给炉膛烧火。

最令我们馋的是，母亲把洁白的米浆倒入一个正方形的木制蒸笼里，加入调制好的红糖，搅拌均匀，上面均匀地撒上芝麻，然后放在大锅里面蒸。这时候灶膛里要大火，若是火力跟不上，这香喷喷的糖糕可就少了点滋味了。我们一根接一根地添大木柴，锅里很快冒起了蒸气，继而冒着腾腾的香气。我们一步都舍不得离开灶台，眼巴巴地看看母亲，希望尽快听到那句"好了，可以吃了"。出锅的糖糕是多么松软可口啊，母亲只给我们每人切一小块，我们大口地咬着，大声地笑着，新年就藏在这份甜蜜满足中。

离开村庄，便与那片田野断了联系。如今，老爷子借着过年的名义，催着散枝开叶的我们回到乡村。一路上，白墙黛瓦与青山绿水相依相伴，崭新的柏油路一直延伸到村庄，车轮毫不费力便可直接抵达家门口。那一刻，我终于明白老爷子一个个地催着他的儿女回老家过年的全部用心。

真的啥也不缺，厨房里堆满了新鲜的食材，鸡鸭鱼肉虾蟹，白菜萝卜辣椒土豆。鸡炖好了换蒸鱼，鱼起了锅炖腊肉，接着旺火炒青菜，颜色正味道纯。爆竹声声，喜庆洋洋，年味在柴火灶上汇合、聚拢，又弥漫在无垠的乡村田野。

我的父亲母亲

　　每天早上六点左右，我就能听到隔壁房间父母起身开门洗漱的声音，他们总是比我早起一节课的时间。等我下楼，稀饭已经烧好了，桌上摆着点心和小菜，父亲坐在沙发上，看早间新闻。母亲不是在菜市场，就是提着一大袋子菜在回家的路上。等全家人吃过早饭，上班的上班，上学的上学，父亲就拿着他的乒乓球拍，去找他的老伙计过招去了。偌大的房子里，就剩下母亲一个人。她进进出出，走上走下，一会儿扫地，一会儿抹桌子，忙完了，才坐下刷个抖音，放松一下。

　　母亲，就是一个家最坚实的底座。

　　外婆生养了四女二男，大舅是长子，母亲是长女。她继承了外婆的诸多优点，体格健硕，手脚麻利，里里外外一把好手。她们四个姐妹越到后面个头越小，母亲一米六八的个头，小姨只有一米五四，站在一起，"海拔"渐次下降，很有喜感。外婆之前的两个孩子都中途夭折，后来听了一个算命先生的，孩子出生后不叫"爸爸妈妈"，改叫姑姑姑父，大舅后面的这串，才顺顺当当地来到世间，长大成人。你瞧，人一辈子，从出生到老死，有多大的偶然性。

　　按母亲的说法，她在家里天真烂漫，生活自由自在，就是待得太短了。这个家，指的是娘家，是一个女人永远挂念的地方。1973年，母亲在上高中，半天文化课半天劳动，她学习底子不错，又有一副好身架，反正都难不倒她。在家里，她也是个劳动能手，特别掐尖的就是摘春茶。蒙蒙的春雨中，背着茶篓早出晚归，每次都能交出让外婆满意的成绩，有时候，还能换取一个荷包蛋的奖励。高中一毕业，母亲在外婆的主张下，嫁给了父亲，而后在村里当了民办教师。她的少女时期，像一首优美高昂的抒情歌曲，本应该有个长长的尾音，外婆却像个蹩脚的指挥，提前把手一捏，生生掐断了。母亲自己还是一个孩子呢，一转眼就得操持一个家，家里有老有小（老的是我老外婆，小的自然是我，来龙去脉在《秋天的怀念》一文中有详尽描述，此文不再赘言）不说，还得去学校上课。听说我几个月大的时候，母亲经常没空管我，把我丢在摇篮里，自己去烧饭洗衣，忙完了才来喂我。我常常是眼泪、鼻涕，加尿液，涂满全身，着实不堪。但她有啥办法呢，父亲不在家，她只有一双手，对着一地鸡毛应接不暇。大约我就是这样从小营养不良，体质虚弱，反正我们姐妹的身高和母亲姐妹的身高完全相反。我只有一米六三，三个妹妹分别是一米六八、一米六六、一米六五，我爸一米七五。除了未成年人，我到现在仍保持着家里身高倒数第一的纪录。家里搬新房的时候，要在阳台上挂个毛巾架，母亲说，叫老大去试试，她够得着，全家就够得着，惹来一屋子的大笑。

因为时间的紧迫，人手的单薄，母亲练就了一个绝技，她总是能对时间进行拆分、重组、穿插、挪用，以便达到效率最大化。用现在的话说，她的时间管理学学得非常到位。生活是个最优秀的老师，你需要什么，他就教会你什么。我虚岁七岁（实际上才五周岁多，要到十二月才六周岁，而学校九月就开学了）时，跟着母亲跌跌撞撞去上学。母亲赶时间，脚步飞快，我跟在她后面，一路小跑，书包在我屁股和大腿之间扑通扑通地击打，发出闷闷的声响，这成了我上学路上的固定节奏。第二节下课，母亲又要跑回家，把煤炉上面的一块铁饼打开，让煤球充分与空气接触，燃烧起来，散发源源不断的热量。把锅放在灶上，加入足够的水分，再把木制的饭甑搁入锅里蒸。这样等我们放学，米饭通常已经好了，母亲炒两个菜，午餐就解决了。我上小学高段以后，这个任务偶尔会由我来执行。课间只有十分钟，来回的时间加上这一系列操作，时间可真是捉襟见肘。我每次跑得气喘吁吁，还免不了第三节课迟到。不过，全校的老师都是母亲的同事，也都知道我家的这个惯例，相当于我手里有个免死金牌，屡屡使我免于处罚。

就说现在吧，老人家六十七了，每天早上走一走，顺便买点菜，上午在家里洗洗刷刷，抹抹晒晒，与隔壁的大婶一起头挨头地一边择菜，一边说说家长里短。十一点钟回厨房一通操作，我们下班后可直接吃饭。下午是固定节目，打麻将，一块的飞宝，附近几排的老太太们聚在一起，边说笑边打牌，纯属娱乐。五点准时回家，烧晚饭。有时候我回家早了，会帮她干点切菜剥蒜拿盘子的杂事。母亲是见缝插针派，这边下油，那边洗辣椒，这边煮豆子，那边切葱。有时候难免有点手忙脚乱，这才显出我的重要性来。我要是不在家，父亲就会被母亲高声使唤，油盐酱醋轮番上，小葱小蒜伺候着，厨房里一派祥和的气氛。

要是搁以前，父亲是从不进厨房的，他向来恪守男主外女主内的原则，是那种大家说的酱油瓶倒了都不去扶的男人。年轻时候的父亲又黑又瘦，常年四处奔波，和我们很少说话，开口必是问学习成绩。这几年，我发现父亲的目光越来越柔和，越来越从容。也许在过去的日子里，他看多了羁旅的艰辛，人世的浮沉，那时，他的目光是凌厉的，警惕的。他要站在妻子女儿的前面，替她们抵挡风雨，排除一切可能的伤害。而现在，他已解甲归田，安享天伦之乐，他的视线范围日渐缩小，小得只剩下妻女儿孙，于是，他的眼睛日渐变成一汪温热的泉水。

　　我婆婆家的厨房可不是这样的。婆婆把买好的菜放入厨房，公公接了过去，剩下的事就交给他了。他们是流水作业模式，互不干涉。婆婆买什么，公公就烧什么，而且厨房不需要别人，他一个人在里面摸索，洗菜，切菜，烧菜，一气呵成，生菜熟菜，主材辅料，一盘一盘装得整整齐齐。有时候他会把手机带到厨房，听听戏曲什么的，减少做菜的辛劳。

　　公公一直是一个非常严谨的人。他经手的东西都是齐整的，妥帖的。厨房里的瓶瓶罐罐，他会贴好字条，免得别人分不清葛粉和淀粉，茶油或蜂蜜。公公写得一手好字，钢笔和毛笔都不在话下，毛氏家族修谱，编纂的是他，抄写的也是他，谁也看不出来他只上过三年私塾。这些故事，都是每年清明节一点一点抠出来的。四十岁以后，我对家族的故事渐渐地感兴趣，我想知道我血液的上游，有着怎样的走向和脉动。

　　公公小时候是个苦命的娃。五岁没了爹，跟着娘一起改嫁，继父家里人口众多，吃不上一口热乎的饭，接回家在叔叔家借口饭吃。他从小只有拼命干活，挣出自己的口粮。砍柴，烧饭，喂猪，挑水，该他干的他干，不该他干的也干。十五岁，娘也没了，一个人在世上孤苦伶仃。公公经常说，他的个子不高，都是被肩上的担子给压弯的。一担柴，一担水，一担艰苦，一担心酸，就这么咬牙走了过来。公公经常一边说一边抹眼泪，我们这些儿孙辈陪着一起唏嘘。婆婆经常说他，这都多少年的事了，还提！公公随即换上一个笑脸，把我的孩子紧紧搂在怀里，"现在好了，日子越过越好了"。

　　公公的日子越过越好，有时代的奋进，也有他个人的拼搏。家庭的变故，把公公从上了三年的私塾里拽了出来，去当地的小煤矿挖煤。那么小的孩子，在巷道里连滚带爬，把自己弄得和煤一样黑。别人同情他，又见他一手字写得好看，就叫他去公社记账。不久，又去了邮电局送信，从此和邮电结下了情缘。公公一辈子在邮政兢兢业业地工作，有极好的人缘，也是由于这样的基础，爱人师专毕业直接招考进了邮电局，当然，这是后话。

婆婆嫁给公公的时候，是不情愿的，但和我妈一样，全凭父母做主。那时候有多少姑娘是嫁给爱情的呢？生活那么艰难，爱情是种奢侈品。那时公公已经有了一个孩子，并且前妻的重病和离世，使他欠下了一笔当时觉得余生无法还清的巨款，哪个姑娘愿意嫁呢？公公的前妻从浙江逃难过来，看中公公朴实、孝顺、勤奋，选择嫁给了没父没母，家境贫寒的公公，组建了一个幸福美满的小家庭，生了一个孩子。那个年代，繁重的劳动施加在每个人的背脊上，无论男女老少。在这个过程中，冬日刺骨的河水让前妻得了严重的肾病。公公带着前妻，四处奔波治疗。微薄的工资承担不起医药费，还好单位领导通情达理，给出援助的款项。公公带着前妻租住在县城，又要上班，又要陪同去医院打针，又要看孩子，实在顾不过来。租住的房子靠近婆婆家，公公的前妻和婆婆的母亲是浙江老乡。婆婆的母亲也是心善之人，就让公公把孩子寄放在她家，让他安心忙碌。当时的医疗条件没有挽回前妻的生命，然而在这些时间中，公公的勤劳朴实，重情重义，老人都看在眼里，决定把他们的独生女嫁与他。公公感激涕零，立下誓言，要一辈子好好照顾这个女人。如今我们见到婆婆说东公公不会往西的情景，自几十年前便种下了因果。

公公是厨师，而婆婆是品尝师，这样的搭配稳定而持久。就像我家里，母亲负责烧菜，父亲负责煮饭，同样是绝配。长期的训练使我爸的煮饭水平稳步上升，现在已经达到了几个人几碗饭，几乎分毫不差，个个吃饱，电饭煲刚好清空的高级水平。煮出来的稀饭，白、绵、香，水和米的比例恰到好处，浑然天成，这可得凭着一天天的实践练出来，来不得半点虚的。吃完早饭，他就带着他的乒乓球拍，驰骋球场去了。每天大约运动两个小时，十点半左右回家，准备午餐，每天作息非常规律。每天晚上九点左右，家里的孩子和老人就都躺下了，我都不敢在客厅里开灯，只能躲在房间里，看看书，刷刷手机。在父母的引导下，我成了我的朋友圈里早睡早起的典范。

父亲十分自律，他的生活基本是一个钟摆，节奏平稳，摆动规律，极少出错。他常说，现在老了，啥也帮不了孩子的，身体好，那就是给孩子减少麻烦。他不太喝酒，开心的时候也是浅饮即可，绝不喝醉。去年，抽了四十多年的烟居然被他戒了，这让我很是意外。秋风一起，他赶紧穿上长袖，生怕感冒，家里备有血压计，定时测量，父母互相帮忙，互相记录。我的医保卡一直就存放在母亲的挎包里，高血压的药物以及日常药物都由他们自己购买。

购买是母亲的事，因为她掌握着财政大权，家里大大小小的卡都在她的包里。但是，服药这件事，她是经常要父亲督促的。大大咧咧的母亲经常忘了服药，父亲隔几分钟就要催促提醒，直到母亲服下为止。父亲是个寡言的人，心思却重，凡事想到前头，母亲没心没肺，每天就见她一阵风似的进进出出。可见，取长补短是美满家庭生活的标配之一。

母亲做的红烧肉，那一块就是一块，四四方方，油汪汪，香喷喷，一点儿都不含糊，一看就是直接奔着小康生活去的。每盆菜都堆得满满的，叫她少烧一点儿，她说搞不来那精细活儿，下手就是大手笔。好在我们家里人口多，消灭的速度基本可以。与快手快脚配套的是快人快语，母亲指令清晰，目标明确，嗓门巨大，保证能准确无误地传达到对方耳中。

去年母亲节，我给母亲发了一个红包，金额520，附言"老妈，你辛苦了！"她老人家大手一挥，你去忙你的，红包我收了，家里有我，你放心。这气魄，就是到下辈子，我也愿意做她的女儿。

换季的时候，我得陪母亲去逛街，这个时节能买到实惠的衣服。为了又好看又便宜，家庭主妇们甘心以时间为代价，换取低调平实的日子。她们绝对不会勇立潮头，招摇地展示时髦。我们在一条商业街上走来走去，搜寻我们合适的目标。母亲买衣服是比较挑剔的，深色的，显得脸黑，浅色的，比较难洗，这件，领口不喜欢，那套，上衣太长了，这种面料，贵，那种款式，不方便……两个小时下来，我手里已经拎着好几个袋子了，她还在睁大眼睛寻寻觅觅。

我只好带她去买鞋子。买一双合适的鞋子，是母亲一辈子的功课。究其原因，她的脚实在太大了，又宽又厚，像只熊掌似的（不好意思，我也遗传了她的熊掌。不过她的熊掌得用四十码鞋子对付，我三十八码就够了）南方的女鞋，哪里有这么大的呀？所以她但凡遇上一双能塞下她双脚的鞋子，那简直是奋不顾身的气概了！买下来，买下来。能买到一双合适的鞋子，那是比买身衣服强多少倍的成就感啊！

父亲今年七十了，按家乡的惯例，得摆几桌热闹热闹。父亲不干，他说等八十岁再来。生日那天，全家人陪他吃饭，喝了点红酒。计划暑假带他去广东走走，见几个老朋友，尝尝老广的味道。外出游玩，父母是不太愿意的，一个是怕花钱，一个是人多，他们觉得在家里窝着最舒服。我们老觉得过意不去，经常游说他们出去走走。前几年，老二单位组织国庆节去九寨沟，就把父母一起带去了，结果由于游客过多，滞留山里一直到十一点多才返回宾馆，被老父亲骂了个狗血喷头，从此不敢打黄金周的主意。后来母亲跟着老年大学的旗袍队去了一次香港，也不知道是怎么操作的，说是要去香港演出，其实就是报了一个低价团。我看过母亲的那件旗袍，班里统一购买的，翠绿色，从颜色到面料到做工，都明显贴着廉价的标签。但是母亲兴高采烈地带着，和同学们闯香港去了，不知道是香港还是旗袍让她这样兴奋，这两者都是和我们日常生活相去甚远的事物。去之前我一直告诫母亲，不要乱买东西，就怕这个低价团忽悠她们。母亲听话地把钱包捂得紧紧的，说人家买首饰，买化妆品，她都看看而已。回来后箱子打开，全是瓶瓶罐罐的药品，治皮肤痒的，防蚊虫的，治咳嗽的，治胃胀气的，一大堆。全家人的她都想到了，唯独没有她自己的。幸好香港的医药全世界有名，她买回来的这些东西悉数派上用场，并由衷地对她的英明决定表示感谢，母亲掩饰不住的笑意就从嘴角不停地溢了出来。去台湾的那次是母亲最满意的，秩序良好，温度适宜，风景优美，母亲回家后在她的老姐妹里宣讲了好几次。

说起台湾，就说起了父亲的两个舅舅，我的舅公。父亲对他的身世讳言莫深，从他含糊的断续的叙说中，我大致还原了一条历史的大脉络。我的奶奶是永丰镇东街徐家的大小姐，东街有九个店铺呢，从小锦衣玉食，没吃过苦。按说是个享福的命，可是解放的时候，大哥被认定为反革命，被枪毙了，全家作鸟兽散。徐小姐跟着他的一个哥哥逃往上海，另外两个兄弟去了台湾，从此隔着海峡，不得相见。我的爷爷是个生意人，走南闯北，在上海认识了我奶奶。父亲出生以后，爷爷的生意做得潦草，大上海待不下去了，父亲离开了生母，被带回了老家。他那时尚在襁褓，爷爷后来也去世得早，中间极长的一段历史，淹没在浩荡的时空中。这一走，父亲的命运彻底改变，他后来跟着养父母在村子里长大，成就了我们姐妹这一支血脉。历史的进程在书本上只有寥寥数语，谁知道这宏大的叙事中渗透了多少平凡百姓的生离死别，国恨家仇？

四个老人中，婆婆的学历是最高的，毕业于当时的共产主义劳动大学，到现在一帮同学还经常有联系。婆婆比较爱干净，家里的东西都整齐摆放着，地上很少有灰尘。我们每次回去，被褥都是晒过的，充满阳光的味道。婆婆很喜欢听越剧，没事的时候就跟着电视哼一哼，现在有抖音了，可以关注，随时调用，基本实现了文化生活自由。公公喜欢种菜，他说农民的本色不能丢。有经验，又爱学习，公公种出来的菜特别苗壮，白萝卜像个胖娃娃，一畦畦的青菜青翠欲滴，家里吃不完，送给左邻右舍，收到了许多真诚的感谢。上次我们回家，听说一个晚上，地里的菜都被偷光了，大约是偷去卖的。我们在气愤之余，又不禁骄傲起来了，公公种的菜如此完美，被人惦记成这样。公公自己乐呵呵地说，没事，只要有种子，我还能种出比这更好的菜来。我们每次回去，家里的后备厢都装满了，一车的姹紫嫣红。

要说四位老人有什么共同特点，那就是节约吧。他们都是从苦日子里走过来的，一言一行打上了节约的深刻烙印。即使到了现在，条件好了，仍然保持着很多旧习惯。每次给他们买衣服，都说不用不用，给婆婆买的新衣服，挂在衣柜里当摆设，总是不舍得拿出来穿。父亲现在打球多，出汗多，给他买运动服，他还是比较开心的。每月生活费直接交给母亲，由她全权打理，鸡鸭鱼肉，菜蔬水果，每天都从菜市场买新鲜的。但每天的量是严格控制的，吃剩菜我不让，倒掉去他们不让，所以计量精准，极少出现浪费。

有一年母亲节，我给婆婆买了一个全自动洗衣机，她用个浴巾蒙着，一直不用，坚持说那个半自动的还可以用两年。阳台本来就不大，还放两个洗衣机，我站在那里洗衣服的时候，正前方是洗衣台，侧右边是半自动，身后是全自动，我就像被困在一个围城里。后来我说，新洗衣机再不用，就要被太阳晒坏了，婆婆这才依依不舍地换了个洗衣机，此时离我的购买日期，已经过去三年了。

一次洗衣服，看到公公的秋衣秋裤都很旧了，袖口脱线，裤腰松松垮垮，就顺手在淘宝上给他买了一套。后来在家里打扫卫生，清理书架上的灰尘，无意中发现公公写的日记，"余敏给我买了一套新的秋衣裤，特别厚实，我穿在身上，暖在心里"。我到现在还记得血液一下子冲上了我的脸，有一些开心，更多的是惭愧。孩子为父母只做了多么微不足道的一些小事，却被他们记在了心里。我们从小到大受了父母多少恩惠，真是三天三夜也说不完。

俗话说，家有一老，如有一宝。我家是个富矿，家有四老，个个身体健朗，精神矍铄。父亲和母亲与我住在一起，一个屋檐下起居饮食，呼吸欢笑。公公婆婆离我五十多公里，只要想去，随时可以去。因为有他们，尽管我已年近五十，却一直像个孩子。他们是我用什么都不可更换的巨额财富，是我行走世间的勇气和底气。他们的怀抱足以抵御人间风雨，我愿在这怀抱里待得久一些，再久一些。

盗版的冬天

这个冬天面目模糊，像一张历史久远人物失真的老照片。

从时令来讲，秋天早应该被我们远远甩在身后，徒留回忆了。可从气候来说，这天气完全是十月的延续，风和日丽，气温一直在 20 度左右徘徊，仿佛今秋是个冗长的没有结尾的小说。每日的天空都蓝得纯净彻底，像是深不可测的大海，又仿佛恋人间对视的目光。云朵不慌不忙地飘荡，它们像是天空怀揣的大大小小的心事。手机随手一拍，都可以做电脑桌面壁纸，孩子们的热情和烈日相得益彰，他们雀跃地奔跑着，闹腾着，身上的棉袄都穿不住了，个个小脸红扑扑的。

这个冬天真让人舒展，完全不按规矩出牌，明摆着是个盗版。今日已是大雪，可天气预报为晴，气温 4 ~ 9℃。到了午后，阳光更是铆足了劲，像一川巨大的瀑布倾泻直下，晒得人睁不开眼，脸上直冒油，大家只好蜷缩在屋内。身处冬天却惧怕阳光，季节给我们来了一个不可思议的答案。虽说在南方，大雪只是一个抽象的名词，并不常有雪花飘落，但总应该有点具体可感的寒意吧。北风应该足够强劲，落叶应该足够萧瑟，才能与这个节气相配，提醒人们秋收冬藏。

我撸起袖子在院子里洗衣服。只穿了一件条纹低领羊毛衫，全身上下很是利索，上午的阳光还不很烈，晒在身上酥酥痒痒的，说不出的舒服。

周末遇上晴天，能洗的都要洗洗，能晒的都要晒晒，才不辜负这冬日暖阳。最近大家换衣勤快，今天的衣服有点多。老人的，孩子的，内穿的，外穿的，深色的，浅色的，手洗的，机洗的，被我按要求分成了大大小小的一堆又一堆，我就在里面来回穿梭。父亲每天去打球，易出汗，袖口和衣领有较明显的污渍，要先刷一刷。孩子的校服最难洗，膝盖处有难以清除的大块的污渍，好像他们在学校都是跪着走路似的。我都不敢使劲刷，怕把裤子给刷破了——之前那个校服的裤子就是这样，膝盖周围四个大小不同的破洞，像四只眼睛。孩子还兴奋地说，"你看，我比杨戬眼睛还多！"衣物全部清理好了，才按深色的浅色的分别放在洗衣机里，哗啦啦的水声，白花花的泡沫，亮闪闪的阳光，屋子里在播新闻，老爸端坐在沙发上看电视，我不禁哼起歌来。洗净的衬衣从水里拎出来，拧干，哗的一声，甩出一条抛物线，肥皂的香味在空气里流动，一阵水雾无声地朝我的脸扑来，迅速地融入我的肌肤，消除了连日晴朗带来的干燥。

　　这和我印象中的冬日太不一样了。过去，每年冬天是必定下雪的，有时候要下好几场。小时候住在农村，总可以看到瓦檐下的冰凌，长的有一米多，短的也有二三厘米，男同学们把它们掰下来，带到学校去当宝剑，互相比武。冰凌牢牢地挂在瓦檐下，一夜的严寒使流动的水凝固起来，并且有了不可思议的力量。一根根冰凌整整齐齐地挂着，俨然和房屋变成了一个整体，早上一推开门，孩子们就大呼小叫起来。徒手掰下来是有点困难的，手只要握一会儿，寒气就会从手心腾腾升起，冒出一股白雾来，只好赶紧放在嘴边呵口气，再换一只手。如此反复，最后得到了战利品，乐呵呵地进入战场。也有机灵的孩子找个锤子，直接敲击接口处，很快就可以得到一个根部粗壮顶部尖利全身透明的宝剑，很是可以炫耀一阵子。那时的农村，家家户户为吃饱饭发愁，玩具是不可能有的，所有的玩乐都是自己到大自然中去找，水最平常，是他们最易寻得的伙伴。夏季游泳冬天玩冰，水以自己的方式润泽了农村娃的童年岁月。

上初中开始住校，更是深刻领会了冬天那出奇的寒冷，起床是一个持久战，被窝的温暖和空气的凛冽交织感受，不断瓦解我们的意志，手伸出去又缩回来，反复进行，一直持续到迫不得已的时候，才猛然起身。错过了打开水的时间，我们只好用冷水洗脸，过了夜的自来水，有着现在无法理解的刺骨的冷，咬牙闭眼，伸手下水，拿毛巾胡乱擦洗一番，赶紧往操场上跑。早操时，整个操场还是混沌一片，天色灰暗，白色的霜散发着冷冷的寒气，人们等待太阳就好像等待救世主似的。那太阳呢，懒洋洋的，直到八九点钟才冒出来，于是，一到下课，各个向阳的地方，挤满了人头，大家一边哈着气，一边跺着脚，随着太阳的角度调整位置。上课铃催命似的响了两遍，大家才恋恋不舍地走向教室，步履蹒跚，和下课时猛虎下山样的奔跑，实在是天壤之别。那时候，冬天的冷是深入骨髓，如一场旷日持久的恋爱。

就算是去年这个时候，还下了一场雪呢！一场大雪，就是一场庆典！一到冬天，孩子就总是问我，什么时候下雪啊？我要打雪仗，我要堆雪人。成人没有孩子那份期待，但我想，没有人会拒绝一场大雪的到来，何况，我们已经好几年没下过大雪了。雪花仿佛听到了人们的声声唤，他们拼命赶路，终于在 2018 年的末端来到了世间。花费了一年的时间，积攒了一年的力气，所以现在，他们义无反顾，奋不顾身地扑向大地，好像扑向她久别重逢的恋人的怀抱。挤挤挨挨，密密麻麻，纷纷扬扬。此时每一朵雪花就好像是一个快乐的因子，人们在大雪中奔跑，欢笑，以雪的名义连接了温暖和思念。那天我开着车在大雪中穿梭，好像每一朵雪花都扑入我的眼，我的脸，我的心。在城市的霓虹里，雪穿上了七彩的霓裳，更似仙子翩翩起舞。路上行人很多，不少人放弃了交通工具，步行上街，所有人的脸上都挂满了兴奋。世界像是更新了程序，找回了本真的快乐。

这些年，冬天越来越暖，这本是一件好事，我们再也用不着和过去一样，哆哆嗦嗦、躲躲闪闪地过一个寒冬。虽说没有雪的冬季，就像没有色彩的天空，总是令人黯然神伤的。不过，家有老人，最惧寒冷，我就原谅了这个盗版的冬天。

许多年了，我和父母一直住在一起。起初是寄住在娘家，人多房小，诸多不便。后来自己建了房子，宽敞了许多，父母就搬过来和我同住。我每天一进家门，母亲就会跟我说点事，大到某个人的生老病死，小到家里添了一个餐具。很多事并不是非说不可，但母亲就是要跟我说，好像说了，她和我的生活才有了紧密的联系，有着牢不可分的瓷实。有一天回家，还没开口说话，惊愕地发现母亲戴了顶假发。看到我的眼神，母亲有点羞涩，说现在很多老年人都戴假发了，冬天免得老是洗头。再说，白发太多了，染发都盖不住了，前面小区的刘阿姨定制了两顶呢。这顶假发是根据母亲的头型专门设计的，短发，微卷，轻便，操作方便，倒是很适合老年人用。"多少钱？""一千八呢！"母亲看着我，声音有点小，像是怕我责怪她似的，慌忙补充一句："都是这样的价钱。"我没再说话，打趣说母亲戴上显年轻了，又洋气，她才好像舒心地放松下来。父母老了，倒好像是我们的孩子一样，有意无意地看着我们的脸色。我告诉他们，想干什么就干什么，想怎么花钱就怎么花钱，只要身体好心情开朗，其他什么都不重要。但是，从贫寒岁月里走过来的一辈人，花钱仿佛是一种罪恶，尤其是当他们失去了谋生能力的时候。这次的假发去了一千八百元，于母亲来说绝对是个奢侈品。我一度怀疑这是她个人消费里最大的一笔开销了。可见对于衰老的拒绝是每个人的本能。这个假发每天晚上取下，放在一个架子上，避免变形。母亲每天早上都起得比我早，我已经习惯了她戴着那顶假发，仿佛她真变年轻了似的。有一个晚上，母亲起夜，路过我的房间，那天我没有关门，靠在床头上看书，一眼瞥见了母亲头上花白的短发，黑暗之中，白得刺目、耀眼，像一道闪电，瞬间击中了我。假发只是一个表象，戴了假发的母亲依然一天天地变老，这是谁也无法改变的事实。戴或不戴，岁月就在那里。

父亲回了一趟老家，脸冷得像一把刀，闪着寒光。我不敢说话，到厨房里悄声问母亲。母亲说今天上午你老家的堂姐夫出车祸了，回家的路上被一辆大客车撞上，当场死亡。我惊愕不已，就上个月他还到我家帮忙修水管呢。穿一身迷彩的工服，我回家的时候，看到他两手都是泥，脸上却是笑呵呵的。见我就腼腆地一笑，打声招呼就继续干活了。我和他说话不多，不只是他，老家所有的亲戚，联系都由父亲负责。那些田野，旧屋，离我已经很遥远了。晚饭时喝了点小酒，他乐呵地告诉我，儿子在西藏当兵，快要回来了，县城房子已经买好，媳妇也说上了，总算是过上好日子了。给他工钱怎么也不要，说自己人还要这般客气，别的事也帮不上，就会做点力气活。你们全是读书人，是做大事的。在他眼里，我们仿佛无所不能，只有我们自己知道，生活的悲苦从来不会放过谁。

周末，母亲去菜市场买了几个整板的豆腐，说是要自己做点霉豆腐。今年家里吃饭的人多，多做点小菜，摆在桌上调个味，也算一个菜。跟随母亲从菜场来到我家的豆腐，白白嫩嫩，晃晃悠悠，冒着热气，还可以闻到豆子的清香。豆腐是一块完整的，没有像平时一样经纬交错地切开，变成一个个小方块，母亲说切开了就不好拿回家了，叠起来会压烂了的。这个新家伙引起了我和孩子的极大兴趣，我们一起蹲在边上看母亲如何摆弄他们。天气暖和，豆腐很容易就发酵，不需要像过去一样用厚厚的稻草。母亲找来了一个大纸箱，拿起菜刀沿着豆腐上的线条切下去，横三刀，竖三刀，木板上出现了十六个大小相同的豆腐块。孩子兴致勃勃地拿手去拿，按照外婆的指令小心翼翼地放在纸箱最底层，一块一块排列整齐。我在边上出了会神，想起过去发在报纸上的小文，用铅字整齐地排列出一个方阵，就叫豆腐块，还真形象。第一层排满了，母亲垫上一层荷叶，荷叶是夏季采摘下来晒干留用的，用来蒸米粉肉，泡茶喝，都可以。倒是没想到还可以这样用。荷叶把豆腐一层层隔开，避免到时候豆腐塌成一堆豆腐渣，拿都拿不上手。这样一层一层地摆好，一个空纸箱就满了，沉甸甸地堆放在屋子角落，第一个程序就算完成了。

　　第二天，我发现箱子里渗出了许多水，惊慌失措地去报告母亲。母亲笑了一下，说，是豆腐里的水出来了。是啊，水豆腐，不是有很多水分吗？沥去水分，是它变成霉豆腐的必经之路。水分丢失了，它才变得坚硬，才能抵抗这长久岁月的煎熬。我不禁为自己的无知羞愧起来。过了两天，箱子里的水基本没有了，但我们不能动它，母亲说还没到火候。再过了三天，箱子被打开了，原先洁白水嫩的豆腐完全变了一个模样，体型缩小了很多，颜色变得灰暗，最重要的表面长满了霉点，还有着丝丝缕缕的牵连，像一个病入膏肓的老人。就这个样子怎么会让人有食欲呢？母亲仔细查看了一番，说可以了。粗盐炒好，拌上了浓烈的辣椒粉，装了满满一脸盆。豆腐用筷子夹出来，这个时候只能用筷子了，谁也不忍下手。霉变的豆腐此时有股很不好闻的味道，它们一块一块地被丢进脸盆里，滚满盐和辣椒。这真是一个华丽的转身，我霎时就觉得那股味道没有了，刚才还灰头土脸遭人嫌弃，现在穿上了一身新衣，变成了一个美娇娘。我和母亲各执一双筷子，一个负责夹出来沾辣椒粉，一个负责沾好夹到罐子里装好。罐子早就洗净沥干了，在桌面上立着，我数了一下，大大小小足有十个，可见母亲今年是下了狠心的。罐子被一个一个地填满，最后拿了一壶白酒出来，给每个罐子都倒了一些白酒下去，据说这样可以长久地保存，并且还多了些美味。一个个大红罐子排在柜子上，母亲心满意足地看着它们，好像剩下的好日子就全装在这里了。

　　日子一天天地流淌，这个温暖的冬天也很快会过去，就像过去的无数个冬天一样。暖冬或者寒冬，都不重要了，心有欢喜，不惧寒冷，每个冬天都可以是暖冬。

活着活着就老了

作家冯唐写了一本书叫《活着活着就老了》，我买了，还从头到尾阅读了一遍，可现在，我只记得这个标题，冯唐究竟写了什么，这本书现在在哪里，我忘得一干二净了。

时间是一头怪兽，在它面前，我毫无抵抗之力。是的，它挥舞着衰老这根大棒，四处搜寻符合条件的人群，等找到了合适的对象，比如我，找准适合下手的部位，悄无声息地逼近，毫不留情地出手。

它最先下手的地方是我的记忆力。作为一个文科生，我的记忆力曾经是一份可以炫耀的资本，背书完全是闹着玩，三下两下就搞定了。念师范的时候，曾经创下政治考一百分的辉煌纪录。当老师，经常要接触古诗词，脑子里多少还能有几个句子游动，现在的工作脱离了语文环境，看到一些场景，总觉得想说点什么，张口却是哑然。不提背诵两个字，叫我背一个稿子，我还不如自己写。几年前，广丰流行考建造师，我对那些参加考试的、年龄和我接近的人真是无比敬佩，那样枯燥的公式，专业术语，我真是一页都背不下来。网上流行的那个段子说，翻开书念，"马冬梅"，合上书，"马什么梅"，再看一遍，合书，"什么冬梅"，到了考试，"孙红雷"……看的时候我哈哈大笑，看完了仔细一寻思，说的不就是我吗？

每周一到了办公室，我都要先做一件事，找张纸把本周的工作一一写下来，按轻重缓急编好序号，然后对着一件一件完成，完成了的打钩。这个方法通常为低龄儿童刚入学时常用，没想到也适用于进入衰老期的人，这世界，还真是一个轮回。有时候准备打个电话，找到手机就忘了究竟要打给谁，得反应好一会儿，思维才续上，就好像家里保险丝断了，得去接。领导布置的工作，尽量马上执行，如果不能，必须马上写下来，要不过了一晚上，已经到天空漫游去了。久而久之，反而养成了高效的工作习惯，你们说我的领导意不意外，惊不惊喜？

找东西是家常便饭。隔三岔五我爸就会听到我的嘟囔，我的钥匙去哪里了？我的户口本呢？我刚到的快递呢？他经常笑话我比他还健忘，事实就摆在这里，我无言以对。之前我的脑袋是个超市，物品分类放置，需要的时候能准确无误地找出来。现在是个杂货铺，半点现代管理理念都没有，随老板高兴，找个东西要翻个底朝天。那些我当时翻箱倒柜也找不到的东西，过了几天通常都会冒出来，有时候就在我的眼皮底下，有时候是灵光乍现扒拉出来的，反正总是跑不远。

有次网购，商家买一送一，我收到了两支防晒霜，拆开一支使用，还有一支就放下了。至于放哪里，天晓得。第一支防晒霜日渐消瘦，很快就提醒我要用新的了。我开始在房间里团团转，床头柜两个抽屉打开，翻找，没有。床底下两个抽屉打开，没有，所有用过的包都打开，每个拉链都拉开看，没有。我像一只困兽，喘着粗气，对在自己的领地里却无法如意而气急败坏。最后我颓败地倒在床上，决定先不找了，无非是电脑辐射波和紫外线多投射一点在我的脸上，反正斑已经长出来了，破罐子破摔。过了两天，我去衣柜底下的一个纸袋子里找东西，赫然发现防晒霜静静地躺在那里，至于它是什么时候到达的，我无从知晓，我的脑子无法还原当时的场景。物品找到了，我已经没有了当时的激动，找到或是没找到，都可以接受。几十年在世间摸爬滚打，多巴胺的分泌有点枯竭了。知道了凡事不可强求，这是年龄带来的福利，年轻人无从享受。

白发在我的头上渐成气候，大有攻城略地、不达目的不罢手之势。先是两鬓，左右脸颊之侧，跳动的银光闪现，总也遮挡不住。然后是头顶，有一个地方最是茂密，集中，简直是一个白发小森林。它在周围那些尚保持初心的黑发中间，顽强地生长，蔓延，不放过那方寸之地。我百思不得其解，为什么这个地方白发如此丛生，它们对应的大脑皮层，究竟负责我的哪个功能，能被折磨得如此触目惊心？还有"散养"的白发，东一根西一根，跟我打游击似的。之前我碰上了就毫不客气地揪下来。有时候对着镜子揪，有时洗头时理发师帮忙，有时是姐妹朋友在一起闲聊玩乐的时候揪。可是它们有的是时间，打的是持久战，用的是流水阵，一拨伏又一拨起，层出不穷，实在难对付，敌强我弱，渐渐败下阵来。"野火烧不尽，春风吹又生。"它们不用等春天，这日日流水般流逝的岁月就是助长野草的春风啊！我投降了，我向白发投降，向时间投降，也向自己投降！

我和老妈结成了同盟，互相打听哪种染发剂好，颜色自然，不伤头皮，周期合理。我成了理发店的常客，定时招呼这些不速之客，把他们洁白的身躯改造成其他模样，用以掩饰年龄给我的这份"馈赠"。我甚至还去看过假发，希望找到一种永葆青春的固定款式，以给我虚构式的慰藉。我执拗地不肯失去我的阵地，不肯承认衰老的逼近，尽管我知道这是自欺欺人。也许有一天我幡然醒悟，顶着一头银光闪闪的白发走在大街上，强打"骄傲"地说，看，这每一根都是我自己的头发。

至于我的双腿，因为日复一日承受了我身体的重量，或者还加上了生活的重量，膝盖已经变得脆弱无力。我的膝盖算有旧疾的。念初中的时候，住在学校的宿舍里，地面是泥地，阴暗潮湿，遇上下雨天，能在地上直接踩出脚印来。就是三年的住校生活，关节炎成了毕业时的副产品，被我连同毕业证书一并带走，并一直在我身上生根。一到雨天，隐隐的酸胀感从膝盖里蔓延开来，好像那里是个发射站，源源不断地发射电波。坐完月子出来略有好转，如今又开始抬头了，好像这么多年被压在五指山下的孙猴子，但凡有点动静就蠢蠢欲动。爬山成了我无法触及的区域，平地走五公里没问题，爬山只要超过五十个台阶，双腿就酸软无力，膝盖僵硬，并且气喘如牛。我想，以后我的娱乐锻炼方式还是以广场舞为主。

除此之外，我的眼睛没有了之前的神采，我的皮肤没有了以前的细腻，我的腰肢没有了以前的柔软。我知道，都是那个叫时间的家伙搞的鬼。他一直在我身边虎视眈眈，不肯走，我也赶走不了它。要不，我还是跟它笑一笑吧，也许多笑笑，它下手会晚一点，轻一点。既然我与它必须狭路相逢，那我还是微笑着迎接它，做那个无畏的勇者。毕竟，这世上所有的人都和我一样，活着活着就老了。

客从何处来

在一个面目全非的村庄面前，我们成了一群不知所终的人，来去皆茫茫。

——傅菲《瓦：烈焰的遗迹》

　　每年清明，父母都会带着他们几代的血脉延续，像带着一群候鸟，飞回到我们生活的源头——故乡。那里的青山绿水之间，零乱地散落着几代先人的痕迹。清明大多是雨天，斜风细雨，阵阵轻寒，我每每发现坟头上去年铲除的荒草，仍然茁壮地在风雨中招摇，年年相似，岁岁雷同。人的生命力和这野草相比，实在是不堪一击。时间和行程都是父母安排好的，我们只是默默地跟在后面，完成一些礼节。很惭愧，真的，我们只是在陪伴父母。因为除了外公外婆，那些坟茔里沉睡了很久的先人我都不认识，从未谋面，自然谈不上什么感情，维系我们的完全是血脉的继承和亲情的天然亲和力。至于我们的下一代，更是把清明当成了欢天喜地的春游，那些繁文缛节只是他们冲向田野的通行证罢了，她们一心只想着如何采摘到那串娇艳的映山红，或者在草丛间是否能寻找到金龟子！

说是故乡，我在这里生活的时间其实并不长，约等同于我的小学时代。在这之前，我一直寄养在遥远的外婆家。一百多公里的距离，现在的高铁一个小时就到了。而在那个年代，大多数人以自己的一亩三分地为生活半径，他们四季耕作，跟随太阳的脚步作息，向土地虔诚地低头，不曾远离。再加上交通严重不方便，那段路程生生隔绝了许多脚步。当年母亲第一次当妈妈，心里发慌，不顾长途颠簸，执意要赶到外婆家去坐月子。父亲带着他即将分娩的妻子，没有挤上一天一趟去县城的班车，搭别人的拖拉机，一路摇晃着到目的地。这一路大概狠狠地折腾了我，晚上住在旅社，我不顾母亲的心慌，就这么哭啼着来到这世界。善良的老板娘照顾了母亲五六天，然后由着她拖着虚弱的身体赶往外婆家里。后来我上小学时，经常吹嘘自己是全村最神气的一个，在很多人都没有见过火车的年代里，我居然出生一周就坐上了那个人人艳羡的交通工具。而且直到现在，我一直固执地认为，我如今奔波的生活状态，是一种早就注定的宿命。

七岁时我回到父母身边上小学。那时母亲是村里小学的民办教师，因此我一直是学校里骄傲的公主。其他学生总是对教师办公室望而却步，只有我敢大摇大摆地进去，喝点水，帮男同学偷偷抱个篮球出来，给姑娘们拿点粉笔头，让她们在地上画线跳格子。然后就像享受三月的春风似的，任凭他们羡慕的眼光在我脸上扫来扫去。而我最喜欢干的事就是，偷偷弄点红墨水涂在手指上，心生欢喜地端详，仿佛这样就和老师享受了同样的待遇。现在好了，我每天都拿着红笔写写画画，小心翼翼地注意不要在手上衣服上留下痕迹。我全然忘了儿时的梦想和乐趣。

小学毕业后我进了县城的中学念书，从此和故乡渐行渐远。初中，师范，毕业，工作，我的身心都已远离了那个安静的小山村。就像是两棵向着不同方向生长的树,根部虽然缠绕在一起,却各自伸向不同的天空,永无交点。

　　我们虽说从小生活在农村,却从没干过农活,家里的丫头们走出去,一个个白白净净,个子高挑,说话轻言细语,和周围的小伙伴完全不是一个风格。父亲也不让我们和别的孩子玩乐,他固执地把我们的生活和那些稻田,菜园,猪粪和铁锹隔绝开来。父亲其实和村里那个我们称为爷爷奶奶的人并无血缘关系,他的亲生母亲在上海,是一个漂亮端庄的大家闺秀。至于为什么会被抱养在这样一个旮旯里,父亲一直不肯多说一句话。后来听母亲说过只言片语,大概是和那个风起云涌的年代有关。我知道,个人的命运从来无法挣脱时代的束缚,何况奶奶不过是个旧家庭中的弱女子。我和奶奶的见面只有两次。第一次是我小学四年级父亲带我去上海,我见到了全然陌生的她。第二次是奶奶回来探亲,父亲搀扶着她在县城里转了转,我印象最深的就是她一直说"那些城门怎么都不见了? 我都摸不清方向了! "亲爱的奶奶,当年你仓皇离开家乡去上海的时候走的是哪个城门呢? 后来,我再去上海,奶奶已经长眠于一个很小的格子里。上海那么大,可是她只需要那么一点地方。我随着父亲前去祭拜,看着照片上她依然笑脸盈盈,想着她这辈子颠沛流离,寄人篱下,不禁悲从心起。前几年的重阳节在同学家里吃饭,觥筹交错之间,他突然牵了九十一岁的奶奶出来,本已经微醺的我,情绪在酒精的作用下无限放大,我居然全然不顾场合,失声痛哭。大家都以为我醉得不行了,只有我自己心里知道,那一刻我简直是在嫉妒他! 一个人四十多岁了还有奶奶,这是一件多么幸福的事啊!

　　父亲的命运从此被改变,就算他长得高大魁梧,眉眼英朗,气质明显不同于那些堂伯和那些和他同龄扛着锄头的农民,却如一只折翼的小鸟，飞不出这一方天空。我虽说有四个堂伯十几个堂兄弟，但从小就和他们不亲。他们兄弟姐妹都很多，但没有一个上过高中的，他们的血液里流动的是一个农民的渴望，这是我们和他们最本质的区别。我想就是基于此，父亲下定决心要把我们送出去。我们小时候听得最多的一句话就是："你们一定要努力读书，改变自己的命运。在农村，你们是没有出路的！"若干年以后，我们姐妹相继考上学校，离开老家。到现在，我们每次开车陪着父母回家，父亲的腰板总是挺得笔直的。女儿们替他完成了毕生的心愿！

在中国，老屋一直被作为一个家族的根基。即使没有人居住，放置在那里也仿佛是个坐标。父母随我去县城居住以后，我家的老房子闲置了很多年。前几年，由于家境的窘迫，父亲把它卖了！从此更是断了与故乡的联系。房子不在，亲人不在，无田地，无牵挂，这块土地与我们便没有多少瓜葛。房子卖给了我的一个堂哥，左右厢房，中堂屋，连同一个菜园子。他把旧屋拆了重建，我们的童年，我们的欢笑，连同我们的记忆于是一起被压在了废墟之下，而在此基础上的这栋四层小洋楼和我们毫无干系。只有房子右侧的一口水井还在，井水仍然清澈，甘甜，井口厚厚的青苔还在，幽幽地，像一个古老的传说。可是，当年围着这口水井生活的人，却大部分不知所终。

有一天我突发奇想，在一个傍晚一个人回了一趟老家。车子停在村口，我步行，沿着过去的生活轨迹慢慢地绕了一圈。村口，我家，水塘，学校，卫生所，大河，中间要拐许多个弯。这些路当年都是泥土，下雨天我们要穿着高筒套鞋才能出门。现在当然全是水泥路面，孩子们穿着套鞋在路上玩水的情景再也看不到了。已近黄昏，抬头可以看见天边绯红的晚霞，整个村子笼罩在一种奇异的光芒之中。我背着包慢慢地走着，像一个过客。

大部分的人都不认识我，有三三两两的孩子从我身边走过，用好奇的目光看着我，等我开口问点什么，呼啦一下就跑开了。"儿童相见不相识，笑问客从何处来。"此刻，我和贺知章站在了同一个路口上。路过小时候洗衣服的那个水塘，它已经成了一个污臭的地方，垃圾漂浮，气味很大，老老少少来来往往熟视无睹。我发了一会呆，叹了一口气，继续往前走。路边有很多破旧的老房子，断壁残垣，蛛网密布，杂草丛生，显然是没有人居住的。但是也没有拆，就这么低矮地伏在路边。新建了许多新房子，都是好几层的楼房，在村子的外围。这些房子都是那些在外打工的人回来建的，家家都很气派，很有点竞争的势头。所以，这些年，村子的范围扩大了好几倍，围绕着村庄的田野却日渐萎缩，当年那些金黄的水稻，碧绿的菜畦，长流不息的小河，都不见了踪影。和他们同时消失的还有村里的大部分成年人，他们像候鸟一样飞离了家乡，散落在南方、北方各个经济开发区，奔走于农村与城市之间，连接着传统与现代。路上所遇几乎都是老人、妇女和孩子，很多家里锁着门，这一把锁，也许就隔断了那千山万水的牵挂。

天色越来越暗，村子笼罩在一片灰暗之中。没有路灯，我站在狭长的小路中间，风呜咽着从我耳旁掠过，顺便带走了我眼角的湿润。抬眼，一轮上弦月清冷地挂在天空，它不声不响，顾自盈缺，俯瞰这大地苍生，人间悲欢。我回头再看了一眼这个被称作故乡的地方，它在慢慢地后退，拉长，变小，似乎成了一个背景，隐约地伫立在我生活的背面！我像个过客，手足无措，不知何去何从。乡村与城市之间仿佛已经没有了路标，我们回不到过去，也找不到未来。

或许有许多人和我一样，站在时代的路口，茫然四顾，再也找不到自己的故乡！

母亲是一条河流

　　每年清明，我会带着孩子随父母一起回故乡扫墓祭祖，听长辈们讲述先人的生前轶事，听得多了，似乎那些消逝如烟云的细节，在我心里渐渐清晰，汇成了一条家族延续的河流。

　　"十二个？""十二个！"听到母亲说这个数字的时候，我吓了一大跳，难以置信地追问了一句。母亲和我说着一些陈年旧事，伸手拂去老外婆墓碑上的泥土。"建国前，生活苦啊，你老外婆自己生养了十二个孩子，竟然没有带活一个，全都夭折了。后来抱养了你外婆，这才开枝散叶，成就了你们这一支血脉……"母亲唉声叹气地讲述着，我呆呆地看着坟头上随风摆动的枯草，眼前浮现出这样一幅画面：一身破旧黑衣的老外婆坐在门槛上，瘦削的身子斜靠在门框，花白头发披散着，眼睛失神地看着怀里的襁褓，那里躺着她夭折的第十二个孩子。

　　母亲口中夭折了十二个孩子的老外婆，我依稀记得，她寡言少语，瘦弱不堪，一年到头蜷缩着。六岁那年，她从我的生活里消失了。现在想来，生活根本没有给她笑的权利。一个母亲，眼睁睁地看着孩子一个个从她的眼前消失。有的尚在怀抱里，有的已经能蹦跳着坑娃，却像风一样转瞬即逝。那个年代，恶劣的生存条件和落后的医疗像一双魔鬼的手，夺走了老外婆的全部希望。失去孩子的苦痛，在老外婆身上碾压了十二次，最终榨干了她最后一滴泪水。乌云笼罩着老外婆和更多的母亲，不知道光明在哪里。

多年以后，老外婆终于有属于她的那一束光。这个后来成为我外婆的小姑娘，成了老外婆唯一的寄托。

"妈妈，你的外婆，后来过得怎样呢？"女儿曾问我。已是大学生的女儿，对人生有了更深刻的思考。"老外婆把所有的爱都给了这个没有血缘关系的女儿，悉心照料……"说起外婆，我的话语就像一汪丰沛的泉眼，汩汩地往外冒。

我从小就是外婆带大的，似乎她是我的另一个母亲，我熟悉她的言谈欢笑，以及那双粗糙的大手。外婆身材高大，留着齐耳短发，她没有裹着小脚在家里做女红，而是扛着锄头出入田间地头。女人走出家门，获得和男人一样的劳动权利，是新时代的曙光照亮了新一代的女性。

二十四岁，外婆出嫁了。老外婆最大的念想，就是想承载着她全部希望的女儿，能尽快地成为母亲，延续她多子多孙的愿望。1950年代，面黄肌瘦的外婆走向一个母亲的道路，显得曲折艰辛。长期的繁重劳动和营养不良，使她的孩子或胎死腹中，或年幼夭折，外婆的苦像在胸口扎下了一枚钉子，日日作痛。失去了她的第三个孩子后，外婆擦干眼泪，放下锄头，卧床休息。后来，大舅在外婆的百般呵护下顺利出生，那时，外婆已经三十一岁了，在当时已是高龄产妇。老外婆踮着小脚，赶了十里路，她抱着这个健康的孩子，喜极而泣。就像找到了一个矿藏的钥匙，此后，外婆连续又生养了五个孩子，她终于成了一个丰产的母亲。

贫瘠的家日益庞大。身为母亲的外婆每天只思考一个问题，如何让六个孩子不再挨饿。水稻，茶叶，西瓜，甘蔗，四季菜蔬，凡是能在地里长的，外婆都想办法让它们出现在自己的菜地里。酸萝卜，霉干菜，酱豆干，是应对青黄不接时节的宝物。孩子们迎风奔跑着，牛犊般成长起来。

外婆是个干活的好把式，但是她不识字。她扛起锄头的手粗壮有力，却拿不动一支笔。为了让孩子们能拿起笔，外婆耗尽了所有力量。我无法理解，外婆的肩膀承受了那么多重压，竟没有熄灭心中那盏希望的灯火。

我的母亲在外婆的催促下迈开大步，追上了时代的步伐。她在摘茶叶打猪草中，上完了高中，当上了民办教师，也开始了谈婚论嫁。那时候，我的老外婆成了一个老人，独居在家，外婆当年跟着外公来到了百里之外的一个垦殖场，背井离乡，安家落户。母亲被外婆嫁回了故乡，照顾年老体弱的老外婆。

1975 年，这世上有了一个我。

我是母亲的第一个孩子，孕育虽然水到渠成，但来到这个世界的步伐却是跟跟跄跄。"你不知道，那时候我有多狼狈。"母亲转过脸对我女儿说，"我临盆在即，手忙脚乱。心里想着，无论多远，都要回去找我妈。那时候，一百多里，真够远的。本来每天有一趟去上饶的班车的，那天没赶上，我咬咬牙，上了一辆拖拉机……"这个故事我听母亲讲过多次了，马上接住了她的话头："后来啊，在拖拉机的轰鸣摇晃中，我没来得及赶到外婆家出生，也没有在自己家的床上发出第一声啼哭，却在县城的一个小旅馆里提前开始了我的一生，一周后才去了外婆家。你知道吗，当时的我很神气的，是村里最小的坐过火车的人呢！""哈哈哈哈！"母亲和女儿一起发出了爽朗的笑声。

我的两个妹妹相继出生，家庭容量开始处于饱和状态。父亲常对我们姐妹说一句话："改革开放来了，你们一定要好好上学，才能适应国家的形势。"我们那时不懂改革开放，但在父亲的熏陶之下，个个都勤奋读书，我上了师范，两个妹妹都上了大学。

2002年，我的女儿出生了，她的小脚丫跨进了二十一世纪。整个孕期我做了数次检查，对她的发育情况了如指掌。母亲常感慨地说，要是过去能有这么好的条件，那些母亲少遭多少罪啊！女儿顺利出生时，在医院洗了第一个澡，打了第一针疫苗，吸了第一口母乳。然后，像棵小树苗似的栉风沐雨，苗壮成长。

她还没有成为母亲，但是，她终将会成为一位母亲。

当我和母亲、女儿一起，站在外婆和老外婆的坟头。近百年的光阴，虽然阴阳两隔，却在无声交汇。已近天命的我已经理解了我的老外婆，我的外婆，我的母亲，以及更多的不同时代的女性，她们的困顿和挣扎，她们的希望和努力，她们的心血和泪水。

我是母亲的孩子，母亲也曾经是一个孩子，一代代的孩子，终将成为母亲。母亲是一条河流，一条生生不息永不干涸的河流。

校园往事

在学校待了二十五年，学生的故事一箩筐，此文撷取数个，聊作纪念。

梅子青　梅子红

梅子是我的学生。认识她时，我十九岁，她十四岁，上小学五年级。

上课没两天，我就发现了她与班里同学不同的特质。个子高，沉默，闷头坐着，与下课后在操场上疯跑的那群小子，仿佛隔着一堵墙。作业特别棒，每个老师都表扬她。但我很少看到她笑。

我很快就弄明白了她的情况，乡村里没有秘密。她的父亲种着一些薄田，再到附近的砖瓦厂打点零工。母亲有间歇性精神病，只能做简单的家务。她是老大，下面还有两个弟弟。因为要带弟弟，所以她比正常孩子晚了两年上学。但回家后，还是要洗衣做饭，母亲并不能利落地完成这些。她长大了，自觉地把原本属于母亲的责任扛了过来。

我对她瘦弱的身躯投以热切的目光，但她好像没有看到。她只是埋着头，听讲，练习，课间她是不出去的，要抓紧把功课做完。她不哭，不笑，也不倾诉，默默地做着一切，好像是个完成指令的机器人。

我以检查作业为由，看了她的书包。书本很整洁，作业本上的字写得密密麻麻，铅笔都只剩下两寸长，握着都有点硌手。我顺势给她的本子和铅笔，被她推了回来。不过，第二天，这些用品以奖励的方式，顺理成章地到了她的书包里。她的眼里掠过一闪星光，我回给她一个灿烂的微笑。

有一天放学，我在门口收衣服，惊讶地发现梅子拿着一个编织袋，从远处走了过来。她四处张望，有时候疾步向前，弯下腰，把一些废纸捡起来，塞进袋子里。"梅子，你过来，我这里有很多没用的书，我给你！"听到叫声，她抬起头来，脸迅速地涨红了。她拖着袋子往回走，甚至跑了起来。我没有再叫她。

一棵苗壮的树，却长在如此贫瘠的土地上，只能结出青涩的梅子。我的心鼓胀得难受。

一年的时间飞速而过。小学毕业了，我接手了新的班级，继续忙碌。那个年代没有通信方式，就像一只路过的小鸟，她飞离了我的世界。后来的时间，我经历了一个女性该有的生活仪式，结婚，生子，买房，在自己的柴米油盐里做一只爬行的蜗牛。

大约十年以后，我和几个朋友一起回到当初那个小镇。我们在一个饭店吃饭，聊旧事叙旧情，一片欢腾。菜被一道道送上来，淹没在我们的笑声和咀嚼声里，没人注意那个端菜的姑娘。我无意间一抬头，电光石火，记忆里迅速划过一个身影。我假装上洗手间，尾随了出去，叫住了她。果然是，没有很多变化，也许更沉默了。

"你怎么在这里？"

"你后来上学了吗？"

"上到初二，我就没上了。爸爸让弟弟上。"

"你想上学吗？"

"想！"一行清泪从脸上划过，灯光下亮闪闪的。

"现在有什么打算？"

"先在这里干着，以后再说吧！"

"不管你干什么，只要足够努力，你都可以干得很好。"我好像回到了课堂上。

…………

"我去忙了！"她飞快地走了。我意兴阑珊地回到了包厢。

我们再一次失去联系。我不断遇上新的孩子，不断见到各种家庭，我努力散发着属于自己的光芒，尽管是那么的微弱。

时间不疾不徐地走着，从来不管谁的心情谁的脸色。那些被生活丢在泥淖里的人，有的奋力爬了起来，有的或许就被埋葬在那里。

微信的兴起，尤其是群的建立，使过去杳无音信的人，被一根线陆续给牵连了起来。我被不同的学生拉进了不同的班级群，那么多恍惚的面孔，扑面而来，一时仿佛时空错乱。

群里有个人，微信名就叫梅子。我尝试着艾特了她，很快就有了回应。"余老师好！"一个俏皮的笑容。"嗨，原来你也在这里。"……

梅子十多年的岁月被三言两语扯了出来。在那个餐馆做了两年，她认识了一个同样肯吃苦的年轻人。两个人白手起家，经营一家早餐店。起早贪黑，诚信服务，几年间就做得红红火火。后来流行淘宝，他们又开始做起了电商，把家乡的产品销到全国去了。如今乡村旅游兴起，开起了农家乐，生意风生水起。

"老师，你说得对，不管在哪里，只要足够努力，都能做好。"她爱笑了。

哦，梅子红了，我也笑了。

轮　回

我刚进办公室，还没坐定呢，班长火急火燎地跑进来了："老师，项书豪和张俊打起来了。"

走进教室，半个班的人都停下了早读，扭头看着他们——吃瓜群众永远是世界的主体。张俊脸上写满愤懑，喘着粗气，眼神里冒着火，看起来伤得不轻。项书豪呢，一脸无所谓，看见我来了，把投向墙角的目光收回，低头扭起了衣角。这架打得很没劲，不过是口角的延伸。项书豪说张俊看起来又傻又笨，张俊有点胖，最忌讳别人说这个，气不过，就打起来了。

我当然去安慰张俊，同时让课代表带领大家开始背诵，教室里恢复了秩序。没有人再看项书豪一眼。

项书豪的早晨，通常是由打架或者罚站开始的。他不写作业，喜欢迟到，别人早读他无聊，就左右上下地挑衅。他成了所有任课老师的一块心病，看到我就诉苦。上次英语老师说，他的试卷上居然出现了不可思议的个位数。我也没办法，初三才接手的班主任，一棵小苗，已经长成了粗壮的歪脖子树，我在树底下急得团团转，不知道从哪里下手。

根据多年的工作经验，源头应该在家庭。我找来原班主任留下的家校联系名单，按上面的电话拨通了。接电话的是个苍老的男声，告诉我他是爷爷。爷爷显然接过无数次老师的电话了，语气很平淡，还带着无可奈何的悲凉。"豪豪父母在广东，把两个儿子都丢给我。我哪里管得住啊！豪豪跟他爸一样，不爱读书……也怪我，豪豪爸上初中的时候，我去打工，把他放在家里……"放下电话，我苦笑着摇摇头，隔着光阴的父子都是留守儿童，轮回着共同的悲欢。

在我们这样的乡镇中学，留守儿童占了非常大的比例。年一过，一大批中年人肩扛手提，像一股巨大的洪流，告别家乡的码头，流向临近的发达省份。他们多数文化不高，只能做些卖力气的活，像一只只蚂蚁，爬行在城市的大街小巷。孩子是带不过去的，城市接纳了他们的劳动，却没有接纳他们的希望。虽然也有一些民工子弟学校，但仍然是许多父母跨不过去的鸿沟。在城里，每个地方都要花钱，每一分钱都要花力气。孩子小，在家里跟着老人不也长大吗？大人省吃俭用，寄点钱回去就好了。寄钱回去，这是比什么都更重要的事情。可是，孩子，就是孩子，不是小猫小狗，光养大就好了。

项书豪成了留守儿童中的战斗机。他的父母在广东开了一家杂货店，连过年都没有回来，他仿佛没有父母，没有人管教他，没有人对他有期望，就像是一匹脱缰的野马，没有方向，想怎么跑就怎么跑。

我有一次把他叫到办公室来。他进门神态自如——办公室的常客了。我给他拿了一块饼干，这让他有点吃惊，老师居然没有厉声地拍桌子。

我等他吃完了才开口。

你告诉我，你每天这个样子，到底想干吗？

不知道。

你觉得能考上高中吗？

不能。

你想父母吗？

不想。

那你毕业后到底干什么？

他想了很久，低声回答我，应该是出去打工吧。

这是我最后一次和他单独谈话。之后的日子里，全体师生进入了一种忙碌的备战模式，考试，改卷，讲解，订正，周而复始。大家不再关注项书豪，我每天会看他一眼，不管如何，班主任必须保证每个学生都在教室里。

中考很快结束。新的学期开始了，我们仍旧忙碌，日子和从前没有什么不同，只不过教室里换了一批新面孔。学校里，是一个又一个的轮回。

几年的时间倏忽而过。有一天我在街上，听到有人叫我，居然是项书豪。他比以前黑了瘦了，看来生活没有放过他。他手里牵着一个小男孩，眉眼很像他。"老师，没读书，真没啥用！"他还是低着头，我甚至看到了几根白发。"在外面待了几年，没文化，没技术，干的都是力气活。准备回家做点小生意，至少能带着孩子。我不想他也成为留守儿童，像我当初一样。"他的目光坚定地看向了远方。

挥手离开，我回头看着两代人渐行渐远的身影。我想，新的生活在铺展，旧日的轮回该告别了。

十六岁的天空

大课间的时候，班长鬼鬼祟祟地在我边上转悠，还坏笑着递过来一个纸条。"妾生君未生，君生妾已老。"我正在改作业，顺手拿红笔轻敲了一下他的头，回了他一声"切"。这个班我只担任语文老师，没当班主任，班里一群鬼精灵，仗着语文成绩好，整天和我嬉皮笑脸。不过，他们的确是没得说，我去上课，该预习的都会预习好，上课的氛围，那叫一个热烈融洽，作文也总是给我惊喜。所以，我进他们教室，总是笑眯眯的。不像去自己班，隔得老远脸就拉下来了。

　　班长在边上赖着不走。"大家都在议论，你别对钱晓晖太好了！"议论我？我哑然失笑。想起来了，应该是有次上课，我随口说了一句，钱晓晖我是挺喜欢的，被他们小题大做了。随他们议论吧，当年的我们，也是这么超级爱八卦老师的。

　　这届学生上初三了，十六岁，正是情窦初开的花季。

　　这个叫钱晓晖的男生的确惹人喜欢，瘦高，白净，谈吐文雅，学习成绩好。据说他哪天下了晚自习想加堂课，那天留下来的女生就会格外多一些。语文课上，从头到尾眼睛跟着你转，一般不举手发言，因为所有的问题他都会。但是如果我抛出了一个难题，全班冷场了，他便会不慌不忙地举手起立，扭转局面。这样的孩子，不只我，所有的任课老师都喜欢。

　　那天上语文课来着，什么课题我忘记了，只记得讨论得很热烈，这群少年的欢呼声要把天花板给掀了。现在回头想着，也许就是这样的氛围给他们壮了胆，越来越放肆了。"好了，接下去这个问题谁来解决？"下面一群人嗤嗤地笑，左右交换眼神，也不知道是谁带的头，"钱晓晖！钱晓晖！"后来演变成了一个群体节目，所有人，哦，除了那个可怜的男主角，其他人都整齐地拍着桌子，打着节奏，大声叫着"钱晓晖！钱晓晖！"天哪，我站在讲台这十几年，还没碰到这样的事呢！

　　我把脸一放，手掌猛地往讲桌上一拍，"啪"，就像一记惊堂木声，及时地止住了那整齐划一的叫喊。"起什么哄？像什么话？我知道你们现在这个阶段，对这个问题特别敏感。这世界上的情感，不只是爱情一个方向，还有亲情，友情。难道你们同班三年就没有同学情谊吗？"没有人敢跟我顶嘴，大家眼睛看着地面，教室里前所未有的安静。"我，作为一名老师，算是你们的长辈，表达一下对学生，对晚辈的喜爱，怎么不可以？你们真是狭隘！……"我一口气说了很多话，总算是控制住了局面，正准备继续上课呢，从右边的角落里传出一个慢悠悠的声音，"老师，爱情是没有年龄界限的！"轰的一声，就像热油锅里倒入了一杯凉水，更加沸腾起来。欢呼声和笑声比刚才更加猛烈，一些男生在下面扭得东倒西歪，有的已经跳起来了，女孩子偷偷捂着嘴，脸都憋红了。这下子，我也没忍住，站在讲台上笑出了声，和下面的孩子一起，笑得不知所以。说话的是小男孩，个子很小，坐在前排，脸上长了许多痘痘，成绩一般，是个容易被人忽略的家伙，没想到那天语出惊人，成了这个班永远津津乐道的一个谈资。

　　课是没法再上了，我索性走下讲台，和他们聊起天来。这下子，他们也收起了戏谑的表情，认真地看着我。我们谈十六岁的梦想，十六岁的憧憬，十六岁的青春，谈我的十六岁。我说得很诚恳，完全没有把自己当老师，真的，他们现在经历的，正是当年我所经历的。他们的情感，也是当年那个我的情感。无论经历多少岁月，人的情感都是可以相通的。那时，仿佛我也是个少年，穿过那些消失已久的记忆，回到了我的花样年华。

　　那天以后，我们仿佛达成了一个默契，共同拥有了一个通往秘境的钥匙。没有人在我面前说什么，中考越来越近，学习越来越紧张，老师和同学都投入了巨大的精力，去完成共同的目标。那节特殊的语文课，变成了一个坐标，刻在了他们十六岁的天空里，因为，或许那一刻，就是成长的开端。

永远的班会课

"安全永远是第一位的，请各位班主任一定要重视……"德育主任的话音，和着窗外的雨声，忽高忽低地，还在会议室飘荡。秋天已经走到了深处，寒意在空气中聚集，想起孩子还在幼儿园等着接，我不禁烦躁起来了。

现在当个班主任可真不容易啊！教学要抓，纪律要抓，各种活动、比赛要举办，任课老师要协调，还有这永远摆在第一位的安全，安全！星期一下午第三节是班会课，如果你在操场上静听，会发现雷同的语言在每个教室里此起彼伏。"骑车一定要走人行道，不要走机动车道。""下楼梯不要拥挤，一律右行。""如果有事或者生病了，必须要家长跟班主任请假，其他的一律无效。"这些话在我们嘴里翻来覆去地讲，讲得我们的嘴和学生的耳朵都要起茧子了。

还好，我带的这个班，学生是经过了选拔的，无论是成绩还是行为习惯，都比较靠谱。不过孩子嘛，总有一些属于孩子的举动，我亲眼看见一个男生骑自行车回家，居然两只手全放开了。那时夕阳正斜照在他的脸上，柔软的黑发在风中飞扬，男孩一脸笑意，想来在教室里憋了这么久，很想放松一下自己了。老实说，那一刻，他的确很帅，也许青春就是这样的，蓬勃，闪烁着五彩光芒。可我是班主任，我大声地叫唤着他的名字，要他下车到我跟前来。"这样骑车很危险，知道吗？"他吐了吐舌头："知道！""知道还去冒险，下次可不许了！"我一直冷着脸，男孩规矩地骑车走了。安全是明晃晃地悬在我们头顶的一根红线，谁也不许碰它。

五一劳动节，我们足足放了七天假。开始上课，班主任照例是要去转转的，无论第一节是不是他的课。教室就好像是班主任们的自留地，有事没事都得去看看收成，顺便还要扶一扶长歪了的菜苗，捉一捉菜叶上的虫子。大家在热火朝天地早读，没有异常。我正准备走的时候，发现了一个空位，问是谁的，边上同学说是鲍婷。嗯，这个学生没问题，乖巧懂事，学习用功，基本不用我操心。她家在乡下，应该是堵车了。

我踱着步子回办公室了。第二节是我的课，我发现那个位子还是空的。奇怪，我心里嘀咕着，她不应该迟到这么久啊！下课我拨通了她爸爸的电话。"鲍婷怎么还没来上学啊？生病了吗？"电话里有很久的沉默，然后一个哽咽的男声传过来："老师，我们家鲍婷……没了……"没了？这是什么意思？我的大脑一片空白。"她人呢？""在殡仪馆！"天哪！那个冰凉的地方，怎么进入了我的生活？"到底怎么回事？"我差不多要吼叫起来了。"是这样的，我们这里生产烟花，你知道的。前天婷和几个朋友在路边上玩，没想到隔壁的烟花厂发生爆炸，当场就不行了……"

挂了电话，我呆坐在办公室里。这是我第一次直面学生的死亡，我手脚冰凉，大脑好像失去了思考能力。

到了下午的班会课，我已经整理好思绪了。教室里议论纷纷，大家都感觉到发生了什么事，但谁也不知道真相。见我进来，顿时安静下来，他们都在等待一个答案。我深吸了一口气，尽量使自己语气显得平静。"鲍婷同学，不能再回到这个教室了。"回答我的是整齐的一声"啊！""假日期间，有个乡镇发生了烟花爆炸，死了两个人，你们知道吗？"在大家错愕的眼神里，我咬着牙继续说下去。他们已经隐约知道答案，但谁都不愿相信。"鲍婷就是这次的受害人之一，她的生命，永远停留在了十三岁！"女同学开始呜咽起来，特别是和她同寝室的，已经放声大哭。紧接着，全班同学都哭了起来，我也忍不住泪流满面。整个教室沉浸在不能自已的悲伤之中。

我突然抬起头来，大声地说："安全！安全！平时跟你们强调过多少次了，你们总是觉得老师啰唆。你们告诉我，现在谁能让鲍婷再回到这个教室里来！"没人能给我答案，回应我的只有通红的双眼和嘶哑的哭声。

这节班会课结束了，不，没有结束，永远地存留于七年级二班的师生心里。

众生

在县城生活，最大的好处就是方便。以家为圆心，半径一公里之内，几条大道几条小路，几家饭馆几家服装店，哪儿的奶茶好喝，哪儿的鸡爪够味，门儿清。不用开车，溜达几步，就可以心满意足地刺激味蕾，锻炼消食，文化娱乐。

地方小，人就少，说同一种方言，吃同样的口味。就连发型和服装，都像跟风似的大同小异。不过，就在这高度相似之中，我遇到了一些有趣而独特的个体。他们虽然平凡，却有着一些异于他人的生命底色。那些细致的、真实的人和事，在我心里储存，并慢慢发酵，最终漫溢出岁月醇香的酒酿。

裁　缝　张

我经常走的那条路，是县城的一个主干道，双向四车道，车川流不息，中间的绿化带上，高低错落，四季花开，还有自行车道和盲道，是一个标准化道路，每天被清扫得很干净，尤其是创建卫生城市的时候，简直是一尘不染。

那条街上每天都有清洁工人在打扫，我经常看到他们忙碌的身影，穿着红色的马甲，戴着帽子，裤腿有时候会卷起来，还高一只低一只的，手里拿着一把大扫把，扫一段路，会停下来把集中的垃圾整理到车上去，再骑着车子前往下一段路。

来往的行人并没有多看他们一眼，我也是。我们享受了他们的劳动成果，确认了这一个群体的辛劳和价值，这是一个集体符号，并不需要具体到个人，张三或者李四，完全不重要。

但是，那天我路过的时候，无意抬头看了他一眼，就停下了脚步。

第一眼，我就知道他身上有故事。

他的身材颀长，脸色白净，完全不像其他的工人那般粗壮黝黑，衣服穿得特别整齐。更让我吃惊的是，他戴着一双纯白的手套，一副金边眼镜，看上去像个来视察的老干部。

"我看你像个退休的完小校长啊，是不是现在没啥事，发挥余热来了？"我开始上前搭讪。

他停下来，脱下手套，从口袋里拿出手帕擦了擦汗，再叠好，放回口袋里。"我可不是退休老师。"他显得有点儿腼腆。

他用的是手帕！居然是手帕！自从纸巾开始普及，手帕已经在江湖上失传了，没想到今天得以重现。我更好奇了，忙不迭地追问他，那你到底是干啥的？你怎么会来扫地呢？

挡不住我的连环炮，他停下扫地，慢条斯理地跟我讲解起来。"我姓张，家住在南山，家里三个孩子，老二在广丰，老大和老三都在外面做事。老大厉害一点儿，自己开了个公司……反正几个都不错，都不用操心。我就出来扫个地，当锻炼身体。"不过，那个我最想知道的问题，他还是卖了个关子。"你猜我之前是干什么的？""老师？医生？机关干部？"他哈哈大笑起来："全没猜对！""我告诉你哈，我之前是做裁缝的，后来孩子长大了，也没人找我做衣服，在家里闲着，给孩子带孩子呢！"裁缝，怪不得手指又细又长。"我看你扫地很干净啊！跟绣花一样的，哈哈！""咱广丰不是创卫嘛，那肯定要扫干净的，做一件事情就要做好！"

我给他竖了一个大拇指，我们都笑了起来。我挥挥手，赶着上班去了，他也继续拿着扫把工作，我们一个向东一个向西，沙沙沙的声音渐弱，直至消失。笑容在我的脸上持续了很久，我想，也会在他的脸上不停地荡漾。

飞　车　陈

整个街区的人都认识飞车陈，因为他的标志实在太明显了。寒来暑往，阴晴下雨，无论什么天气，都可以看见他骑着赛车，在街上飞驰而过。

他的车可不是一般的车，专业赛车，头盔和眼镜也很讲究，衣服都是定制的自行车服，看起来特别拉风。每回骑着，回头率都特别高。那些男孩子的目光直愣愣地追着他远去，说不出的羡慕劲儿。

飞车陈经常参加一些比赛，环三清山啊，环鄱阳湖啊，反正附近的比赛，他都要参加。名次倒是没听说拿了什么好名次，但这事本身就够酷炫的了。你想啊，满大街都是走路的人，骑电动车的人，开小汽车的人，根本没啥稀奇，人家穿着紧身的运动衣，色彩艳丽，姿势潇洒，在川流不息的车流里灵活地突奔，这多痛快啊！

他在学校对面开了个自行车店，卖几个品牌的自行车，也有出租业务。店铺很小，自行车都挂在墙上，但问起每一辆，都如数家珍。飞车陈做生意，靠的全是口碑。用他的话说，你不用急，到别的地方看看，以后来买也可以。"你不在我这里买车，也可以参加我们的活动。"不少家长就冲着这句话来的。每次出发前，他都要一辆一辆地检查过去，避免路上出现故障。无论是在他店里买的，还是在网上买的，一视同仁。不过，车子的状况，他会照实说，几百块的车和一千多的车，区别在哪里，优势在哪里，效果在哪里，都可以跟人说得头头是道。可别说，向他买车的越来越多了。价格一致，包售后服务，包活动组织，家长省了不少心。

我家的孩子就在这里头。九岁，四年级，腿长，体弱，我经人推荐，认识了飞车陈。当然，我随孩子，叫陈教练。第一次见他，他正在给人检查车子，眼神专注，两只手一刻不停，左拧拧，右敲敲，像在研究一件艺术品。由于常年的户外运动，他的皮肤特别黑，简直发亮，此刻，正在不停地往外冒着汗水。身材壮实，四肢并不长，腿部非常有力量，可以看见隆起的结实的毽子肉。轻薄的自行车服，紧紧地绷在身上，看样子是随时可以风驰电掣的。很多孩子跟着他骑车去玩，到郊外去烤红薯，摘马家柚，包饺子，撒着欢儿地跑，喜笑颜开，队伍越来越大。他要是高兴起来，还自掏腰包请大家吃麻辣烫。

飞车陈免费教孩子学车。小的五六岁，大的十二三岁，三天包会。出去骑行的队伍越来越壮大了。以十多岁的男孩居多，还有些家长和小姑娘也在里头，好几十号人吧，浩浩荡荡，大呼小叫，引得路人纷纷侧目。飞车陈的名头于是更响亮了。

他还有一个绝技，车子有啥毛病，一听声音，八九不离十，链条卡了，龙头歪啦，一查一个准，要是路上碰到别人车子有啥毛病，二话不说就动上手了。用他的话说，碰上了不解决，手痒！

没想到，他修车却修到了一份闹心。那大中午放学，雨突然大了，对面学校很多孩子没骑几步，被雨淋得睁不开眼，就把车停在他店门口避雨。他一眼就看见了一个车子有毛病。"你放在这儿，我帮你修修，要不骑着不安全。""行，可是我今天身上没带钱。""没事，等你回家跟大人说再带过来就是。"

吃过晚饭，那孩子带着他妈妈来了。

"这车咋啦？"

"坐垫下面的螺丝松了一个，掉了一个，龙头歪了，容易跑偏，我给卸下来重新安装。还有链条……一共30元。"

"你这不是没换零件吗？怎么还要这么贵呢？"女人大声叫起来。"费了不少时间呢，都是明码标价，大家都一样。"

"反正我不付钱，又不是我叫你修的。"

…………

女人嘴里一直嘟囔着，飞车陈已经哗啦一下，把车子倒过来，把装好的螺丝给卸了，龙头歪成了原样，链条耷拉着，车子转眼就成了之前的模样。

女人目瞪口呆，围观的人悄悄给飞车陈竖了一个大拇指。"我挣的全是良心钱，多一分不要，少一分不行。"说完飞车陈骑上他那辆宝贝，帮之前预约的客户修车去了。

推 拿 夫 妻

裕花园小区里有一家名叫陈氏中医推拿的小店，经营店铺的是夫妻俩，都姓陈，可别说，我觉得夫妻相挺足的。我妈腰不好，我、我妹、我老公，长期坐在电脑前工作，肩颈都有问题。我们四个轮流着去按摩推拿，用一张卡，谁碰上卡里没钱谁负责充值。

这是个典型的夫妻店，铺面不小却很深，越到里面越没有光线，全靠灯光。外间两张按摩床，里间一张，难得用，有时候女客做一些腹部胸部保养的时候，会到里面那个房间，放帘子下来，保护隐私。店里没有员工，夫妻两个既是老板，也是工人，干活、记账、泡茶，都是自己来。

铺子小，生意却很好，要是没有预约，十有八九是没有位子的，得等。我对时间一向拿捏得当，除了路过突发奇想外，一般都会约好准时到达。不用说，冬天到的时候，电热毯暖洋洋的候着了。夏天呢，空调提前制冷，保管你进门喊舒爽。这第一感觉，就仿佛四季吹拂的春风，把顾客的心暖了一半。床单每次都是干干爽爽，透着经过阳光照耀后的清香。按摩时人是趴着的，被褥的气味直往鼻孔里钻，要是不够洁净，会使人生出许多嫌隙来。地上铺了地毯，进门要换鞋子，虽然东西都很平常，不费多少钱，但让我们油然地生出 VIP 的感觉来。

推拿是个手艺活，说到底，得靠技术吃饭，其他做得再好，都是锦上添花的事，不能忘了根本。虽然墙上贴了一些进修的证书，保养的技法，但顾客并不买账，好不好，手上了身才知道。夫妻俩的手伸出来是一样的，指头短，关节粗大，手掌的纹路特别清晰，大拇指呈扁平状，而非常人的浑圆光洁。每日的挤、压、揉、搓，力道常年运用于此，留下了深刻的痕迹。这手仿佛是一个探测仪，压到那里就能大致判断出症结所在，我常听到隔壁床位的人在哎哟哎哟地叫唤，辅以简短的语言提示："上面一点，左边一点，嗯，好，就是这里。"我隔三岔五也会去按一按，修理一下我僵硬的肩膀和脖子，亲耳听听自己的肩膀在有力的大手的按压下，咯咯作响，感觉特别像在修理一根生锈的自行车链条。隔壁床有疼得嘶啦嘶啦龇牙咧嘴的，我一边听着一边庆幸自己及早进了修理铺，免去了这自己都嫌弃的声声唤。

除了手艺，这对夫妻还有一个让顾客舒适的特点，就是默契的幽默，去一趟不仅解决身体上的苦楚，还顺便捋捋长了疙瘩的内心。没人的时候夫妻俩泡着茶，唠着嗑，听着歌，别提多惬意。但这样的时候不多，几乎都在忙碌着。也许正因为如此，这杯茶就特别有滋味。通常煮的是菊花枸杞茶，顾客推拿结束后，会喝一杯。人流不断，那茶也就一直在，温温的，入口刚好。歌是佛歌，沉静，低缓，让人进门就心生安宁。若只一位顾客的话，妻子干活，丈夫陪聊，他最爱闲扯，妻子默契配合，你一言我一语的，有时候客人一边被捏得生疼，一边却笑得全身发抖。大部分情况下两个人都在做事，但这个短身材黑脸膛的丈夫嘴巴总是闲不住，除了告诫客人注意事项外，总能想出妙趣的话来，店内的空气里长久地跳跃着快活的因子。妻子有时候会嗔怪她的丈夫，但其中的亲昵和爱意，踏踏实实地融化在句子里，我们都听出来了。有些家庭关系不好的女子，一边按着，一边听着，一边怅恨地叹着气，着实羡慕这样天天粘在一起忙碌不休的一对夫妻。

许多人到这个毫不起眼的夫妻店来按摩推拿，不单是为了身体康健，更像是给灵魂休憩。店里长年人流不断，由此，他们的好生活也就像不远处的丰溪河水一样，奔涌不息了。

柚 子 哥

在广丰，柚子哥的名号大得很，以至于很多人都不知道他的本名。电台的广告天天播报，马家柚成熟的时候是“买柚子就找柚子哥”，天桂梨丰收的时候是“买天桂梨就找柚子哥”，端午节他卖粽子，中秋节他卖月饼。我一次我问他“你还有啥不卖的啊？”他呵呵地笑了，像个孩子。

我和柚子哥渐渐熟络是工作原因，许多的节庆活动和商品大赛他都积极参加，并取得不错的成绩。柚子哥的名气也就从区里扩大到了市里省里。我经常到他的商铺里，在琳琅满目的货品里寻找我需要的东西，拍照，填表，上传。工作完成以后，若有空闲，会坐下喝杯茶，顺便听他讲讲故事。

柚子哥本名姓冯，吴村人。个子不高，平头，眼睛小，额头高，快人快语，他的眼睛有商人的精明，有时候却透出孩子的顽皮。他肚子里的故事多着呢，不过我最想听他讲创业故事，听说是跌宕起伏，很有嚼头。

清茶泡好，小吃摆上，两人对坐，故事开讲。我像个小学生坐在老师对面，认真倾听，还不时地举手提问。"我最辉煌的时候有两幢别墅，资产过千万，可是一夜之间全没了。"他的眼睛里露出少有的落寞。"投资公司失败了，我的房产全部变卖，两手空空。后来我去卖保险，那几个月我做了很多的业绩，但我觉得还是不适合我。""那后来你是怎么卖上柚子的呢？"我插了一句话。仿佛拐上了快车道，他的话语明显加速，笑意回到了他的脸上。"政府倡导大家种植马家柚，我没有土地，所以没有去种。但是我很快发现，当枝丫上挂满了果实，怎么变成农民的红利，有一个重要的渠道，就是销售。这个我擅长啊，这不是机会撞到我腰上了吗？"他一拍大腿，我们俩都笑了。

是的，柚子丰收了，他整装待发，开始了新的创业。在销售和经营上，柚子哥自有特色。短短几年间，经他的手走出去的马家柚达到了数千万斤。经营范围不断扩大，目前已经成了多个系列丰富质优的广丰农产品集散地。

人生海海，失败是生活不由分说给予每个人的礼物。只有少数的坚韧者，无论在什么样的境地，都能养精蓄锐，等待新的时机，在商海大潮中就算跌入浪底，也能抓准时机重立潮头。柚子哥就是这样的人，在我看来，他有着鹰隼一样的目光，猎犬一样的嗅觉，和花豹一样的速度。

所以，我在洋口老街遇上柚子哥，就是一件顺理成章的事情了。

洋口一直是广丰的商业重镇，位置优越，商贾众多，从商氛围十分浓烈。洋口的美食，如炒粉、鱼卷、高丽肉等，至今依然是酒席上大众味蕾的宠儿。

2020年开始，洋口政府对一段老旧的商业街进行改造提升，路面，商铺，牌匾，壁画，装饰一新，焕发着勃勃生机。一时人潮涌动，争相睹其风采。其时已是草长莺飞的季节，温润的风从四面八方带来了泥土的味道和油菜花的芬芳，老街上充斥着暖人的春意。踏春的人们看够了桃红梨白，一群群地来到老街。我也随着人流闲逛，一抬头看到了柚子哥茶馆，古色古香的招牌，木头的八仙桌，传统的陶瓷杯，天花板上挂满了油纸伞，各种禅意崖柏灯具在墙角散发着温暖的光。印染的青布门帘，挑开，里面有着更大的天地……茶馆对面是他的农优产品馆，商品丰富，陈设合理，吸引了许多目光。"听说这两个地方是本条街的网红打卡地，尤其是这个老茶馆。"随行的朋友还告诉我，"早在老街改造尚未竣工之时，柚子哥已经注册了洋口老街的商标。"我哈哈大笑起来："没错，这就是柚子哥的风格。"

就这样，洋口老街和柚子哥巧妙融合，互相成全。假如你到了洋口老街，一定要到柚子哥茶馆坐坐，歇息疲惫的双脚，畅饮清香的茶水，品尝美味的糕点。假如你想认识柚子哥，别忘了去洋口老街，那里肯定有他忙碌的身影，至少，有他传奇的故事，等待你细细品味。

行歌文旅

从一颗香甜的果实里
看到了一朵花的绚烂明丽
就如在山水田园中，歌声
从古传到今
我在流水和山峦中流连
恍如穿过五千年的云烟
且行且歌

白花岩的星空

在白花岩露营，夏秋是最适宜的时节。待晴了数日，岚气收尽，一顶帐篷，一床薄被，正好可以抵御白花岩夜间秋水一般的凉寒。最重要的是，在这里，可以看到纯净而恒永的星空，让亿万年前就奔涌而来的星光，洗尽我们身上的尘埃。

白花岩位于江西省上饶市铜钹山景区内。花瓣状高高矗立的岩体，有六十余米高，刀砍斧削一般的岩壁，布满远古海洋生物的痕迹。岩壁向南侧倾，危如累卵，似乎稍加一点外力，就会倒扣而下。

夜幕低垂，白花岩下四周的山峰逐渐暗成一个剪影，山脉逶迤的走向轮廓更加分明，宛如一条长蛇延绵天边，不见其始，也不知所终。夜风有一阵没一阵地从四面拢来，携来的松涛掀起了我们的衣襟，钻了进去，宽大的衬衣鼓成一个球。随风而来的，还有阳光草木的清爽隐香，加深了这个季节特有的气味。天边最后一缕微弱霞光消失之时，隐匿在石缝和灌木草丛里的昆虫，开始了一天当中最为卖力的演奏，"唧——唧——""啾——啾——"一声比一声急促的鸣叫，仿佛就在耳边，又似乎极其辽远。山野寂静下来，　只大鸟无声滑入暗黑的林中。

七八顶帐篷排列在空旷的平地上，成为群山之间一个极不显眼的点缀。我们把车灯关闭，把人声也关闭，甚至连思想也关闭了，只留下一双眼睛在漆黑的夜里寻觅。夜色从四周挤压过来,像汹涌的潮水肆意蔓延,把人群全部淹没。我们仿佛被扔到一个大口袋里,袋口被扎得严严实实,一丝光亮也透不进来。那些剪影都不见了,只剩下一大团的黑,深沉,混沌,无边无际。

不经意间,天狼星在夜幕里率先点燃自己,按下了启动键,盛大炫目的星空舞台开启了。一颗,两颗,三颗,周围的跟随者越来越多,四周也开始遥相呼应。大的,小的,明的,暗的,"繁乱而有序,驳杂而纯粹,璀璨而孤独"。星星点点,闪闪烁烁,在浩大的夜空里,一起盛放自己。银河白亮而宽阔,确如一带闪耀光芒的河水。在暗沉的天际间,最为炫目。无数的星星,明暗闪烁,布满了天穹。所有人都在仰头痴望,喃喃自语地惊叹,久居钢筋水泥丛林,今天收获了一个难得的奢侈品。星光如瀑,黑暗被撕开一道大口子,薄薄的暗光铺满浩瀚的天空,我们可以看见周围影影绰绰的岩石和大树,甚至彼此眼里闪动的光彩。后来,我们席地而坐,时而昂首,时而沉思,仿佛在接收宇宙亘古不变的秘密。

星空是一部没有起始的历史。遥想一千多年前的某个夜晚,被官府封禁在三省要津铜钹山的黄巢,站在峰顶,背负双手,衣袂随山风飘动。他望向星光下山岭间的营寨,一时豪气上涌,悲壮入怀,题下七绝《题铜塘山》①:"男儿个个气冲天,壮士批批志更坚。相战虽无桑梓地,也应慷慨赴黄泉。"

明代地理学家徐霞客到达白花岩时,已是八百年后,他准备由浙入闽,听闻白花岩之奇美,特意绕道而来。《徐霞客游记》中记下"余闻白花岩益喜,即迁道且趋之……初皆田畦高叠,渐渐直跻危崖。……大石磊落,

---

① 铜塘山指今铜钹山

棋布星罗，松竹与石争隙。已入胜地，竹深石转，中崎一庵，即白花岩也。僧指其后山绝顶，峦石甚奇。……越其东，坞下水皆东流，即浦城界……石痕竹影，白花岩正得其具体，而峰峦环列，此真独胜"。由此界定了白花岩"一眼望三省"的傲人位置。如今站在霞客峰上，也依然可以看见分属于三个省份的田畴与村庄。

鬼斧神工的白花岩，被历代文人所争览称颂。清代诗人徐兆伦站在高山之巅，极目远眺，更是写下"兀傲东南第一峰，半开灵境白云中"的卓尔不凡的诗句。

在白花岩，有一条窄得仅容一人通过的小路，直抵霞客峰。台阶用钢钎手凿，古朴，笨拙。站在霞客峰上，可以看到近处的松竹叠翠和福建境内青黛的远山，这里"一览众山小"，是观景的好地方，也是赏日出看星空的绝妙之处。现居岭底村的李凯峰经常来到这里，有时候就一个人坐上大半天。

白花岩所在的村庄叫高阳村，当初是广丰县苏维埃政府和县委机关所在地。1932年初，赣东北苏区红军主力开赴闽北整训，留下赤警营一排，保卫苏维埃政府和县委机关。同年3月6日即农历正月三十晚上，国民党一批五百人的队伍，由浦城念坑出发，沿着白花岩的小道，准备偷袭。第二天清晨，红军正在出操，遭遇了敌人的炮火猛击。一个排的战士一分为二，一部分掩护机关人员撤退，另外一部分人就地阻击。那天的清晨，空气里充满了血腥味，子弹发出了尖厉的呼啸，惊飞了出巢的鸟儿。弹药很快就用光了，石头和松毛须也成了武器。战士们边打边退，最后来到了一个叫七岩的悬崖边上。此时，只剩下二十一个人。前是陡崖后有追兵，战士们别无选择，他们一个接一个地高喊着"红军万岁！""共产党万岁！"从崖上跳了下来。

这一跳，山河为之激荡，这一跳，青山为之动容。这是二十一条生命，更是二十一个信仰。所幸的是，其中有三个人挂在毛竹上，后来被救了下来，成为历史的见证者。李凯峰的外公陈远日，则永远地离开了家人。"在这里，可以看到我外公最后战斗过的地方。也许，他已经化成了天上的一颗星星。"李凯峰用这种中国式的浪漫表达了对外公的敬意和思念，尽管，他从来没有见过外公。

1985 年，广丰县委、县政府决定把七岩命名为"红军岩"，以纪念英勇牺牲的红军战士，寄托对英烈们的哀思。2004 年，上饶市委宣传部将红军岩和县苏维埃政府旧址列为全市第二批爱国主义教育基地。红军岩二十一勇士的故事，在这碧水青山间流传开来。这是广丰历史天空中璀璨的星光，无论时间过去多久，依然熠熠生辉。

如今，白花岩已成为广丰的标志性景点。2022 年 7 月，铜钹山景区推出了星空帐篷节，吸引了无数游客热情参与。在浩瀚的星空之下，他们载歌载舞，纵情畅饮，人心和篝火一样热情。苍茫的大山作证，同一片星空之下，已是换了人间。

隔着星河奔流的光阴，我们和那些星光一样闪亮的人，一起抬头仰望过白花岩的绚丽星空，为此，我会在日后庸常的琐碎中，因为有这样的经历而蔓延出生活的诗意来。

四季铜钹

汽车一进铜钹山山门，就开始沿着蜿蜒的山路爬行。来时城里晴空万里，这里却云雾弥漫，空气潮湿得仿佛可以捏出水来。抬起头，可以感受到清凉的空气在脸庞上轻拂，水汽缓慢渗透进我的皮肤，像在给一块干涸的土地灌溉。远处的山峰仿佛飘浮在空中。近处，路边的银杏一身秋装，在广阔无边的雾气中，亮丽的金黄色已然失去了些许活力，竹叶的青绿却在水雾中不失精神，浩荡的竹海使群山在深秋依然保持了苍翠的底色。行至鹊桥谷门前，我探头一看，惊呼了起来，平日里青碧色的九仙湖，傲立的龟寿峰，大红喜庆的海誓塔，全都笼罩在一片茫茫的烟雾中，若隐若现，仿佛海市蜃楼。

立冬刚过，铜钹山区仍是一幅深秋的景象。那天我带领市委党校学习的一批学员从红军岩一路攀登到烈士陵园，进行红色主题教育。游步道很窄，仅能容一个人通行，队伍在蜿蜒的山道上拉得很长。等我登上最高点，回头望去，都看不清队尾的人了，一片白茫茫之中，只能看见影影绰绰的人在移动。这个山谷里常年弥漫着蒙蒙的云雾，使这里四季都有着江南独有的韵味。一路在云雾中穿行，这些说不清是气体还是液体的物质便悄无声息地潜入我的体内，回到家里，许久没发作的关节炎重新来访，膝盖酸胀得厉害，我用上了艾叶贴，还泡了四十分钟的脚，才有所缓解。

有人曾说，每次从铜钹山游玩回来，总会留下许多遗憾，总觉得铜钹山的美，就像一座神秘的宫殿，每一次的探寻，都有令人惊叹的发现。这几年，我频频造访铜钹山，既是工作，也是观光，铜钹山的美在阴晴晨昏和四季变换之间，可以不夸张地说，我已了然于胸。

我最爱的是铜钹秋色。当秋风漫过铜钹山，连绵的山峦便显得斑驳多姿。从西端的悟道尖到东端的小丰茶马古道，秋像一匹无限宽大的彩色锦缎，起起伏伏，浩大而唯美。

铜钹山的秋，在铁山梯田显得最为热烈。进入秋天，它的颜色由青转黄，放眼望去，满是令人陶醉的金黄色。在澄清干净的天空下，无数条"黄绸缎"层层错落，连成一张地图般的形状。四围皆是高山，环抱着梯田。两座高耸的山峰，上加尖和悟道尖遥相呼应。两百万年前冰川时期遗留的冰碛石，像一挂黑色的瀑布，从山巅飞流直下，跨过绸带一般的铁山公路，在金黄的梯田和墨绿的树木中间穿过，一直冲下山谷。倘若秋雨初歇，便云海如潮，景致蔚为壮观。

铁山梯田，一年四季皆有其美，而在秋天，美达到了极致。梯田是依山盘旋的，那金黄稻穗，也是层叠有致的。如果从空中鸟瞰，青山为屏，色彩斑斓，宛如大自然的一幅美丽画卷。如果拾级而上，抬头就能看到群山环抱的梯田，层层叠叠的梯田，一直延伸到视线之外。而每一次的移步换景，仿若画卷徐徐展开，此情此景，美不胜收，妙不可言。

铜钹山的秋，在七星高山显得特别多情。高山村被高峡平湖七星水库拱卫。群山围抱，翠竹叠玉，原始次生林中，红豆杉、柳杉、银杏、豹皮樟、树参、水紫木、香榧、云锦杜鹃、银杏、白杨花等珍奇树木随处可见。每年秋至，散布在高山村山谷中两千多亩的山地中的七千多棵大大小小的红豆杉树，在一阵紧似一阵的秋风中，果子成熟了，晶莹剔透的红红的"相思豆"挂满青绿的树枝，仿佛在向前来观光游玩的客人，展示着亘古不变的爱情主题。珍稀植物园里有几棵胸径达两米左右的红豆杉，是群杉之首，它们在这块土地上扎根了近千年，看尽斗转星移，人间沧桑。有了红豆杉的秋天，铜钹山多了一份刻骨的浪漫。

一下雪，铜钹山是非去不可的。带上手机，呼朋唤友，匆匆而去。城里的雪一向有耐力，眼看着阴沉的天空越来越低，呼啸的北风四处乱窜，雪花应是呼之欲出，却偏像个摆谱的大小姐，等大家都不耐烦了，才出来亮相，几个雪粒就让大家兴奋得大声尖叫。白天的雪和呼啸的汽车，纷沓的脚步一起在线，总也成不了气候。若是晚上也有瑞雪降临，早起会发现墙角屋顶有薄薄的一层，孩子们哆哆嗦嗦地伸出手去，能捏上几个小团，过个一年一次的瘾，待上班的人们拥上街头，汽车尾气会把积雪喷个一干二净，只留下一地乌黑的雪水。

去铜钹山，那就完全不一样了。山里的温度低，雪下得比城里更早，更密，更久。在被窝里躺了一夜的人们起床，会发现一夜之间群山就白了头。山里的道路人迹罕至，一晚上的雪，把山上的竹子压折了许多，也把所有的山路封死了。因此，冬天的铜钹山是寂静的，寂静得仿佛天地之间，只剩下连绵起伏的白绿相间。而在山谷中，那些隐藏在翠竹、香樟与桂树的小村，那些高低错落的瓦房上，房顶积着雪，屋檐上挂着长长的冰锥，隐隐有犬吠与孩子的嬉闹，于是，藏在冰雪世界里的勃勃生机逐渐漾开来，荡开去。在人们看不见的地方，穿山甲、娃娃鱼、竹鼠在地底下冬眠，所有植物，包括雪被下盛开的油茶花，深埋在地卜的竹笋，都在积蓄力量，等待时机。

印象最深刻的是 2020 年一个大雪天，我和同事周兰江，还有几个朋友赶到白花岩霞客峰去拍照。霞客峰两旁的铁链结了厚厚的一层冰，乌黑的链子此时包裹着一层透明的冰，显得晶莹剔透，好像一长串的琥珀。表面上还有几朵灿烂的霜花，实在是美不胜收。放眼望去，群山都白茫茫的一片，雪后的太阳照射着。不远处，木城关的瞭望塔在冰天雪地里矗立着，群山之中，仿若北国边关，风雪连天中，有隐隐的鼓角传来，天地之间又多出了一股肃杀悲壮之气。

峰顶冷风呼啸，吹到脸上真如刀割一般，拍照不方便戴手套，露在外面的手指，一会儿就冻麻木了。僵硬，笨拙，只好不停地放在嘴边呵气。温度达到了零下五六摄氏度，手机的电池耗得非常快，我们虽舍不得放弃这眼前的美景，却又受不了这浸入骨髓的寒冷，匆匆拍了几张照片带着遗憾下山了。

"晚来天欲雪，能饮一杯无。"雪得跟酒结合起来，才是一个完整的冬天。铜钹山特酿的杨梅酒，咕噜咕噜的羊肉火锅，冬笋煮咸肉，经霜后的白菜，都是冬日里的珍馐，让你的口腔、身体、整个心都温暖起来。

对于一座山来说，春天是最妩媚的时节。如果你足够细心，你会发现铜钹山春天的来临是有走向的。铜钹山位于武夷山脉东段，主峰上加尖海拔高达1500米左右，从福建来的暖湿气流被大山阻隔，北边因此更晚接到春天的讯息。山南的杜鹃率先开放，举起了第一把火炬，随后，从南到北，一夜之间就开遍了整个山坡。雨水频频造访，满山的草木在春雨中大梦初醒，伸了个懒腰，然后铆足了劲儿向上伸展。青松在墨绿中挣出一簇簇新绿，油桐花在山野中无拘无束地盛放，也在一场春雨中奢华地铺满一地。山体的颜色缤纷绚丽，且不说映山红的娇艳，桃花的明媚，梨花的皎洁，就连那绿，也有了深浅和层次，经年的绿色日日沉积下来，向墨色靠近，春来初发的新绿明媚又娇嫩，那是新生命的亮光。

　　九仙湖日渐丰满，湖水倒映着唐风宋韵的鹊桥谷，春风拂过，碧波荡漾，湿漉漉的群山抱着一湖翡翠，一湖春意。湖外，层层叠叠的山体连绵着伸向远方，极目之处，是一片黛青色的山影。山腰云雾弥漫，像是一位绝色女子，身穿青霓裳，臂间挽了一根飘带。站在鹊桥谷宴尔堂的后面俯瞰，真真是一幅江南烟雨图，水墨丹青画。鹊桥谷我们去了数十次，每次都要在这个地点站上一会儿，百看不厌。若是晴日，可见点点金光在水波里荡漾，晃人的眼，打卡拍照最合适了。

　　此时，广阔的铜钹山中，漫山遍野的杜鹃花开得特别娇艳，她们红得像血，艳得像霞。有人说，铜钹山杜鹃花浸透着革命烈士的鲜血。革命战争时期，在这崇山峻岭之中，革命先辈建立起广丰苏维埃政府，把革命的春天带入这个山清水秀资源丰富的地方。还在铜钹山创建红军兵工厂，红军炮台，列宁红色家属职业学校，闽浙赣省文化委员会，把红色的种子撒遍铜钹山的每个角落。其中，红军岩上，二十一勇士英勇跳崖慷慨就义的故事，更是感天动地。铜钹山的杜鹃花由此而惊艳世人。如今，如先辈所愿，这盛世如春天，春风沉醉，春色浩荡。

　　铜钹山的夏天属于小丰的瑶池，七星的溪涧，大丰源的深潭，天山瀑布的清流，沿海拔层层上升而渐见幽深的九井。而最令人欲罢不能的，当属铜钹山雷公峡漂流，雷公峡漂流被誉为"华东激情第一漂"。这里空气清新，水流清澈，温度适宜，周边的风景都是铜钹山的标配，一直被旅游人誉为上饶最好玩的漂流之一。铜钹山雷公峡漂流全程三公里，落差两百六十六米，途经八十八个滑道。曲径通幽，一险连着一险，一浪胜过一浪。滑道环绕青山，青山拥抱滑道。夏日里，随着流水，穿行在青山绿水间，铜钹山就这样带领喜爱她的人，远离城市的喧嚣，沉浸自然的怀抱，陶醉在高山密林之中，享受生活赋予的激情与浪漫。

由此，夏日的铜钹山便被众多避暑的人惦念着。2022 年夏季，在白花岩景区持续开展的星空露营活动，吸引了一波又一波游客来此打卡。白花岩的星空，霞客峰的日出，使慕名而来的游客饱了眼福。

铜钹山的胸怀是博大而宽广的，她接纳所有钟情她的人，包括一只鸟，一片云，一场雨，一阵风，也包括满天的星斗。

春之明艳，夏之凉爽，秋之多彩，冬之清寂，季节更迭，各有风姿。铜钹山就是这样一座山，需要你一年四季地亲近她，才会为你慢慢掀开神秘而又美丽的面纱。

湖丰写意三章

油　菜　花

　　每年春风起，湖丰便牵扯着我的心旌，令我的脚步蠢蠢欲动。是刘禹锡"百亩庭中半是苔，桃花净尽菜花开"的氛围？是杨万里"儿童急走追黄蝶，飞入菜花无处寻"的活泼？要不就是齐己"吹苑野风桃叶碧，压畦春露菜花黄"的纷繁灿烂？总之，是春天的气息，是和煦的暖意，是那一大片一大片泼泼洒洒的油菜花。

　　湖丰算是广丰种植油菜花面积最大的乡镇了。车子过信江后，河岸两边大片大片的金黄，饱满、纯粹，仿佛打翻了一桶颜料，沿江铺洒，极目无边。车行其中，如徜徉在莫奈的画境。一群群人向着远处蓬勃的金黄大声呐喊，想隔着河岸把春天揽入怀中。湖丰的油菜花，仅仅远看是不够的，需要继续往前走，一直走到花海深处，直至把自己也化成摇曳生姿的一朵。

　　春天的田野，唯有油菜花能在尚且料峭的天地挥洒出如此泼辣率性的色彩。在那些还残留着灰白稻茬的水田边，在住着绿色菜蔬的菜畦边，一枝枝油菜花就像一支支火炬，点燃了整个旷野。站在花丛之中，你不禁在想：她们是接到了春天的密令吗？身负锦囊，一路潜行，仿佛就是等待这个日子，一声令下，喷薄而出，顷刻间惊艳世人的心境。油菜花和春天，这两个词如此熨帖地叠放在一起，诠释了一段四季更替的重彩华章。

细看，湖丰的春雨格外钟情于延绵的花田，那应该是大地绽放了一个带泪的欢笑，无数的水珠在花的枝叶间跳跃，光闪闪，亮晶晶，活泼泼。默念，春阳激荡起来的花香，岚烟一般充实了你的心房，每一朵花漾起欲说无言的诗意。

四野安寂，只有蜜蜂忙着和每一朵花撒娇，趁着春光正好，一头扑进花朵娇嫩的怀抱，伸懒腰，打滚儿，耍赖够了才肯出来，接着又扑倒在下一个怀里。

春天的序曲在湖丰的红土地上缓缓舒展，信江以五线乐谱的姿态，流淌在岁月的河床。一棵棵高音符号似的绿树上，鸟儿奏响一个个音符，"布谷、布谷""唧、唧""嘎、嘎"……时序推进，待至四月，湖丰的油菜花摇身一变，变成密密麻麻的饱满果实，酝酿着一场新的芬芳馥郁的大事。

每至湖丰，欣喜之余，我在想，当初湖丰人能想到在工业强劲发展的势头中，拓展出一片新颖天地，用油菜花这种具有顽强生命力和艺术范的植物来点缀烘托这片热土，让人寻得悠远闲适的诗情画意，堪称富有远见的明智之举！

信　江　水

水和土，亘古不变地守护村子，滋养一方生灵。

八百里的信江水，从神女峰下一路蜿蜒，侧身而过湖丰时，一路喧腾的碧水，多了三分旖旎，七分从容。身姿婀娜的江水清澈而浩大，宽广而洁净。而深藏在水底那光滑的卵石，金黄的流沙，缓缓地在河床蠕动，如岁月永远不老的恋歌。在湖丰，信江的尔雅和壮阔，如一位从诗经里踱着方步，从容不迫走来的士子。

那日，我们一行人就来到了信江边，那里恰巧有个亲水平台，也是一个绝佳的观景台。碧水和绿树，成为手机镜头里美妙的背景。岸边水柳的影子密密地落进清幽的水面。投下一颗石子，只微微漾开圈圈碧漪。有江流，就会有大鸟。几只白鹭突然闯入镜头，引起人们的惊呼。它们携带耀眼的白光掠过江面，一道道翩然的影子，仿佛一块巨大翠玉上的划痕。江边绽开着好看的花，配着绿的草叶，几只蝴蝶张开翅膀在花叶上叼食阳光的影子。有妇人在河埠浣衣，身子起落之间，仿佛应和着江水的律动。看着她们的双手在碧波中出入，划出一条条优美的弧线，我们不禁心生羡慕。如此灵动的水不但适合带走衣物上的尘土，也适合涤荡心中的污秽。大概基于此，信江，数次进入了诗人的文字里，也在我们的心里缓缓流淌。

岸边郁郁葱葱的树，一棵连着一棵，高低错落，俯仰生姿，像一道蜿蜒的绿色天然屏障，日日夜夜守护着湖丰的生命之源，从来不敢懈怠。它们的呼吸吐纳和这脉江水融为一体。那棵历经五百年风雨的树，半个身子都是空的，看上去老态龙钟，可当你把目光越过它残缺的躯干而看向枝头层叠簇新的绿叶时，你会感觉到它蓬勃而持久的生命力。听说，这棵树是从上游被滚滚洪流冲下来的，生根在这里，不问沧海桑田，与信江朝夕相伴地老天荒。

河流与树木是有语言的，那碧玉一样的信江流动，那翡翠一般的绿叶摇曳，何尝不是他们交流的方式啊。在湖丰，我站在江边，仿佛站成了一棵树，阅读着一条江，这一定是一次我无法忘怀的精神巡游。

台　鑫　钢

从来没有见过如此广阔而沸腾的车间。

进门时戴上的红色安全帽，使得我们在台鑫钢铁车间里的行走，仿佛有点草原策马奔腾的意味。

我们沿着长长的廊道漫步，一路隔着防护玻璃看工人劳作，听机器轰鸣。我们时不时停下脚步，将脸贴着玻璃往里观望，像在窥探一个巨大的秘密。无数辆大卡车满载着原材料驶入巨大的车间，那些公路上的巨无霸仿佛被施了魔法，在台鑫钢，都变成了孩童的玩具。车间里有的是庞大的怪兽，张开大嘴，把那些方形圆形长条形的硬邦邦的废铁一口就吞了下去。

廊道的温度越来越高，仿佛有什么让人兴奋的事即将发生。果然，前面的人惊呼一声，"看！"我疾步上前，跟着她手指的方向望去，长长的履带上，一圈一圈通红的钢条，带着炫目的光彩，带着灼热的温度，缓缓地向前方伸展而去。我知道，这个时候，它们还是柔软的，有着母性的光辉，到了前方，它们会被迅速而决绝地置入冰凉的水中，"嗞"的一声，高温被瞬间瓦解，仿佛从高高的神坛上突然跌落。而它们，也就在这极热和极冷的转化中，生命得到了升华。从绕指柔到百炼钢，成长也许就在淬火的那一瞬间。

在台鑫钢，我恍然大悟，火的热烈，水的柔媚和花的妖娆，在这片红土地上和谐共存，齐步向前，这才是湖丰令人心醉的诗意。

在希望的田野上

　　如果说声势浩大的绿是春天的背景，那百花齐放的姹紫嫣红就是春天的主旋律。广丰大石街道的春日，确有一番与众不同的景致，让你因此流连忘返。来到田间地头，放眼望去，田野好像一夜间空降了无数黄灿灿的金子，蜜蜂繁忙地在其间穿梭，好酿成一些自己"注册商标"的产品。路边那些在冬日里毫无生机的枯枝，突然就绽放出了炫目的光彩来，比如大石街道春坞新农村的桃林，半个月之前，行人匆匆过，谁也不会多看一样，现在，任谁从那里走过，都会停下来观赏山坡那一片流动着的绯红云霞，它在深浅交错的绿意里，显得那么光彩夺目。许多人慕名而来，当然不满足于远观，她们会带着许多能和桃花相映成趣的物件，穿过一道田埂，深入那花团锦簇当中。

　　这样的时节，居住在大石街道乡野里的人们，心里一定是储满春水一般温暖的幸福感的。他们可以随意与一片油菜花或者一朵桃花交流，与房前屋后的一棵梨树或者垂柳诉说衷肠，可以放心地把满腹心事说给门前流淌的春水，让它们带走一些愁绪和忧伤。大石溪边村就是这样一个偎依着流水的村子，这个平实朴素的名字里，暗合着村子与一条溪流在漫长岁月里的互诉衷肠、深情相守。

　　溪边村沿小溪而建，村里的路弯弯曲曲，依着水流的走势，贯穿大石广阔的腹地。如今，这里的小路已经硬化，路两边都装了路灯，到了晚上，溪水映着灯光，白亮亮的一片。住在村子东头的韩秀娟每天晚上放下碗筷，收拾好家务，便会沿着溪岸，急匆匆地往村西头的老年活动中心赶。有时候晚了几分钟，听见那头的音乐声响起，心里急得什么似的，忍不住一路小跑赶去。

村口的小石拱桥边，那棵根深叶茂的老樟树，遒劲的枝干依旧，逢春又换了一身新装。密密匝匝、层层叠叠的绿，和溪岸间或出现的桃花红、梨花白，从空中一直延伸到水里，构成了一个立体的虚实结合的美妙境地。韩秀娟没注意这些，她并不知道，她每天走在这条路上，其实是走在一幅画里。

溪边村的父老乡亲，经历了白天的劳累，等夜幕降临，春天的暖风拂过村庄，便纷纷来到老年活动中心，这里是溪边村最热闹的地方。我们来时，只见门前的广场聚集了一群大爷，踢腿扭腰走几步，他们有时聚集在一块，说说家事村事孩子的事。活动中心有图书室、乒乓球室、棋牌室，还有一个公共的菜园，采摘的蔬菜供活动中心的老人们食用。听说，这个村子里只要是六十岁以上的老人，都可以到这里来吃饭，每天的伙食费十元，荤素搭配。不少孩子不在家里的老人，每天就聚集在这里，大伙儿一起吃饭，热闹，还方便。大妈们跳广场舞的领地是活动中心的院子，够大，可以容纳几十号人在这里排练。村里有一支固定的舞蹈队，一年到头都有新节目，韩秀娟就是其中一员。我见到她的时候，她正带着姐妹们在舞台上给我们表演最新的广场舞，看得出她们训练有素，动作虽然简单但整齐划一，最重要的是，她们跳出了昂扬的精气神，年届六十的她，此时脸上竟展现出少女的娇羞。

那天，她们跳了三支舞后，我拦住了因出汗而脸上亮晶晶的韩秀娟，她的姐妹也一并围拢了过来。听到我夸她们跳得好，大家都不好意思起来了。"我们主要是喜欢跳舞，年轻时就喜欢，那时候没条件跳啊，孩子个个要读书，天天都忙，哪里有这个闲工夫？""再说了，那时候村里也没条件，晚上黑咕隆咚，别不小心掉到河里去！"大家一阵哄笑。一个姓侯的大姐靠过来，看着我说："我嫁过来这么多年，现在真是过上了好日子。孩子都住到了城里，叫我去，我才懒得去呢！村里现在不是跟城里一样的吗？路灯电视广场舞，哪个都不缺。电视上的那些大道理我说不来，就知道现在每天都开心生活，开心跳舞！"那一刻，她的骄傲和满足全写在了脸上。

浩荡的春风里，大石徐村的韩姐，站在自家的阳台上，望着眼前的马家柚果园，她的脸上也荡漾着春风。据她自己讲，马家柚开始推广种植的时候，韩姐从县城搬回了老家，就在自己家门口种下了几百棵果树。现在是三月，这些看起来单薄弱小的植株，毫不起眼，只有不断窜出来的新叶，昭示着它们的生命力。到了五月，白色的柚花缀满枝头，果园像一个巨大的纯天然香水制造工厂，纯粹的香气氤氲在田间地头，能把你鼻子揪下来。柚花具有天然的催眠能力，韩姐每日就在这柚花香中踏踏实实地做着美梦。当然，让她踏实的远不止这些，到了十月底，就迎来了马家柚采摘季。那些饱满金黄的柚子沉甸甸地挂在枝头上，着实诱人。韩姐的柚子用的有机肥，挂出的果子格外好吃，水分足口感好，每年都有人慕名前来采摘购买，韩姐的腰包一年比一年鼓胀起来。那些城里来的人眼巴巴地赶往这里，买了马家柚，还四处溜达一圈，地里青翠的蔬菜，远处旖旎的小湖，沿路缤纷的花朵，让他们可眼馋了，个个对韩姐的生活羡慕不已。

那天，我们离开盛满韩姐希望的马家柚园时，韩姐送我们到路口，站在那儿向我们挥手，她的笑容在春天的阳光里格外灿烂。车子渐行渐远，她的身影和后面的田野慢慢融为一体。

　　我想，当春雷拉开春天的序幕，当草木接到了季节的密令，一路潜行，当那些新发的叶芽，在春阳中慢慢长出闪着光泽的嫩绿新叶，当一片片新叶随着春天的深入，波涛一般汹涌地蔓延开来……这多么像在这片充满希望的田野上耕耘的人们，在春天的召唤下焕发出的勃勃生机，多么像新时代的大石街道，在乡村振兴的浩荡春风中，砥砺前行，奔赴更加美好的未来。

通往幸福的峡谷

沿着山谷逆流而上，仿佛时光的册页被次第打开，缓缓呈现。一路迎着溪流，绵长清冽的水流在我们脚下叮咚作响，欢快地一路突奔。河道里布满了石头，大如青牛小如豆，圆润，光洁，有着被岁月反复冲刷后的温润。这些石头在河里躺了多久，我们不得而知，他们在不同的时间节点，被赋予了新的使命。也许是因为一场暴雨，也许是因为一场地震，他们挣脱了高山的束缚，来到了这个乐园，落入这甘甜的水中，就再也不想挪步了。他们与水流共同建造了一个奇妙的世界。有时我们看到了翡翠般的深潭，有时我们听到了流水从石缝里调皮地挤出去的欢笑，有时可以感受到湍急的白流急促的喘息。石与水，动与静，刚与柔，完美吻合，相亲相爱。

这里是东阳石井峡谷，被深藏在浙赣交接的大山褶皱之中，如同一位深闺少女，有着不可名状的神秘和风情。又如一块被时光慢慢雕琢的璞玉，借着光阴的力量，逐渐显露出夺目的光芒来。

此时，时节迈入冬季，山谷空无一人，我们奢侈地享有了全部的山林、清泉和幽静。初冬的山林比春天的色彩更丰富，翠绿、艳红、亮黄……"树树皆秋色，山山唯落晖"。临近中午，阳光才越过两岸高山，落在我们的身上，暖暖的，走过竹林，脸上闪现着跳跃的光斑。山上繁茂的树木，山脚流动的清水，此时完整地接受太阳的炽热注视，霎时，峡谷里就有了夺目的光彩。甚至，野菊花也在路边摇曳着，阳光为她们的盛放吹响号角。这片山林也是野花的主场，于是她们肆无忌惮，兀自美丽。谁也不知道，我们的到来会不会惊扰了她们的清梦。

山涧的水流在山脚下汇聚成了一个小湖，若是夏天，这里定是一片"人仰马翻"。水面上做了吊桥等一些戏水的设备，暑假里，赶来避暑的人们就在这片水域欢腾跳跃，笑语喧哗。而此时，这里出奇的安静，时间似乎都静止了。倏忽，一声声鸟鸣突然穿过林子，滚珠似的在湖面上荡漾。我们坐在湖边，看着对面的青山发呆，两腿在水面上晃荡。没有人说话，此时语言显得如此多余和苍白。水面异常平静，两岸的青山倒映在水里，像两扇不可触碰的大门，极致的寂静，冲淡了心中的浮躁。

一只鸭子突然闯入了这个世界，羽毛在一泓墨绿之中，显得尤为白亮。它在水面上自由游弋，划出一圈圈浅浅的涟漪，像音符，也像心事。我们没有惊扰它，毕竟我们只是这里的过客，而它，却是常驻的主人。

山谷幽暗潮湿，苔藓成了主角。树干上，藤蔓上，石头上，满眼都是。在那些阳光无法企及的地方，苔藓活出了自己的模样。那样密集的浓绿，那样松软的苍翠。低在尘埃里的鲜活，也许只有苔藓才有。高树有其伟岸，繁花有其绚丽，落叶有其轻巧，苔藓有其生动，万物在此，井然有序。

才下午三点多，阳光就一点一点地退场了。我们看着它从溪涧，到山腰，到山顶，到那些高树的树梢，然后消失不见。寒意从水边，从竹林，从每一片树叶上，慢慢地沁了出来。山谷里顿时幽暗了下来，那些光影瞬间消失，仿佛舞台上的大幕被拉上，关闭了许多精彩。我们回屋和这里的主人攀谈了起来。这个爽朗的中年人姓管，从小在这片土地上长大，熟悉这里的山水就像熟悉自己的身体。作为土生土长的本地人，他陪伴着石井峡谷数十年，看着它踏着时代的鼓点，缓缓地打开自己，迎来四方宾客。如今，管总在这里开起了农家乐，修整了河道和山路，建起了一些游乐设施。现在，越来越多的人扶老携幼来到这里，呼吸这里的新鲜空气，享受这里的青山绿水。"菜是自己种的，酒是自己酿的，鸡鸭是自己养的。我希望大家周末来这里，过一过传统的消失已久的日子！"他的笑声透露着丰收的信息。

六点，峡谷里沉黑一片。我们带着饱尝美酒的醉意，匆匆离开了石井峡谷。我想，也许在这里，人们都能找到通往幸福这个秘境的钥匙，都可以在凡尘和此境随意进出，来去自如。是的，你来石井峡谷，才会真切感受到，人的一生，不能辜负这古老的流水，悠远的山川，静谧的时光。

心怀诗歌奔向远方

——我的文旅之路

　　2017 年暑假，教龄满 25 年的我去教育局办理调动手续。消息比我先行抵达现场，一路遇上的熟人都问我同一个问题，"哎呀，你这个名师，为什么要离开学校呢？"还有的人连续发问，"是不是工资更高了呀？是不是要提拔了呀？"我一直在微笑摇头，好像除此以外，说什么都是多余。

　　实际上，这个问题我当时也无法回答。我只能肯定地说，没有提拔，而且工资下降些许。至于为什么放弃已经在教育体系内辛苦打拼多年的所谓成绩，转向一个全新的领域，这不是一个三言两语能够说明白的事情。说理想好像太过缥缈，说事实，别人也不见得能够理解。

　　我和我的朋友林子在一起，经常会热烈地讨论一些问题。比如现在我们的教育之路为什么会走得如此逼仄，比如阅读在孩子的生活里到底有什么影响，比如老师这个群体会具有怎样的共同特征，比如我们除了教书，到底还能做什么？我们有时亢奋，有时悲伤，有时雀跃，但也争论不出一个所以然来。我们只能照着自己的理想好好活着，做自己愿意做的事情，顾及不了别人的目光和看法。就像她，在大家都认为应该闲置下来的中年，背井离乡去了温州，融入一个新的团体，从头开始学习，打拼，个中滋味，他人又岂能明了？

一切未知的事物都带有假设的成分，只有当它们真正来临的时候，我们才可以清晰地感知。我清楚地记得一些场景，但我当时并不知道，这和以后的生活有着怎样隐秘的连接。

大约六七年前了，有一天下午放学，我接到了同学的电话，叫我到三都的隆旭山庄去吃饭，几个老同学在那里。我说没空，晚上有晚自习，这里还有试卷没改完。他说我们几年才见一面，再说今天有外地同学过来，多难得，就不能换个晚自习吗？软磨硬泡，没完没了。最后我只好换了一个晚自习，急匆匆地赶了过去。果然是一帮老同学，都是师范同班或者隔壁班的，从十五六岁相识，至今快三十年了，知根知底，像是兄弟姐妹。三班的洪厚火也在，当时他已经是旅发委主任，但我没有在意，甚至这么多年来，我从来没有称呼过他的职位，我一直叫他本名，同学嘛，随意惯了。再说，我经常弄不清楚他的职位。（林子说，老师的群体特征是经常不关注外部世界，沉沦在自我空间里。我非常符合这一特征。）那天我大约是比较劳累，脸色不太好看，当时我教了两个班级的语文，课务繁重，作业琐碎，考试巨多，每天埋头其中无法自拔。同学开玩笑说："你咋教个书还把自己教成这个样子？"我也开了一句玩笑："我一直都这个劳碌命，看哪天要是没教书了，可以陪你们好好喝一杯。"

谁都知道这是个玩笑。那次吃完饭之后，我又回到了过去的模式。既然在学校里，那就好好做这份工作。职业倦怠谁都有，拼到最后都是责任心。

日子流水般缓缓前行。有一天，我记得是快放暑假了，我和几个同事到小学去做招生宣传，希望能够选拔到一些优生。那天的午饭人比较多，有点吵，我接到同学洪厚火的电话。我们虽然是老同学，但他打电话给我倒是挺难得的。听到我这边人声鼎沸，让我空闲的时候回个电话。

　　到家以后，我回了个电话过去，没有客套，直奔主题。"现在有个机会离开学校，你要不要考虑一下？"我大概有三秒钟的发呆，才回过神来。"去哪里？干什么？""广丰这几年旅游发展得很快，我们单位需要增加一个人，负责旅游点的讲解，相关资料的编辑等。"同学高声地笑了起来，"你的功底我知道，做这个事情你完全够格。"接着补充了一句，待遇和以前差不多。

　　那天晚上，我带着爱人一起到了旅发委办公室，洪和他的爱人张老师也在，我们坐在一起仔细商讨了一下。都觉得既然是个机会，如果不费什么周折，可以试试。那个时候我在学校已经待了二十多年，到了举重若轻的阶段。我熟稔教育所有的环节，也饱尝教育的酸甜苦辣，我的朋友也几乎在这个体系之内，我们的谈话很少超出这个范畴。这是游刃有余，也是坐井观天。我想看看外面的世界，想试试自己除了教书，还会做什么。

　　调动申请提交上去，非常顺利，八月中旬，我就接到了正式调动的通知，开始在几个单位之间跑程序。那时候，学校都已经开始谋划新学年的教师配置了，我的离开显得非常突兀。不少同事调侃说我终于脱离了苦海，其实吧，我之前并没有觉得教书很苦，累是累，但也自有乐趣。再说，每个行业都是甘苦自知，哪里有完美的生活等着我们呢？我虽然不可能自己去尝试多种职业，但也会听到周围的人各种议论，大致都是在什么行业从事就不喜欢什么行业，都觉得别人的工作比自己好。说到底，这都是心态问题。如果只盯着自己职业里的苦，那么在哪个岗位上都不会享受到甜。

　　八月底，到广丰区旅发委报到。上班前一天，爱人跟我说，去了就要好好工作，不要让你的同学和领导为难。他一直是这样的理念，工作是一个人的立身之本，绝不可丢失，我参加任何比赛，他都支持我。在学校这么多年，我一直在教学一线，从来没有申请过后勤岗位。也有人开玩笑说我想不开，太拼了，我就笑笑。生活的状态是自己选择的，别人说什么不重要。

新单位在区政府大楼里，办公条件超乎我的想象。热水随时供应，空调全天开放，冷气够足，我得穿过膝的裤子，避免膝盖受寒。和老同事聚会的时候，我都不敢炫耀新工作的办公条件，怕她们说我拉仇恨。的确，在学校，五六十号人挤在一个空间里，电风扇形同虚设，口干舌燥，汗流浃背，甚至有一次我在教室里上课，居然中暑了，头晕得厉害，恶心想吐，那感觉，一辈子也忘不了。

我开始了一个全新领域的学习。洪主任（现在我得叫职务了）抱了一大堆资料过来给我，叫我先熟悉一下，再着手工作。我每天翻阅那些画册，文字，图片，不懂的就问问同事，渐渐熟悉了业务。分配给我的正式工作是微信公众号的管理，和市局相关科室的对接，区内所有景区乡村旅游点的资料收集。我记得当时还有一个很大的业务，配合王越跃一起编辑《广丰旅游》杂志。看到自己的名字出现在这样精美的印刷品上，还是有点成就感的。

所有的工作都是全新的，我深刻地感受到和学校的诸多不同。在学校里，课程表一分发，就相当于给每个人分配了一亩三分地。什么时候播种，什么时候施肥，农夫自己安排，到最后把果实上交就行。我可以选择做一个孤独的农夫，一切自己摸索。这里的工作要大家配合完成，是一个开放的工作方式。过去我的微信好友很少，无非就是家人、同事、同学，总数也就200个左右。做了旅游以后，出于工作需要，我把微信名改为单位加真实姓名，微信好友也空前地多了起来，我需要和许多部门的人资料互通，方便快捷的微信成了首选方式。短短几个月，我的微信好友就增添了100多人。最尴尬的是，有一些人只传递过一次资料，就再也没有说过话，后来我怎么也想不起他是谁了。再后来，果断删除。

微信是我工作当中最得力的助手。同时，公众号的管理是我最重要的工作内容。仔细阅读了之前发布的文章，果断地进行了很大范围的改版，定位为"把广丰推向世界，把世界告诉广丰"，从内容到形式都有了很大提升，慢慢地关注人数越来越多了。很多人都知道《广丰旅游》是一个比较文艺范的公众号，资讯丰富，风格清新，还有很多人直接打电话问我区内旅游攻略。我经常独立撰写内容，拍照，交给编辑，并最后审核发布。记得2018年暑假，我和金晓星、吴俊、郑华凤等几个朋友一起去内蒙古玩。我是下车看美景拍摄，上车就开始把自己所看到的景色用文字表达出来，转到编辑手里，这样工作效率非常高。微信的语音输入功能特别强大，只要普通话标准，口语直接转化为文字，随时发送。就是我身边的人觉得我特别奇怪，不知道我为何一上车就喃喃自语。我只要随身携带一个手机，就可以边游玩边工作。一天的旅程下来，我的所见所闻也可以通过微信公众号分享给大家，这是一件特别愉快的感受。不过，那次完全是年休假里的自费旅游，其实和工作没有关系，只是习惯使然。当了很多年的班主任，责任心是刻在身上，不会褪色的。我在新的岗位当中也同样用着班主任的责任心来工作，这使我看起来好像有点和别人不一样。我跟我的老同事开玩笑说，相信我，你只要能当班主任，就可以做任何事情。

最怕的是政务类微信，因为是原创，而且很多涉及众多领导，大型活动的程序也比较繁复，有些情况不熟悉，会出一些小差错，就算小心翼翼，有时候还是难免会出现一些疏漏。而且时间特别赶，上午的活动，下午就得把报道做出来，我一个人要拍照片，要写稿子，要审核，最后才发布。有时是自己完全没有意识到的错误，已经发送的内容只好删除再发，每次这个时候，我就暗暗告诫自己，下次审核一定要严格一点，再严格一点儿。

我在实践中学到了许多的新技能。有一次，市里需要的资料我已经整理好了，但发送的时候显示邮件过大，发不出去，试了几次都不行。我当时还不知道压缩包的存在，在我过去25年的教学生涯当中，我从来没有用过这个。我们的教学相对传统，顶多就是下载运用一下课件，所以电脑的使用是我的薄弱环节。下班的时候，大家都走了，市里的电话一个接一个地催我，而我却在那里不知所措，急得一身汗。后来打电话给我的同事，请他教我。所谓难者不会，会者不难，在他的指点下，我很容易就在电脑上操作成功了，其实非常简单，现在想起来真是汗颜。整理照片，收集信息，慢慢地我电脑里的资料越来越多，我把它分成了很多个文件夹，大文件夹套着小文件夹，找资料的时候非常清晰，容易找到。所以来找我的人也越来越多，我的工作也就越来越繁忙。

每天的工作主要是坐在电脑前，整理各种资料，我的眼睛在快要老视的时候居然近视了。我的老同事总是跟我说，搞旅游的人不就是每天到处旅游吗？我纠正了一下，"准确地来说，我们的工作是吸引别人到广丰来旅游，要达到这个目的，我们得在许多的硬件和软件上下功夫，这才是我们的职责所在"。当然，我们也有外出学习的机会，这几年，出差比较多，周边的省会城市都去了一遍，最远去了一次海南。但是，我深切地体会到，作为一个游客和作为一个工作人员，你眼中看到的东西是不同的。举个很简单的例子，一个商品展台，游客看的是商品好不好看，我们关注的是商品摆得好不好看，能否吸引别人的注意力。一个景区，游客跟着导游玩，我们四处张望，看看路线规划是否合理，标识标牌是否清晰。

2019 年，全国上下进行体制改革，旅发委和文广新局合并，形成一个新的整体。全国人民都说"诗和远方终于在一起了"。诗为我所爱，远方亦我所爱，我希望这份工作能给我带来更多的欣喜。我们从十二楼搬到了六楼，认识了很多的新同事，微信通讯录里又增加了许多名字。按照分工，我还是主要做旅游工作，主要包括旅游节庆活动的策划组织，旅游景区的管理、宣传推介，讲解员培训，举办旅游商品比赛等等。有时候文化活动我也会参与，因为个人爱好的原因，对区内文艺界比较熟悉。一些诵读、写作、演唱方面的活动，公私结合，既是组织者，也是参与者。2022 年图书馆做阅读主题日活动的时候，我全程帮忙操办，因为主要是和学校合作，我在教育系统待的时间比较长，认识的人也比较多，帮个忙也顺理成章。我的朋友圈和我的工作密不可分，我的朋友都知道。

光阴如水，白驹过隙，离开学校已经六年，转而成为文旅战线的一个老兵。不管做什么工作，用心是第一位的。心在哪里，时间就在哪里，心在哪里，方向就在哪里，心在哪里，成绩就在哪里。我希望自己永远是个用心的人，如此，才不愧对职业，不愧对生活，不愧对自己选择的人生。

工作日记选摘

2018 年 12 月 21 日　星期五　晴

　　元旦前夕，由市旅发委、市旅游协会、市餐饮烹饪协会共同组织的上饶味道美食大赛，在信州区西园举行，每个县市区派出两到三支代表队参赛。广丰区派出了小丰村的田园居和现代农业示范园内的歌田小厨去参赛，我负责组织、填表、沟通、带队、拍照、宣传等一系列工作。这次参赛不但比赛菜品的味道，还有菜品的精神内核，不但要做好菜，还要讲好故事，不只是对单个菜品进行评比，更要对整个宴席进行评分，是美食比赛的一个突破。

　　田园居的张丽英打电话给我，"叫我烧一桌菜绝对没问题，可这起名字，讲故事，我可真是不会啊！"另外一个厨师也表达了同样看法。于是，文字工作就落在我的身上了。根据他们报上来的菜品，我给田园居的一桌菜起名"小丰之恋"，主打山里的农家风味，就地取材，天然绿色。这一桌菜包括腊肉，豆腐，小河鱼，酸菜，冬瓜汤，红薯干，紫山药，野木耳，石斛花煎蛋，冬笋等。歌田小厨的宴席名字为"土味农家乐"，食材几乎由自己基地提供，主打的也是天然牌。

　　比赛在西园的一个长廊里举行。十几个大柴火灶靠南侧一字排开，北侧是八仙桌，铺陈数百米，非常壮观。各种食材摆满了桌子，厨师在灶前一刻不停地忙碌着，我们这些看热闹的人东游西逛，兴奋地讨论等会到哪边去品尝美食。一个多小时后，参赛队把自己的产品悉数摆在桌子上，贴上菜名标签，等着评委的品尝鉴赏及打分。摄影团队先行拍摄，我估计他们是一边工作一边咽口水。整个长廊里飘荡着香气。老师们对"小丰之恋"赞不绝口，一致认为是地道的农家菜。

打分结束，最让人兴奋的事情来了。这么多的美食，要在场的人全部消灭掉去，以免浪费。在场的工作人员各自领取碗筷，大快朵颐。大家吃的都是流水席，东家尝一点，西家尝一点，边吃边讨论，现场一片喜庆的氛围。

我私下认为，这是文旅工作里最美的差事。

2021年3月8日　星期一　阴

3月6日，周六，我们在图书馆举行了公共文化系列活动启动仪式。活动内容很丰富，包括为旅游商品获奖的柚子哥和祝国根老师颁奖，为"我的书屋我的梦"阅读实践活动获奖选手及指导老师颁奖，为十二位兼职讲解员颁发证书等内容。

这些讲解员都是我一手带出来的，她们叫我班主任。

我的确像个班主任。在这十二位讲解员三年的学习中，报名、培训、实践、考核、淘汰等多个程序，都是我一手操办的。记得第一次培训是在2018年7月28日，那时候文化旅游还没有合并，我们的单位叫作旅发委，人手并不多，负责全区的景区管理工作。没多久我就发现了，景区讲解这部分力量非常缺乏。铜钹山景区并没有专业的讲解员，遇上领导前来视察，非常被动。

我向分管领导李红英提出了我的想法，拟在区内招收一批兼职的讲解员，加以培训，在闲暇时间为景区提供讲解服务。这一想法很快得到洪厚火主任的支持。我们开始在公众号里发布消息，接收报名，请来市文化局副局长周亚鹰和师院周晓雷老师培训。几十号人参加了这次培训，并表示很有收获。

但是真正实践的时候，并没有这么如愿以偿。很多人员都是教师队伍出来的，平时工作就很忙，而且不容易走动，很难请假。实践的机会少了，业务就不容易上去。好几个月才讲这么一回，非常容易生疏。就这样，隔一段时间就会流失一些。2019年，我们进行了第二批招收，遭遇的情况和之前雷同，大浪淘沙，最后只剩下这十二位。今天举行了隆重的授证仪式，希望这支队伍能坚持下去，不断提高业务能力，做好景区讲解工作。

2021年6月6日　星期日　晴

这几天我陪同项德兴老师、褚海辰老师在铜钹山拍摄《又见红军岩》的MV，哈哈，真是有趣极了，就像拍电影一样。项老师是广丰本土人，褚老师是山东人，他们是空政歌舞团的战友，机缘巧合，一起共同合作这首歌。

红军岩讲述了一个悲壮的故事。1932年初，赣东北苏区红军主力卅赴闽北作战，只留下一个排的兵力驻守高阳保卫县苏维埃政府和县委机关。农历正月三十日晚，国民党"江山、广丰、浦城"联防队500多人从浦城念坑出发，偷袭高阳。农历二月初一清晨，刚出操的红军战士发现敌人，县委江书记和红军周排长率红军赶快抢占了高阳西南的一个叫七岩的有利地形狙击敌人，掩护群众、县委和苏维埃政府机关向岭底转移。红军战士在七岩打退了敌人一次又一次的进攻，最后只剩下21个人了，弹药也全部用尽，他们被逼退到七岩绝顶。于是纵身跳下悬崖，十八名战士英勇献身，只有三名战士被岩间斜出的树木挂住，死里逃生成了幸存者。1985年，广丰县委、县政府将"赤岩"命名为"红军岩"。这个在广丰已是耳熟能详，宣传部要通过这首MV的创作，进一步扩大影响力。

拍摄团队从北京赶过来，服装、剧务、化妆、音响各种人员都有，完全是个小型的摄制组。我主要负责不同拍摄地的线路安排，接受老师们关于本土文旅的咨询，并无大事。所以到处晃荡着看热闹。这几天天气很热，但是出于拍摄的需要，两位老师都穿着双层的军装，我可以看见汗珠从他们的额头上滑落下来。

虽说要后期配音，但是为了拍摄效果，眼神，口型，甚至是胸脯的起伏，都要很专业，两位老师在现场还是很认真地唱了一遍又一遍。不愧是部队培养出来的军旅歌手，对这首歌的感情把握得十分精准。我们在场的人员直呼过瘾。唱了一遍又一遍，拍了一场又一场，到最后，好像大家都会唱了。

听说这首歌最后会在央视播出，特别期待。

2021年10月21日　星期四　晴

红色旅游博览会是由江西省发起的国内唯一的以红色旅游为主题的旅游博览会，目前成功举办了11届。自2019年起，红博会由江西、湖南两省轮流举办。我已经荣幸地在长沙、南昌、瑞金等地参加过三届了，本年度红博会在井冈山举行，我和李红英局长一同前往。

这是我第一次上井冈山，难免有点兴奋，希望那些书上看到的地名能早点真实地呈现在我眼前，更希望能感受到诗词当中的一些意境。"久有凌云志，重上井冈山。千里来寻故地，旧貌变新颜。到处莺歌燕舞，更有潺潺流水，高路入云端。过了黄洋界，险处不须看。"我们后来特意打车去了黄洋界，去感受当时的战火硝烟。

红博会主会场放在茨坪的体育馆，江西和湖南的所有地市均有一个大小不一造型各异的场馆。上饶的场馆居中，用了红色的主色调，推介语为"可爱的中国 大美的上饶"。每个县市都拿出了自己特色的产品展销，尤其是弋阳，红色文创产品特别多，很有特色。广丰送去的是一套旅行茶具，小巧精致，红黄蓝三色，分别印制一个社会主义核心价值观的关键词，平等，自由，民主等。

除了在自己的场馆工作，我们还要到别的地市去看看，场馆布置的特色，文创产品的创意，地方文化的展现，都是应该学习的内容。除了各地市的布置，现场还有一个省里直接布置的场馆，被设计成一列长长的火车，以时间为轴线，陈列了党在不同时期的工作成果，除了传统的图文展示以外，还有新潮的玩法，如剧本杀。而湖南省的展示则被布置成一架飞机，机舱里可是大有看头。

除了产品展示，江西和湖南的每个地市都派出了一支演艺队伍，展示各自的文化实力。节目内容精彩感人，表现形式丰富多样，可称得上精彩纷呈，是一个文化盛宴。对萍乡选派的一个节目印象特别深刻，形式新颖，话剧和舞蹈结合，效果特别好。

本次活动受益匪浅，期待 2022 红博会。

2022 年 3 月 3 日　　星期四　晴

　　3月1日和2日，省人大常委会外侨民宗工委副主任潘辛菱一行来我区调研旅游工作。区人大常委会主任皮晓瑶，副主任刘旭涛，文广新旅局局长俞剑波分别陪同，我是全程讲解。潘主任对旅游问题非常关注，一路不停地拍照，询问。她的老家是广丰水南潘家的，对家乡有一份热爱和情怀。在九仙湖，她对铜钹山的旅游资源赞不绝口。

　　我们来到木城关的时候，发现了一个问题。出了木城关有一个界碑，一面刻着江西，一面刻着福建。潘主任问道："真的一过木城关就是福建地界吗？"我有点不知所措。根据我之前的知识积累，现在的木城关是仿造重建的，旧时关口已毁。为发展旅游，特意新建了城墙、瞭望塔和城门，尽量还原历史容貌。但位置应该做了一些调整。我把我的理解说给潘主任听，她表示理解。但指出，做旅游还是要严谨，经得起历史考证。

　　潘主任还对古驿道很感兴趣。经过多方打听，桐畈现在还保存有一段古驿道，我们兴致勃勃地赶过去看。这段驿道是广丰人挑浦城担的必经之路，路面狭窄，全部是鹅卵石铺就，光溜溜的，见证了漫长的岁月。村民们介绍，当初这段路可繁华了，很多店铺，卖豆腐的，卖烟叶的，人来人往。

　　后来还有一个惊喜。我们回头时，在桥头发现了一块石碑，但已经破裂。仔细辨认，依稀看到关于植树造林的文字和一些村民的名字，落款为嘉庆三年。据该村年长的村民介绍，该石碑在下社村已经很长时间，当他们还是孩提时，就耸立在桥墩头，但现已碎裂成三段。

　　我们当时就把情况反映给区博物馆馆长张云岚。今天，已经派人把石碑运回博物馆收藏，并做记录。据悉，"奉宪勒石永远严禁碑"刻于清嘉庆三年（1798年），距今224年，碑身已布满青苔且有斑驳痕迹，尽显沧桑。经测量，该石碑高2.03米，宽1.03米，厚0.07米，青石质地；碑首由右至左横刻"奉宪勒石永远严禁"八个大字，字长1.03米，阴刻正文542字，主要内容是要求村民护山育林，严禁砍伐，具有朴素的环保意义。其余为村民捐资捐工落款。这是广丰目前发现的最早关于山林保护的历史记载，很有意义。

2022年4月9日　星期六　晴

天朗景明，春光无限。

今天是周六，我决定早起到黄家淤走走。沿着丰溪河看看蓝天草地，感受一下杨柳风的舒爽，顺便看看飞鸿滑草场的现状。上周打电话，对方说，已经停止经营了。

这条路人很少，散步或者骑单车，都是非常不错的选择。我走到堤坝上，看见飞鸿滑草场的大门已经拆卸了，所有的设备都已经搬走，只剩下绿茵茵的一块大草地。这里曾经是个人声鼎沸车马喧嚣的地方，上饶周边的市民很喜欢到这里游玩，交通便利，项目繁多，是同学聚会、研学科普、单位团建的好地方，我还在这里看过新人举办草坪婚礼。

滑草场属丰溪田园综合体的一部分，这个综合体位于黄家淤村，是一个4A级乡村旅游点。小桥流水，花木扶疏，特别是鱼鳞坝的跌水景观，更是吸引了众多市民打卡。我惊异地发现，沿着丰溪河居然拦起了一道铁丝网，一般游人不得入内。电话问及，说是此处属二级水源保护地，不得下水游泳。现在虽是春天，还没到下水游泳的李节，街道先行筑起了一道围栏，未雨绸缪。如此一来，虽说起到了保护作用，但如此大好的一个乡村旅游点，也就失去了生机。

由此，想到了更多的乡村旅游点。规划，建设，评定，每一个步骤都花费了巨大的人力物力财力。但很多的点在评定初期游人如织，大家都爱凑个热闹，慢慢地，就冷落下来了。乡村旅游点如何和村里的集体经济挂钩，形成持续发展力，成为一个客源稳定的旅游点，值得所有文旅人深思。

2022 年 6 月 26 日

夜游广丰启动仪式终于在今晚顺利完成了。

之所以用"终于"，是因为这个活动千回百转，经历了种种复杂的情况。从最初提出这个想法，到最后的实施，历时近三个月。

3 月的某一天，俞剑波局长把我和李红英局长叫到一起，说区里想要做个大型活动，叫"夜 YOU 广丰"。这个"YOU"有多种含义，可以是游，也可以是有、悠、又等等，突出文旅和商贸，把老百姓的消费积极性调动起来，促进当下的经济发展。接到任务后，我们请来了安航文化传媒的吴总，在办公室经过数次讨论，查阅了很多资料，以及其他地方的优秀案例，最后，形成了一个初步方案，做成了 PPT。

4 月 23 日，我在图书馆参加世界读书日的活动，接到局长的电话，匆忙赶到 14 楼会议室。各相关部门的负责人济济一堂，对整个方案进行讨论，也提出了非常中肯的意见和建议。

会上做出了在 5 月 19 日中国旅游日来启动这个活动的决定，但因种种原因，最后把时间定在了今天。天气晴好，适合在夜晚开展活动，就是那些定好的玩偶，这样的天气戴着，实在是太热了。非常感谢志愿者的辛勤付出。

从前天开始，我就一直守在广场，搭建舞台，布置会场，联系节目，协调部门，诸多事宜，不再赘言。天气真热啊，晒得满脸通红，口干舌燥。

整场活动，我都揪着一颗心，生怕出差错。走进走出，电话不断，幸好，虽说有点小瑕疵，整个活动还是按照计划有序展开，得到了大家的一致好评。尤其是无人机表演，吸引了全场所有人的目光。造型独特精美，颜色搭配和谐，闪耀了广丰的夜空。

文艺节目和无人机表演结束以后，我陪同与会领导巡查了文旅集市，给他们做简要的介绍。领导们兴致很高，也很关心商家的经营情况，不停地询问。吴曙主任还兴致勃勃地拿起一个手编斗笠戴在头上，笑得非常灿烂。

九点多钟，活动圆满结束。我这才感觉到我的双腿酸痛，全身无力。剑波局长请在场的工作人员吃了个夜宵，对大家的工作提出了表扬。这一刻，所有的辛劳烟消云散。

做一个文旅人，忙碌而快乐着，挺好。

2022 年 7 月 28 日　星期四　晴

最近天气燥热，我每天上班都挺早，晚了地下室就没车位了。行至单位楼下，我发现对面图书馆门口排了长长的一个队伍，大约有五十人。我瞄了一下仪表盘，7:41，正想着这群孩子挺早啊，一眨眼的工夫，队伍开始前行，很快就消失了。

我特意问了图书馆的同事，她说暑假里，图书馆天天爆满，都是背着书包的学生，有些准备考公考研，有些准备高考中考，都是冲着自习室去的。但是秩序很好，门没开，大家整齐地在外面排队。的确，新的图书馆环境清幽，崭新的设备，书籍众多，空调开放，更重要的是，学习氛围好。我有一次路过，还以为没人，推开门看了一下，里面整整齐齐地坐着几十个孩子，鸦雀无声，各自埋头看书写作业。我吐了吐舌头，赶紧关门离开。自习室并不能容纳很多人，后来把外借室也开放了，所有的桌椅又坐满了来学习的孩子。到了下午，会有一些小学生来看书借书，他们暂时没有多少学业的压力，可以在少儿阅览室阅读，也可以到外借室找到自己喜欢的，借回家自己看。所有的书籍都是公益的，只要不损坏，可任意阅读。

这些孩子是幸福的。我们小时候，农村是真没啥书看，老爸帮我订阅了几份杂志，已经算是村里的另类了。上了初中没什么时间看书，忙里偷闲，见缝插针。上了师范才算是海阔凭鱼跃，天高任鸟飞，学校外的租书店是我去得最多的地方。1998年调入县城，我还在嘀咕，为啥广丰县城都没有一个图书馆呢？后来我才知道，图书馆倒是有，就是躲在深闺，我们都找不到。

2021年，图书馆新大楼建成，迅速成为公共文化服务的一个窗口，吸引了众多市民前来打卡、阅读，我也经常去。而且，从念师范起，我的理想工作就是做一个图书管理员。哈哈，不知道此生还有没有这个机会实现这个理想。

好吃不过柚子皮

在广丰，马家柚参与了一年四季的风光美景。

三月，枝头上不断长出了新叶子，葱翠的新绿经过雨水的洗濯，明晃晃地亮你的眼。五月，洁白的柚花开了，浓郁的花香渗透到了空气中，广阔的乡野仿佛是个巨大的酿酒器，让人一踏上广丰的土地，就眼笑眉舒。花落果现，果子从一个指甲盖大小，吸收阳光和雨水，拥抱风霜和晨露，逐步成长，丰腴饱满起来。

到了十一月，浩大的马家柚采摘季来临了。一个个果园里，垂挂着无数金黄硕大的果子，它们的表皮在阳光下闪闪发光。经过采摘，挑选，包装，马家柚从广丰走入了千家万户。

果园里此时悄无声息，进入了一个沉寂期。而在另一个场地，马家柚以另一种方式，延续着自己的生命力。

多汁酸甜的果肉被取了出来，满足大家的味蕾所需。包裹他们的厚厚的外衣柚瓤，此时敞开胸怀，迎接他们的涅槃之旅。

我们小时候，经常帮母亲做踩捏柚子皮的事情，既是劳动，也是生活的乐趣所在。那个时候，还没有马家柚这一说，村子里是一些土柚子。枝头很高，柚子也不大，跟现在的马家柚比起来，完全是个小儿科。我很少吃到甜的果实，大多是酸苦而青涩。这些柚子大多被做成了酱柚子皮，充实农家菜荒时的餐桌。

我们需要做的第一件事情，是把那些青里泛黄的柚子从高枝上弄下来。一大群男女老少挤在树下，眼巴巴地抬头望着。打柚子的事基本由成年劳动力完成，他们轻巧地爬到树上，坐在树杈间，低处的果子可以随手拧下，往下面一抛，眼疾手快的迅速张开双臂，抢到怀里。没接到的就"嘭"的一声掉在地上，孩子蜂拥而上，抢。几个扭成一团，裤子上全都是泥土，大人也不管。高的得用竹竿子去捅，甚至得把竹竿上的叉子绕着枝条，生生扭下来。有时候角度不对，可真没那么容易弄下来。还有扯着树枝不停摇晃的，总之十八般武艺用尽，才能把满树的果子尽数弄下来，分装在一个个箩筐里。母亲挑回家，挑几个看起来个头大颜色黄的，把果肉剖出来，解我们的嘴馋。其他的都横切成薄薄的一片一片，晾晒在竹匾上。十月的太阳功力强大，火力全开，眼看柚子皮体积越来越小，最后拿在手里的，是干巴巴的一小片。然后就要入水了。

晒干的柚子皮装入厚实的大缸，倒入大量清水，水要淹没实物，再搬来一块大青石，压住柚子皮，加快苦味的倾吐排放。浸泡两天后，需要换一次水。这于我们来说，好像是个盛大的节日。水缸被抬到河边去，吸饱了水分的柚子皮被捞出来，先把苦水拧干，再放入一个大脚盆里，我们洗净双脚，挽起裤腿，到脚盆里踩。几家的孩子准备就绪，等着一声令下，比赛看谁踩得快。我们拼命抬起双脚，不停地上下交替，水花在我们的脚踝上跳舞，我们就这么笑啊，叫啊，跳啊，不但踩走了柚子皮的苦味，还踩出了一河的欢乐。玩够了，再把柚子皮拧干，重新放入大缸中。这个过程分为几个周期，每两天就要把吸饱了水分的片状柚瓢捞出，拧干，把苦水全挤出来，放在另外一个大缸里，重新加入清水。果瓢中的苦味逐渐分解到水里，苦味慢慢消失了，取一片咬一口，像咬一朵棉花，啥味道都没有。

这些没味道的柚子皮被送上新的征程，开启一段酸甜苦辣的生活。他们先进入一个大蒸笼，持续的加热让他们的身体变得柔软，胸腔里也充满了热情。而后，他们又回到了大水缸里，这次迎接他们的不是清水，而且混合着酱油、辣酱、大蒜、姜末和糯米粉的液体，他们的身体在液体里翻滚，揉捏，被裹上了多种味道，变得黑黢黢的，简直面目全非。但，这是美味的必经之路。

现在，他们重新进入蒸笼，继续加热大约二十分钟，而后倒入一个一个大竹匾，摊开，去接受太阳的恩泽。这时的柚子皮，身上混杂着多种食物的精华，热腾腾，肉乎乎，香喷喷，散发着诱人的味道。放在太阳底下晒两天，阳光会带走其中的水分，但带不走已经渗透到体内的美味。

至此，柚子皮就算正式制作完成了。我们小时候，没零嘴，经常在写作业的时候拿出来干吃。母亲每年都做很多，用袋子装好，放在柜子里。其他点心买不起，自己做的柚子皮，不值钱，随我们怎么吃。

现在，广丰到处都是马家柚，那种土柚子已经很少见。就算有，我们也不可能会自己动手做柚子皮。时代的发展让生活节奏日益加快，也让分工变得更加详细。马家柚成为一个产业，形成了一个完整清晰的产业链。柚子皮的制作全部进入生产线专业加工，并且研发了多种口味，香辣的，原味的，麻辣的，还有了好看的包装。目前广丰主要的柚子皮品牌有两个，一个是光阴名城推出的柚子哥，一个是齐力春集团推出的铜钹山，荣获了江西省名小吃，我经常带着他们的产品出去参加推介会、展销会、博览会等各种活动，有小袋装，也有罐装，非常方便。我们可以随时品尝，不需要像过去一样，为了吃上一口美味，全家付出劳动。当然，那些童年的欢笑，也随着时代的脚步，再也找不回来了。

　　这些好看好吃的柚子皮跟着许多广丰人的脚步，走向全国各地，五湖四海，慰藉在外游子的乡愁。我碰上了许多人，都告诉我说，好吃不过柚子皮。

柳暗花明小丰村

　　"小丰小杭州"，在广丰，人们一提到位于闽赣交界处，深隐在峰峦连绵起伏的铜钹山腹地的小丰村，总会脱口而出这么一句美誉。能把山高路远的僻壤之处，与极尽繁华的杭州相提并论，确实会让人有想去一看究竟的冲动。

　　我第一次去小丰是在 2017 年的八月份，带全家大小去避暑。那时候，小丰已经是江西省 3A 级乡村旅游点，名气日盛。当然，这个专业名词，我也是入职了旅游部门才知道的，在当时，我还说不出来这样的称呼。我只听说小丰挺凉快，适合玩水，在人生里的最后一个暑假，来到了小丰。

　　从广丰驱车到小丰，有六十公里的路程。需穿行一弯又一弯的山路，越过一道又一道的溪涧。直至"山重水复疑无路"时，小丰村才豁然出现在眼前。远远望去，只见青峰环抱村庄。炊烟袅袅，雾霭低垂。一条清流，从村庄蜿蜒而出，两岸田畴一片一片排向山脚。小丰村美得就像一个梦，或者是一抹不经意间洒落而自成天然的水墨田园画。她的美，使人如同回到了梦里老家，想起了母亲的呼唤，想起了儿时的玩伴，还有牛背上传来的悠扬的牧笛。待近时，才见依山而卧的小丰，屋舍错落，小巷弯弯。小丰的民居大多保持着闽赣山区民居的样貌。土墙青瓦，木质结构的梁柱与门板，尽显岁月的沧桑。村口的土屋旁，青石板路边，一棵寂寞了千年的大樟树，伫立在小石桥头，仿佛穿越悠远的时光在等待山外的你我。浓绿的树荫下，小桥跨在小溪之上。小溪里散着一溜儿巨大的卵石，溪水穿流于间隙之中，任由世纪的风雨悄然而逝，却从不曾停留过轻吟浅唱，又恍如哗哗翻动一本残损的书页，细述小丰的四季轮回。村口的两棵大樟树是村里最年长的使者。他们矗立在那里，千百年来从未改变。如今依然树冠如伞，浓荫如盖。粗壮的树身写满了故事，写满了沧桑。在一棵树面前，我们只有肃然起敬。

那时候我还不知道需要预定，说走就走，等到了小丰，才去找住宿，没想到已经是一"床"难求了。村子本来就不大，都是村民自己的居所，这几年因暑期游人的蜂拥而至，不少村民把自己闲置的房间整理出来，做了农家乐，配上柴火灶和土家菜，非常受欢迎。幸好妹妹找到了一个关键人物，当时任小丰村支书的徐云清，他帮我们找到了河边的一栋民居，主人是村里唯一的医生。等到后来我入职了旅游部门，因为工作关系和徐支书有非常多的联系，深切地感受到了他对小丰以及旅游的热爱。

出门两步就是小河，这个地方我们特别中意。我们晨起沿着河边散步，上午和下午就在河里摸石头，捉鱼虾，晚上把吃饭的小方桌从房子里抬出来，放在河边的大树下。有时候孩子在河里玩耍，我就坐在河边发呆，脑子放空，啥都不想。一条河就承包了我们两天的快乐。

小丰是离不开水的。村子依水而建，房屋和河流同一个走向，默契地配合。春夏季的小丰，山桃花开得最艳时，那些新绿的山就像一块块吸饱了水的海绵，被山风和白云轻轻一捏，小溪就没日没夜"轰隆轰隆"响个不停。而藏在深山里的龙潭瀑布，此时更是气势浩大，白练似的瀑布从落差达几丈的高处一泻而下，冲入深潭，激起的水雾笼罩了整个山谷。酷暑时节，外面赤日炎炎，这里因为植被覆盖率特别高，多了几分凉爽。

再加上淙淙的山泉水缓缓流淌，在一些深潭里积聚成澄碧透明的一汪净水，让人看了就想跳下去，享受这已不常有的惬意。每年夏季，很多人特意去小丰避暑游泳。村里给这潭碧水，起了一个特别好听的名字——瑶池。我们来到瑶池的时候，已经有挺多人了，谁都不肯放过如此纯净的水流，似乎投身下去，就能洗净尘世日积月累的污垢。下午四点之前，顶着阳光泡在水里，是件无比惬意的事情。过了这个时间，凉意从四面八方袭来，大家都不敢久留，纷纷起身而去了。

沿着溪流而下，可以看到一段保存得非常完整的茶马古道。走在铺着光洁圆润的鹅卵石的茶马古道上，似乎听到穿着草鞋的脚踏在鹅卵石路面的"沙沙"声，扁担"嘎吱嘎吱"声，汗滴落在石头上的"吧嗒吧嗒"声。原汁原味的古道仿佛穿越历史，蜿蜒着，从小桥跳跃而过，一直延伸至山上茫茫的竹林中。从唐代起，封禁千年的铜钹山，与外界几乎隔绝，唯有这条茶马古道，连贯着闽赣两省的商贸往来，互通着山里山外的有无。小丰的村民把大山里的木材、竹子、野生香菇、野生木耳、土蜂蜜、笋干、铁皮石斛等山货，贩运到福建浦城、崇安。在交通不发达的当时，小丰因了古道而富庶。"小杭州"的美誉，恐怕是由此而来的吧！

2017年8月底，我到广丰区旅发委报到，从事旅游宣传推介等方面的工作，小丰便成了常联系的一个点。虽然去得不多，但小丰的每一个前进的脚印都有所记录。

小丰保存着淳朴的民风和独特的民俗。每年进入冬至后，柴火大灶烧起来，"杀猪饭"的流水席就开始在村子里摆起来。亲朋好友，邻里乡亲，你来我往。热气腾腾的"杀猪饭"，搅动起小丰浓浓的乡情和年味。2015年，小丰面向游客推出民俗宴"杀猪饭"，一举得到大众的认可。游客三五成群，吃喝着，嬉闹着，跋山涉水，来到小丰，和这里的人们一起，享受着年底丰收的欢愉。到了2018年，小丰"杀猪饭"已经是上饶市响亮的民俗品牌。更多的人走进了小丰，在他们的朋友圈里，又唤起了更多的向往。小丰村因势利导，加大了基础设施的建设。古驿道进行了修葺，新增了玻璃栈道，河上横跨一座廊桥，建好了村史馆，整理了兵工厂遗址，修建了炮台、游步道。一个充满古韵、绿意和红色的小丰村展现在人们面前。2019年，小丰村被评为江西省4A级乡村旅游点，2021年，小丰入选江西省乡村旅游重点村名录。

慕名来到小丰的游客日益增多，她们惊叹于河水的清澈，豆腐的嫩滑，小鱼的鲜美，清风的凉爽……在尽情享受了这些自然的恩赐之后，她们还顺手带走了地瓜干、笋干、蜂蜜、茶油、腊肉等等。山里的平常成了山外的稀缺，小丰成了广丰最典型的旅游扶贫的村子。老百姓的腰包鼓起来了，他们打心底里乐开了花。小丰的农家乐越办越多，但一直都带着大山的淳朴，所有的菜品价格都是公开透明的，菜单统一，童叟无欺，任何人都不用担心会遇到宰客的现象。这一个举措，极大地提高了小丰的美誉度，一到暑假，预约电话此起彼伏。此时任小丰村支书的是本土村民徐珊，这位大眼睛的美貌姑娘走出了大山，见到了更大的世界，却在此时选择回到家乡，带领村民共同致富。她说，能用自己所学带动家乡发展，是一件让人觉得幸福的事情。是的，曾经被誉为小杭州的小丰，被时代短暂忘却了，如今，乘着旅游发展的浩荡春风，重新找到了自己的定位。柳暗花明的小丰村，正在大踏步地走在农村发展的前列。

土屋旁，香樟下，小桥流水，瀑布瑶池，云绕山峰，风送花香。在小丰，你可以与自己在精神的原乡中相守相望，从而找到一种适合自己阅读的人生，找到一方安放自己灵魂的土地。

柚见丰收

假如时光会有痕迹，这漫山遍野硕大金黄的马家柚，就是极好的佐证。

马家柚的植株四季常绿，有着朴素而恒定的美。三月，新吐的嫩叶含笑传递着春风的问候，五月，柚花绽放枝头，馥郁的香气能把整个县城浸透。柚花很小，但白得透彻，香得纯粹，在春夏叠加的那段时间，大片大片的果园成了巨大的香水生产车间，持续不断地酿造着天然的浓香。仿佛每个日子蓄满了甜蜜，醉了人间烟火。落英缤纷，零落成泥，转眼树上已是一串串青涩的小果子。真小啊，仿佛一个还没来得及展开的笑容。接着，它们迎晨曦，送落日，饮雨露，沐清风，在每一片树叶上打下时光流转的烙印，记录斗转星移。

终于，那些果子欢笑着，跳跃着，迎向金秋。它们褪去了青绿的外衣，披上了金黄的战袍，酿足了一腔的甘甜，奏响了丰收的号角。马家柚的植株不高，看上去很是弱小，人们经常惊异于一棵矮小的树上居然能结如此多的果子，数个枝头，密密麻麻地悬挂着，饱满又张扬，等待一双手把它摘取，破解毕生的密码。

马家柚的种植有着深厚的历史，仿佛 河静水深流，溯源而上，我们来到了数百年前的明朝。马氏一族为逃避战乱，从福建迁居广丰大南，始祖80岁的老母因水土不服而生疾患，咯血不止，多方求医不见好转。

马始祖心急如焚，前往西山寺，求得红心柚两个，马母食之，咳疾渐愈。此柚便在马家村扎根生长。到明正德年间，太傅夏尚朴告老还乡，游历到此，马氏族以自种之红心柚招待。夏太傅食后，觉唇齿生香、神清气爽，问是何佳果？马氏族人告之乃本地特产红心柚，并将此果来历相告。夏太傅感其味美，改名"马家柚"，遂以此名流传至今。直到现在，我们去大南古村，还可以看到枝繁叶茂的马家柚母本树，亭亭华盖，郁郁葱葱，历经风霜雨雪，顽强的生命力仍在枝头闪耀。

　　这棵树便是广丰所有马家柚树苗的源头，插枝，育苗，移植，成才，一代一代循环，直到现在绿遍山头的马家柚种植基地。20世纪90年代，十八个柚子从母本树上分离，辗转而行，参加江西省柚类资源普查总结及柚子品鉴会，一举拿下江西省地方柚类品种第一名。随后，马家柚参加上海世博会，第八届中国—东盟博览会，均以优良的品质获得好评，被国家农业农村部定为优质农产品。

　　像是吹响了集结号，马家柚迅速地在广丰开枝散叶，成为其主导产业。一棵棵树苗占领了荒山野地，甚至是人们的房前屋后，将葱茏的绿意向远方扩展蔓延，在大地上书写激情的诗歌。那些破败的荒山，一夜之间披上了翠绿的外衣，一行行，一垄垄，整齐划一却错落有致，将大山的硬朗线条渲染成柔软的墨迹，氤氲在江南烟雨中。

　　秋风一阵紧似一阵，漫山漫坡的柚林，又弥漫起沁人心脾的柚香，仿佛春天并未离去，一直躲藏在柚子里，只待你打开包裹的纸袋，好跳出来告诉你这个秘密。整个秋天，广丰就沦陷在一片金黄之中。这时候，平日里空寂的山野，突然喧哗起来，柚农们成群结队地到来，散布在一棵棵果树下。竹筐，剪刀，袋子，还有突突冒着热气的货车，一股脑儿都涌到一起来了。照例是要先品尝一下的，审视，比较，拿捏，拍打，看阳光和雨露更青睐哪一个果子。笑语喧哗之间，一个个金灿灿的柚子被打开，厚重的果皮，粉嫩的果瓣，多汁的果肉，一一展示出来。仿佛这颗柚子所经历的时光被次第打开，从青涩到成熟，从弱小到丰硕。

柚子吃够了，大家开始采摘。他们粗糙的手翻转挪移，无比灵巧，让一颗颗柚子离开枝头，走向千家万户。有时候，他们会情不自禁捧起一颗，贴近黝黑的脸庞，凑近鼻子，深深吸气，仿佛那是一个无尽的宝藏。是啊，对于柚农们来说，土地，阳光，雨露和一年的劳作互相呼应，才凝结成眼前的丰收之景，铺陈出新农民大好的生活。此刻，丰收就在他们的手心里传递，在臂弯间挥洒。整个山林正奏响着昂扬的丰收之曲，在蓝天之下久久回荡。

江南有佳酿

铜钹山属武夷山东脉，山高岭峻，树木葱茏，是典型的丹霞地貌。九仙湖一汪碧水青山环绕，云蒸霞蔚，江南风貌尽现于此。铜钹山盛产杨梅酒，色如琥珀，入口软甜，为江南佳酿。

每年的梅雨季节，铜钹山的十万山峦都藏在了云雾里。在水汽缭绕的山坡上，一棵棵翠绿的野杨梅树，挂满了红红紫紫的杨梅果。杨梅熟了。

杨梅果成熟的时候，山里人仿佛迎来了一年中又一个喜人的节庆，他们早早就等着满树鲜活的色彩，用天然的热情，把雨季点燃。家乡的杨梅树，无人栽种，无人认领，山谷间，溪涧旁，自由生长，俯仰生姿，这是大自然对乡亲的馈赠啊。

杨梅树植株不高，叶子四季常绿，狭长是常见的形状，没有果实的时候，写满了一树的朴实无华。我从没有见过杨梅花，文学作品里也甚少见到，大约连花也是不起眼的吧。这样看来，一年之中，只有枝头挂果之时，才是杨梅最惊艳的时候。

记得也是在梅雨时节的一个午后，与友人来至白花岩景区下的谷底，那儿有一个野杨梅的树群。进得山谷，看见身背竹篓的乡亲，在杨梅树丛间忽隐忽现，传过来的话语和笑声，和着哗啦啦的流水声，仿佛一曲质朴动人的山歌。

可以想见，当红紫的野杨梅和火辣的高粱酒，炮制出一坛农家淳朴的甜蜜时，乡亲的日子平添多少美好的滋味。斟满一杯一饮而下，心窝里就会升起悟道尖的雄奇，流淌着九仙湖的清亮与绵长。

不知是因为梅子成熟而称这季雨为梅雨，还是因为这些雨水促进了梅子的成熟，反正她们互相成全，在这个缺少阳光的时节里相依为命，成就了许多佳话。宋代贺铸曾以名句"一川烟雨，满城风絮，梅子黄时雨"而被世人称为贺梅子。百度上说这梅子是黄梅，善做果脯，我却固执地认为，在家乡铜钹山，梅子就是杨梅的昵称。于是，对于杨梅的认知，我又增添了几分诗意。而中学课本里入选赵师秀的《约客》："黄梅时节家家雨，青草池塘处处蛙，有约不来过夜半，闲敲棋子落灯花。"令人不禁感慨好一个闲敲棋子落灯花！外面既是雨声不绝，人迹渺茫，那就留在家里下棋。雨做背景，灯为点缀，梅雨时节自有乐趣。

这样的时候，也不妨来一杯杨梅酒吧。约上三五好友，喝上一两杯，说说笑笑之间，既祛除一身湿气，又酿起满心愉悦，不也快哉？

广丰本土产的杨梅小巧得很，味道醇香，看上去是剔透的粉红色，可爱得可以串起来当项链。或许是铜钹山独特的水土与云雾，赋予它的与众不同。食用是不敢放开手脚的，不出三五个，便牙齿发酸，再无力咀嚼其他食物了。

泡酒自是杨梅最佳用处。乡亲把当季的杨梅采摘回家，清洗后滤水备用。酒是去年的高粱酒，纯正，浓烈，闻着便有火辣辣的气息。这种透明的液体吸收了高粱的精华，深藏酿酒师的情意，带着时间的韵味，日子越长越带劲儿。一斤白酒配上二两杨梅，不多，也就一捧而已。杨梅入酒，加入冰糖，加盖封好，不出半个月，即可痛饮。泡过酒的杨梅颜色浅了很多，也失去了很多光泽，也许她用尽了全力，想让这酒液更接近琼浆。果汁和糖分溶解在酒里，瓦解了白酒的浓烈，口味顿时变得柔软和甘甜，那酒色，也变得略带红褐，倒在透明的酒杯里，仿佛江南女子的浅浅笑意，让你忍不住想靠近并深深体味。

这酒，被我们戏称为甜蜜的陷阱，不知俘虏了多少思念铜钹山的心意，牵扯了多少离开铜钹山的脚步。

来铜钹山，不喝杨梅酒，就领略不到铜钹山的风骨和柔媚。因此，那些包装精美琳琅满目的各种酒品，被大家丢在了一边。也许，只有一杯带着泥土气息的杨梅酒，才能与这青山绿水互相呼应，带来从视觉到味觉的全面美感。山里的杨梅酒通常没有包装，只有盛放的容器。或许是一个陈旧的酒坛，乡间师傅烧制的，简陋，粗粝，坛壁很厚，肚大口小，由于长年累月放在阴暗的角落，色泽暗沉，摸上去有丝丝的凉意，仿佛岁月就在手心里流淌。也许是一个透明的玻璃罐，我们可以清晰地看见里面的所有。酒在上面微漾，杨梅都沉淀在底部，就像母亲，操持着全家，末了只默默地躲在一边。很多酒家的吧台上，摆满了各种果酒，马家柚啊，猕猴桃啊，皆可入酒。最受客人欢迎的还数杨梅酒。老板以示口味正宗，喜欢当着客人的面，把酒从玻璃罐子里倒出来。那些酒液形成长长的红色透明水线，恰到好处地注满一个个杯子，如同铜钹山人饱满的热情。

说杨梅酒是个甜蜜的陷阱，是因为这种酒入口感觉极好，甜丝丝，清爽爽，完全没有白酒的辛辣。其实酒精度全在里头，不过是因了那些果汁和冰糖，当时意识不到而已。客人连呼好喝，于是一口连一口，一杯接一杯，等到感觉自己也许醉了的时候，早已是四肢无力，手脚发软，再也站不起身了。一个朋友陪着他的自远方来的客人去铜钹山，也许是高兴过了头，也许是自恃酒量好，也许是想身体力行地告诉大家铜钹山杨梅酒有多好喝，反正据他说，一口闷的小杯喝了三十八杯，然后，远方的客人没有留下来，他却留下来了。这以后许久，仍然是我们朋友聚会的笑资。

江南好，风景旧曾谙。诗画江南加上可口的杨梅酒，一定是别样的醉人风情。

会跳舞的丰溪水

这是丰溪河最妩媚的季节。

水从铜钹山中来，带万亩翠竹的绿，怀蓝天白云的净，一路绕村过镇，聚成静如处子的月亮湾。于是，微波荡漾，杨柳依依，小城便有了"一江烟水照晴岚，两岸人家接画檐"的旖旎风光，唯美景致。河边的光阴文化长廊是亲水人的天堂，尤其在夜晚的月兔广场路段，视线被密集的绚丽的光芒所充斥。楼是七彩的，河也是七彩的，他们在岸边交接，成了彼此的影子，相偎相依。

这个季节的风自带花香。漫步长廊，你可以微闭双眼，让肌肤去享受这质如丝绸般柔和的亲吻。或者行至中洲公园，抬眼看身边的玉兰，硕大的花朵像一群美少女，娉婷在高枝，翘着兰花指，抿着嘴偷笑。爱上这缕风，爱上静流的水，也会爱上绚丽如霓虹繁华的人间。

夕阳从永和塔落下不久，丰溪河水开始浓妆艳抹，准备一场盛大的演出。当中洲公园里音乐响起，河水便开始欢腾起来。一排排的水柱随着音乐扭动着身子，随着光线变幻着色彩，仿佛是河面上一群妩媚的舞者。时而左摇右摆，像风吹柔柳；时而扶摇直上，如金蛇狂舞；时而向中心聚拢，形成一个七彩的圆。更精彩的是音乐越来越激昂，水柱也越来越高涨，他们如一对恋人，心意相通，配合默契。交响乐的最激昂处，一股强大的水流如飞龙一般，直冲云霄，换来岸边齐声的喝彩。然后，音乐渐弱，喷泉渐熄，当一切都似乎停止的时候，水仿佛在积蓄更多的力量，只待音乐声起，以天女散花的舞姿，惊艳溢满花香的绚烂春夜。这一河水要心怀怎样的喜悦，才能有如此曼妙的舞姿？

城北新区全新亮相的西溪湿地公园，和中洲公园一南一北，互相呼应。西溪是丰溪河的儿女，一路向着母亲的怀抱飞奔。这两年，随着城区发展的步伐向北边迈进，河边的环境有了巨大的改观。原来的荒地成了公园，高楼林立，交通便利。公园里花草树木，休闲设施，自有独特景致。喜爱安静的亲水人，在西溪湿地公园临水而立，或漫步音符般起伏的水袖飞桥，看深远的天空，皎洁的圆月。当音乐响起，七彩灯光从西溪水底霎时开放，照亮了她惊喜如孩童的脸。一股股喷泉在她身边，顺着光柱喷涌而上。无数个水柱在不停地摇摆，他们前赴后继，上面的正在跌落，下面的继续呐喊着往上冲，在空中撞击，好一个飞珠溅玉！河边形成一个巨大的水幕，白气缭绕，宛入仙境。此时，站在岸边，伸出双手，水珠从高空落在你的手心里，依然保持着活力，跳跃着，舞蹈着。

中洲公园和西溪湿地公园是广丰区近年来最大的民生工程，功能定位为"观光、休闲、养生、亲水、环保、乡愁"，是广丰区市民休闲游憩的理想地和广丰城市发展的新名片。这一对孪生兄弟，以或磅礴大气，或氤氲生烟的水的舞蹈，展露母亲河舒心开怀的笑。

丰溪河水，一入城东丰溪田园旅游综合体，就变得娴静端庄。这个每到周末就游人如织的城郊休闲游目的地，是一个沿着丰溪河而建的休闲公园。公园就地取材，因势利导，一溪河水就是美的发源地。春堤望月，鹅卵石砌成长长的堤坝，河水在此堆雪泛浪。跌水平台，平静的河面因曲折而奔腾。哗哗的水流争先恐后地从隔断的石墩边冲跃，跳入下面的一个水层，再跃，再至下一层，柔和中带着不羁，流向远方。夕阳西下，满河碎金。皓月东升，空中月与水中月遥相呼应，互诉衷肠。此时清风拂过耳际，花香飘过鼻翼，让人忍不住惊呼，此乃桃花源也！

水无形而有万形，水无物而能容万物！母亲河从未像今天一样，焕发出古老的生机。她一路奔流，不但灌溉了稻田，孕养了万千子民，还在现代技术的改造下，成就了一份摄人心魄的美丽。她比过去更妩媚，更多姿，也更有时代的气息，这是新时代赋予她的崭新意义。

溯流而上，丰溪河源头在铜钹山，一座千年封禁山，松涛竹海，植被丰茂，含烟蕴水，将一路奔涌而来的泉水汇集。七星湖、铜钹湖、九仙湖，几十平方公里的高山平湖，那是一幅怎样美好的景致。水至九仙湖，群山环抱万顷碧水，良好的生态环境让她有着冰清玉洁之身。清澈，沁凉，纯净，仿佛未经人世的大家闺秀。藏在深山的优质水源，此刻来了一次华丽的变身。2015年，区政府决定从铜钹山九仙湖直接提取水源，让县城居民用上更优质更放心的饮用水。此项工程巨大，耗时耗资无数，但决心已定，雷厉风行。巨大的水管从高山深处出发，一路跋山涉水，矢志前行，一直铺设到城郊的自来水厂，再通过蛛网似的自来水管道系统，进入到千家万户。龙头打开，清水倾泻而下，在千家万户间舞之蹈之，涓涓清流如轻盈的交响乐，浸润了全城人民的心。动静相宜、刚柔并济的丰溪河水，是美好景致的实践者，更是幸福生活的创造者。

水事即民生大事。广丰以水为载体，打造顺民心、合民意的民生工程，满足了最广大群众对美好生活的需求。前不久，我去了成都的都江堰，李冰父子带领修筑的堰坝，到今天依然发挥作用。而今，现代化的广丰，水利工程不仅仅是防止水患和灌溉了，而被赋予了全新的意义。唐太宗曾经把百姓和君主的关系比喻成水和船的关系，"水能载舟，亦能覆舟"，可见水的确是社稷之重点，民心之所向。毫无疑问，在极大发挥和延伸水利的作用上，广丰又打了一个漂亮的战役。

穿山越岭的九仙湖水，成为城区百姓美好生活的源泉。而如何处理大量生活污水，广丰人自有成竹在胸。在丰溪河三官殿段，建立了一个污水处理厂。家庭排出的污水在这里沉淀、净化、分解、消毒后，重新汇入丰溪河，用以灌溉农田或做其他生活使用。这一举措，大量节约了水资源，使水的循环使用成为一种新的时尚。如果说那些景观水跳的是婀娜的古典舞，那此时此地，丰溪河扭出了欢快的秧歌。

悠悠丰溪河，孕育了一代又一代的丰溪儿女。但她从来没有像今天这样，自信，从容，欢畅。她带着满心的欢喜，展现优美的舞姿，歌唱盛世中华！

不错，这个季节，甚至这个时代，跳着舞的丰溪水，格外美丽。

岁岁相约天桂梨

再过几天，就可以采摘天桂梨了。

前天，我正在院子里择菜，接到了老妈打来的电话："我告诉你，你爸这回，真的把烟给戒了！"老妈的言语里有掩藏不住的兴奋。我把手里的菜放下，不由得在嘴角展开了一个笑容："哇，真的啊，那可真是太棒了！""自从父亲节你们姐妹劝他戒烟，他就没抽了，这几天我们在外面旅游，的确没见他拿过烟。这下好了，戒了好……"母亲语速越来越快，分贝也提高了上去，看来是真高兴。

说来话长，老爸的烟龄大约和我的年龄相当吧，反正打我懂事起，他就抽着烟。有客人来了自然是要凑在一起抽的，男人们在吞云吐雾里聊着各种社会热点，仿佛显得更有思想似的。一个人也抽，饭后看《新闻联播》时，手里雷打不动地夹着一根烟。他的右手食指和中指有洗不净的微黄，既是烟草的熏染，也是生活的锻打。

"天桂梨快上市了吧？"老妈问。

"还没呢，大概过半个月。"

"听说这个梨子水分足，吃了对肺部好，你记得给你爸买点哈！"

"一定一定！爸戒了烟，还喜欢吃，太好了。天桂梨我来包了，管够！"我忙不迭地答应着。

放下电话,我赶紧找朋友确定了天桂梨采摘的日期,并预定了好几箱,那可是硕大饱满水嫩无渣一咬满嘴蜜汁的广丰特产天桂梨。除了老爸,广丰之外的亲戚朋友也可以寄送一些的,说实在的,这么好的梨子,应该让大家都能尝到。

每年的三月和七月,是广丰天桂梨最出彩的两个月份,它带给我们的是充满愉悦和甜蜜的生活质感。

在广丰,"鸟飞村觉曙,鱼戏水知春"的江南三月,温润的空气里充满了草木的清香时,一年一度的赏花时节如约而至。天桂梨有两个大的种植基地,一个在城郊的西坛果园,一个在吴村镇。西坛近一些,但吴村的果园更大些,时间充足的话,我们通常都愿意走得远一点。不说其他的,就是这路上的旖旎春光,都足够让心情美起来。车子越过一块金灿灿的油菜地,掠过人家屋角的三五株桃花,驶过满眼翠绿的田野,向着一大片梨花飞奔而去。

满坡都是树,满树都是花。那么多的白娟似的花朵,一朵一朵地缀在弯曲的虬枝上,那青绿色的虬枝因此花团锦簇,像老树伸出的一只穿着绝美舞衣的胳膊,正准备在春天这个大舞台上倾情演出。那些花儿各自寻找自己的方向,有的仰脸向天空,有的低眉望大地,有的在左顾右盼,有的在东躲西藏,但都在努力绽放,像一群调皮的小姑娘,在娇笑着和你打招呼,"我在这里,来看我呀!"

果园里满是绿的草,和白的花相映成趣,再加上纯净的蓝天,是拍照时的绝美背景。每年春天,都有很多人专程去果园留影。那些薄而透明的花瓣,纤细的花蕊,枝头上新冒出的一点浅绿,和无数灿烂的笑脸一起,留在很多人的记忆里。

"趁酒梨花,催诗柳絮,一窗春怨。"梨花花期并不长,有时候一恍惚,就错过了。可别恼,请相信时光给予天桂梨的魔力,当小暑过后,等待你的,是一场更大的惊喜,那是天桂梨更盛大的节日。

从暮春到仲夏,从花谢到果熟,一株株梨树接受阳光的抚慰,也接受风雨的洗礼。包在纸袋里的天桂梨逐渐饱满了起来,枝头被沉甸甸的果实拽拉着,不断下沉,果农们不得不在树枝下撑起一根木条,才能迎接这一树的丰盛果实。

然后,在一声比一声长久的蝉鸣声里,天桂梨的采摘季在你迫不及待的期盼中如约而至。那些厚实的纸袋被撕开了,露出淡青色的果皮,更多的人按捺不住,他们迫不及待地品尝起来,看看今年与去年的口感有什么不同。洁白的果肉被送到口腔里,化为满口的清香与甘甜,以及从心里冒出来的喜悦。

每年,吴村镇敲锣打鼓,操办起吸引全市人蜂拥而至的天桂梨节。舞台搭起来,灯光亮起来,节目秀起来,梨子尝起来。孩子们在人群里到处乱窜,大人在谈论今年的收成。梨子管够管饱,大箩筐小篮子都用上了,绚丽的灯光下,果农的笑脸更加灿烂,带着丰收的满足和对未来的憧憬。

还有一周,天桂梨就上市了。估计我一定会按捺不住,去凑个热闹,也会再给我爸带几箱天桂梨,润润他那抽了四十多年烟的老肺。

一生只为一事来
——记国家一级演员陈晓丽

2022 年 6 月 26 日 19 点，广丰区月兔广场。白日的暑气未尽，此刻的广场仍然酷热难耐，像个盖了盖子的大蒸笼，没有一丝缝隙。陈晓丽身穿大红色的演出服，在舞台左侧候场。她身子斜靠在周围搭好的凉棚柱子上，脸上略显疲惫。为了礼服合身，她没有吃晚饭，为了不弄花脸上的妆容，她手执一个小扇子，不停地给自己扇风，避免出汗。

19 点 40 分，演出正式开始。陈晓丽站在了舞台边上，准备上场。疲惫一扫而光，我在她脸上看到了坚毅，自信，以及容光焕发的笑意。她带来的节目叫《戏歌》，巧妙融合了传统戏曲和现代流行音乐。迈步，亮相，开腔，一气呵成，字正腔圆，舞台下瞬间掌声雷动。

四十六年来，这样的场景，陈晓丽已经不知道经历过多少回了。四十六年来，洒下了多少汗水，大约连她自己也不知道。但是，脚下的舞台知道，她的老师和队友知道，她的家人知道，四十六年的每一寸光阴知道。

热爱，是梦想的最大支持力。

1980 年 9 月，不满 15 岁的陈晓丽瞒着父母偷偷地考入广丰县越剧团。越剧团就在她每天上学的路上，那些咿咿呀呀的唱腔，五彩缤纷的行头，抖动的让人眼花缭乱的水袖，把小小的她的魂儿都勾走了。得知她想学戏曲，母亲坚决不同意："女儿啊，你是不知道这里面的苦啊！你好好读书，不要学唱戏了，父母一辈子做这个工作，这里面的苦累，比谁都清楚。"作为父母，希望孩子不要走自己走过的路，受自己受过的委屈，这是人之常情。可是，家庭浓郁的艺术氛围和与生俱来的艺术天赋，又使小小的陈晓丽不知不觉地向戏曲靠拢。只要听几遍唱段，就能哼出来，举手投足，颇有几分唱戏的神韵。也许，从事艺术工作就是她的宿命，舞台，就是她的生活曙光。

父母不同意，陈晓丽就偷偷去报考，直到录取通知书送达家里。父母知道木已成舟，转而对她要求严格起来。"既然你自己选择了这一行，那就要好好地干，不能丢脸，不能喊累。"父亲言简意赅的话语里蕴藏着朴素的哲学和坚定的力量。

15岁，个子瘦小的陈晓丽就这样走上了她的艺术之路。如果说过去是爱好，现在便是专业刻板的训练。戏剧的讲究特别多，唱念做打，生旦净末丑，手眼身法步，每一项都有无数的讲究，既要师传正统，又要声情并茂。陈晓丽一头扎了进去。她的老师有两个，一个负责唱腔，一个负责动作。老师的要求都很严格，挨骂、挨打是家常便饭。陈晓丽个子小，身体又瘦弱，眉眼之间却有一股飒爽英姿，她选择了演小生，但实际上，从体型到声线，都要做很大的改变。

办法总比困难多。体重只有七八十斤的陈晓丽，为了演好小生，想尽了一切办法。她身材瘦弱，就用衣服来加码，就算三伏天也必须穿着厚厚的棉袄，外套戏服，同时，戏服底下是全团最高的靴子。外看有十五厘米，里面还有内增高，穿起来就像踩高跷。剧团的训练时间本来就够长了，可为了练好步子，陈晓丽比一般的学员花费了更多的时间。练功房还没有人来的时候，她就开始在空荡荡的房间里练习，直到所有的人都离开了，她还在练习。摔倒，起来，再摔，再练。她的手腕和膝盖上布满了瘀青，幸好戏服挡住了，父母都没有看见。棉衣穿在里面，浸透了汗水，练功结束换下来晒着，第二天继续穿。每次练功结束，就像从水里捞出来，湿淋淋的，棉袄一脱，全身热气腾腾。穿着那么高的靴子，重心非常不容易掌握，力量全用在腰腿上。一天练习下来，筋疲力尽，强烈的酸痛一直伴随着她，像是千万只蚂蚁在不断咬噬，晚上躺在床上，泪水不自觉地流了下来。可是清晨擦干泪痕，她又一头扎进练功房，直到数日之后的驾轻就熟。

这些，陈晓丽没有告诉父母。自己选择的路，咬牙也要走下去。

为了唱腔柔和纯正，陈晓丽拜师浙江嵊州的越剧名伶李艳芳、王艳秋，一跨进剧团的门就说浙江嵊州市话。从小说的是广丰方言，一下子要改过来，实在不是一件容易事。她抬头想，低头练，反复琢磨，逐字练习。家里给了最大力度的支持，给她买了一个两百多元的录音机，每天反复播放剧目，让她不断地听。耳濡目染加上刻苦训练，陈晓丽的唱腔非常地道，多年后，她参加 2002 年全国越剧票友大奖赛，获得一等奖暨全国十大名票。许多人以为她就是浙江人。

时光从来不会辜负每一滴汗水。

学习期结束，陈晓丽很快就成了剧团里的台柱子。她的扮相，唱腔，甚至眼神，都成了一个标杆，甚至有人一直追着她看演出。用现在的话来说，收获了一大批的粉丝。这一唱，就是二十多年。她本人多次被评为全县先进工作者，县宣传工作先进个人，县"三八"红旗手，"全县十佳青年"，"广丰县劳动模范"……

1988 年 5 月，陈晓丽参加了全国青年越剧演员电视大选赛。那个时候没有现场直播，一直到第二年，一家人才有机会在中央电视台戏剧频道看到她比赛的全过程。全家人搬了凳子，守在电视机旁等着每一场比赛。陈晓丽出场了，婆婆目不转睛地看着屏幕，还一边跟着哼唱着，公公则戴上了眼镜，把每一场比赛的每一个分数都记下来。在这次比赛中，陈晓丽最终获得了荧屏奖。尽管这不是一个大奖，但作为一个县级选手，这样的成绩已经是令人刮目相看了。父母看着她的成绩，眼眶红了。既为她的光芒，也为她的艰辛。没有一个成功是无缘无故的，获得的掌声和荣誉，和她自身的努力、老师的教诲、家人的支持是分不开的。

　　站在舞台上的陈晓丽留下了一个又一个的精彩瞬间，荣誉接踵而来。2015 年 3 月中国曲艺家协会颁发主唱鄱阳大鼓《一场特殊的生命救援》获第十届全国曲艺邀请赛节目一等奖，2017 年 4 月省委宣传部、省文化厅颁发越剧《雪夜》获第六届江西艺术节·第十届江西玉茗花戏剧节小型剧目展演个人表演一等奖。2019 年 7 月，越剧小戏《雪夜》获第三届"赣鄱群星奖"……

　　如果生活就这样按部就班地走下去，不失为一件美事。可是时代的车轮滚滚向前，它毫不留情地碾压了传统，产生了新的生活方式和审美洪流。改革开放慢慢深入，流行音乐的兴起，尤其是港台音乐的冲击，使传统戏曲步步退让，被逼到了墙角。剧团这么多人，要吃饭，饭碗在哪里？这么多专业的人员何去何从？该怎么走一条创新的路？时代交给陈晓丽一张沉重的烦冗的试卷。

　　经过认真思考的陈晓丽交上了答卷。她撸起了袖子，开始新的尝试。现代舞，流行歌曲，小品创作，什么都可以。艺术其实是相通的，凭着大家深厚的艺术底子，剧团成功地转型了。1990 年 6 月，广丰县越剧团合并到广丰县文化馆，陈晓丽继续从事戏剧表演、文艺演出，至今一直工作在演出的第一线。

　　文化馆担任着繁重的下乡演出任务。全年中的好天气，尤其是春秋季节，只要没下雨，她们不是在演出，就是在准备演出的路上。也有时候正在演出，突然下雨，她们仍然坚持在舞台上把节目演完。寒来暑往，陈晓丽和她的小伙伴们走遍了广丰的每一个村子，她们熟悉每一条通往乡村的道路，熟悉留守在乡村的老树和老人。陈晓丽一直坚守在舞台上，为大家奉献喜闻乐见的多种艺术形式。纯正的戏曲吸引了村里的老人，轻快的流行歌曲留住了更多人的脚步，令人捧腹的小品更是赢得了阵阵欢呼和掌声。

　　2013年11月，她们去桐畈镇演出。已是深秋，乡村的夜色寒风瑟瑟，演出结束，大家都整理行装准备回家了。卸妆的，装行李的，互相说笑的，现场一片欢腾。都想早点回家陪家人，作为文艺工作者，奉献的是观众，牺牲的是家人。这时，一位八十多岁的老太太颤巍巍地出现了，她显然走了很远的路，气喘吁吁，满脸通红。看到工作人员正在收拾东西，她的脸上写满了失望。还一边喃喃自语："我来晚了，来晚了……"正在收拾东西的陈晓丽停下手里的活，快步走到老人跟前。她知道这位老太太是个老戏迷，但年纪大，村子离桐畈镇远，来一趟不容易。看着老太太失望的眼神，陈晓丽一把拉住老太太："大娘别走，我为你一个人唱一段。"没有化妆，没有配乐，没有舞台，主演和观众面对面，一个用心唱，一个侧耳听，这是一个文艺工作者的情怀，是世间最美的风景。

　　在表演上，陈晓丽也获得了大量的荣誉。2002年陈晓丽代表上饶市参加省庆"七一"塑造江西人新形象文艺晚会，并演唱了自己的代表作《山里人的北京》，演出结束后，受到时任江西省委书记孟建柱的亲切接见；2007年，在全省农民剧团展演暨第二届民间艺术节上，小品《轮椅校长》获个人表演三等奖；2010年上饶市第二届农民艺术节，情景剧《马家柚香飘世博》获金奖……

一晃，在舞台上已经度过了几十个春秋的陈晓丽，开始思索传承与创新的问题。艺术必须要传帮带，要培养接班人。年轻人经过了改革开放以后多元化的艺术熏陶，也许能和传统文化相碰撞，走出一条不一样的创新之路。

她把目光投向了文化馆的年轻人潘霞、毛丽娅等人身上。经过悉心引导，耐心点评，这些年轻人也逐渐品咂出戏曲的悠长回味来，一起创作了《戏歌》这样传统与现代紧密结合别有风味的节目来。这个节目一经展示，便引起了轰动，反响非常好。此外，陈晓丽还走进了校园，积极推进戏曲进校园这个项目。党的十八大以来，多次提出文化传承，文化自信，此举无疑是高度契合了党中央的理念。城南小学的赵震校长是一位有文化底蕴和文化情怀的校长，他们站在同样的高度，携手推进此项工作，使戏曲文化在校园里，像琅琅书声一样蔓延开来。陈晓丽和赵校长一起，望着孩子们开怀地笑了。

广丰小曲是形成于明清时期并主要流行于广丰县境内的传统曲艺品种。属于曲牌体的唱曲形式，唱腔曲牌丰富，曲调婉转而通俗，旋律简洁又上口。主要用当地方言演唱，在旋律节奏调式上突出特点，旋律接近自然语言形态。表现形式不拘一格，可伴奏，也可清唱。演唱以坐唱为主，也可站唱、走唱。坐唱分单人、双人、多人，以双人坐唱为主，男女合档。常在人们生活的闲暇，和风俗性的节日、集会时演唱。演唱者是一般的民间艺人。他们平时从事农业或手工业劳动，遇到风俗性集会或娱乐活动时，则开始表演。人们在街头巷尾、庭院炕头，或田间地头，皆以演唱小曲消遣取乐。广丰小曲仅一本曲谱，之前全靠师傅带徒弟的口口相传。这几十年来，广丰小曲淡出了人们的视野，许多本地人包括我都不知道。作为濒临失传的一种地方曲艺，需要进行抢救式保护。陈晓丽的老师已经去世，作为唯一的一个继承人，她有责任把这种艺术形式传承发展下去。很快，她就在广丰区文化馆组建了一支底子扎实的、年龄结构合理的队伍，并创作出一系列广丰小曲的新作品。她们将优秀的传统文化广丰小曲这一非物质文化遗产经过长期收集、整理、挖掘、调研，搬上了舞台，通过上百场不同时期、各种环境的演唱打磨，与时俱进，将传承与创新有机融合。其中《陶母退鱼》还获得了江西省汤显祖杯小戏小品曲艺大赛二等奖。《陶母教子》获省文联、省戏剧家协会、省曲艺家协会颁发的第三届"汤显祖戏剧奖"，同时个人获汤显祖戏剧奖·银玉茗表演奖。

累累硕果，始于兴趣，终于坚持。

第十届茅盾文学奖作品《主角》中塑造了一个秦腔演员忆秦娥的丰满形象，展示了她跌宕起伏的一生。先天条件没有优势，勤学苦练成为主角，以唱戏为生命，终生维护戏曲的尊严。即使遭受了很多冷落和嘲讽，仍然不放弃。在她身上，闪耀着一种温暖的持久的职业光辉。

在陈晓丽的身上，我也看到了这种光辉。她的一生，仿佛只为戏曲这一件事而来，如此倾心，倾情，倾尽所有。如今虽然年过半百，依然活跃在舞台上，为观众奉献多个精品形象。我想，唯有深蕴内心的热爱，才能迸发出持久的力量，历经岁月流逝，永不更改。

我更欣喜地看到，在陈晓丽的身后，许多的潘霞、毛丽娅们，正庄重地接过接力棒。更多的年轻人高举文化的大旗，展示多姿多彩的中华文化。新的时代，文艺繁荣，百花齐放，无数文艺工作者的倾心付出，才有如今这坚定的文化自信。

光影里的铿锵玫瑰

　　没有一丝风，空气仿佛凝滞了一般，太阳白晃晃的，让人睁不开眼。地面温度估计有五十摄氏度。去往小丰的路上，几乎没有车辆，只有一路的蝉鸣相伴。广丰区电影公司的工作车行驶在这条路上。山路弯弯曲曲，车厢里装满了设备和器材，车行速度很慢，就像大海里的一叶扁舟。吴向红就坐在副驾驶的位子上，她微闭着双眼，头轻轻地靠在窗边，不敢说话，也没有力气说话。头天晚上空调开大了，有点感冒，这会儿又在漫天暑热中，加上晕车，她肚子里翻江倒海，车行到半路，终于忍不住，跳下车哇哇地吐了。吐了还得接着上车，小丰村的全体村民，在眼巴巴地等着她们送去文化大餐。2022年暑假，广丰遭遇了前所未有的酷热，连续高温使人体舒适感大打折扣，即使是夜晚，户外还是热气逼人。她们仍然按计划，走入一个一个乡村，卸车，挂银幕，搬设备，播放，到结束后，又得反向操作一回。衣服湿湿地黏在身上，脸上脖子上甚至结出了一层细碎的盐花。其中艰辛自不必说，我问她们，却一个个笑着说，没啥，都习惯了。

　　广丰区电影发行公司的职工，是清一色的娘子军，却承担着全区167个村子的流动电影放映工作。每个乡镇，每个村庄，都留下了她们的身影。只要天气条件允许，她们天天下乡，迎着寒来暑往，看着月盈月缺。

领头的祝雅君已经过了退休年龄，还坚持在工作岗位上。她主要负责电话沟通人员时间，宣传报道，场地安排等，因为患有较严重的眼疾，工作包括日常生活都有诸多不便，下乡会稍微少一点儿。吴向红、潘珍华、叶红玉三人都已五十上下，最年轻的王小丽，也已经过了不惑之年，她们几个负责全年四处播放电影，是一支只有四个人的主力部队。

2005年以前，她们都是广丰县电影院的员工。那时候多好啊，工作单位在县城最繁华的大街上，风吹不着雨淋不到，不要花力气，往放映室里一坐，就像个威风凛凛的大将军，全场都得听指挥。那时候也年轻，姑娘们天天待在一起，笑靥如花。没想到，时代的步伐如此迅猛，平地一声雷，单位改制了，人员分流，房子拆了重建，变成了更加繁华的商厦。何去何从，成了时代给她们出的一道难题。"我喜欢放电影，看电影。"吴向红做出了选择。"那我们一起吧，这么多年都习惯了。"潘贞华紧随其后。"我学的就是这个，我就会放电影。"最年轻的王小丽这样说。那时候还是胶片电影，拿在手上沉甸甸的，播放的时候，有一道光柱从一个小窗口里发送出去，无限精彩就在那个不大的银幕上活色生香起来。她们就在那光影后面，为那时的人们送去了无数的精神食粮。

就这样，她们手拉手，肩并肩，又一起来到了电影发行公司，继续和电影打交道。可是，生活较之前，真是变了模样。

因为是流动工作，她们每次都要把那些设备搬上又搬下，打开再收整，体力消耗自不必说。王小丽爽朗地说，这些年，我可锻炼成了一个女汉子，几十斤的东西，我随手一拎就可以，比一般的大老爷们还厉害！几个人笑成一团。其实她们个个身材瘦小，实在谈不上是女汉子的模样。为了提高效率，她们慢慢摸索出一个长久的工作方案。公司请了一个司机负责开车，根据需要去几个人，沿着一条路线布局。抵达第一个村庄停下，放下一个人一套设备，剩下的人继续前行。以此类推，直到所有的人和设备抵达相应的地点。回来的时候，从最远的那个村庄开始，反向操作，顺利回程。这样，在来回的路上有个伴，不过放电影的时候，一人就得负责一个村子。

村子里没什么娱乐，去放个电影，那些留守的老人和儿童都特别高兴，全村人集中在一起，像是过节。也许这就是她们能坚持下来的一个重要因素。"老百姓很好的，看我一个人搬不动，会帮我一起搬，家里的凉白开送到我手里，要是有蚊子，大妈还会送个扇子给我。"吴向红笑着说。"十八年了，我们每年都要把村子走个遍，大家都认识我们了。"村民特别爱看打仗的电影，每次送下去的，也大多是红色影片，《在太行山上》《开天辟地》《建党伟业》《毛主席去安源》等等，大爷们一边看一边议论，可热闹了。除了电影，还有一些宣传短片，交通安全，反邪教，传染病的防治等等，寓教于乐，起到了很好的宣传作用。

"过去我晕车很严重，开始的时候吐得不行，现在啊，送到月球上都可以了！"潘贞华一向比较瘦，常晕车，尤其是去铜钹山里的村子。叶家、石人、小丰等地，山高路远，弯道特别多，她们一听就犯怵。但是没办法，还是得去。去平常的乡镇，稍微早点吃晚饭，饭后出发就可以，去那里，得下午就行动。车子尽量开得慢一点儿，再加上远，费不少时间。早几年修路的时候，只能留一半的路面行车，很容易堵在半路。一堵车，时间算不准，两头的人都急得团团转。全村的人都在等着，不能不去，有时候，工作就是一份责任，责任扛在肩上，才能做好工作。天天在车上颠簸着，身体适应了，倒是不容易晕车了。

冬天最冷的时候，电影公司不再下乡，老百姓早早就休息了。深秋，山里的寒气比山外重了几分，户外更是凉，电影要尽早放映。天一擦黑，大家就赶紧动手工作。北风的力量在不断加强，不时地掀起了银幕，上面的人物似乎都变形了。大家还不舍得回家，一定要看完才散。她们越站越冷，只好在原地不停地跺脚。一直等到结束，才搓搓冰凉的手，收拾设备，准备回家。"回到家，我第一件事情就是到被窝里取暖。"戴着眼镜的叶红玉尤其怕冷。

时代发展赋予女性更多的工作空间。她们，是一群愿意把责任扛在肩上的女人，一群把老百姓的文化生活放在心底的女人，是一群在光影里舞蹈的铿锵玫瑰。

民宿，一所诗意的房子

　　我有一所房子，它坐落在日夜奔流不息的水边，那水从大山深处而来，携带着甘甜和纯澈，流动的声音如一首小夜曲。光滑的鹅卵石从此岸铺向彼岸，赤足踏过，凉意从脚底蔓延全身。房子周围满是格桑花，门口摆放着秋千架，欢笑会随着秋千高高扬起。木质的地板，木质的墙壁，竹椅和石磨随意摆放，一个角落里放满了书，可以随意翻阅，也许书页上还留着上一个读者的手指余温。没有电视，CD在播放音乐，今天是民谣，明日是抒情，全凭我的高兴。每个房间都开阔，推窗所见，不是溪流就是青山……

　　这所房子，好像足够盛放我所有的诗意和快乐。

　　不，这只是我的想象，我没有这样的一所房子，这只是我梦想中的民宿。

　　进入文旅系统后，对和旅游相关的事情都持有饱满的热情，比如民宿。根据360搜索的词条解释，民宿，指利用当地民居等相关闲置资源，经营用客房不超过4层、建筑面积不超过八百平方米，主人参与接待，为游客提供体验当地自然、文化与生产生活方式的小型住宿设施。民宿是这几年才火热起来的一个概念，游客们不再满足于到一个地方简单的观光，走马看花。他们想要住下来，深入地了解当地的美食、风俗习惯等。

在这样的背景下，民宿应运而生。如今，民宿已经成为旅途中非常重要的载体，让人放松身心，回归自我。

2019年五一劳动节，我们几个女友去了趟成都，住在宽窄巷子对面一个小弄堂的一间民宿。这是一个老旧的小套房，但是地理位置特别好。主人应该是搬到新家了，把这个小小的房子改造了一下，变成一个诗意盎然的民宿。

门口挂着一个木牌，写着"云朵居"三个字，黑色，隶书。晚风吹来，木牌在风中左右翻转，俏皮极了。没有服务员，用的是密码锁，网上预订的时候给了我们一个密码，自己开门进去。所有的空间都是我们的，没有一个外人。有个小小的院子，种满了花，一地的姹紫嫣红。踏过木头的几个台阶，进入客厅。这是一个典型的两室一厅的结构，麻雀虽小，五脏俱全，茶台，餐桌，洗衣机，厨房，卫浴，全都备好了。装修很有文艺范儿，一枝干花，一幅壁画，简单却现不凡之美。最重要的是，整个空间很私密，精致玲珑，特别适合闺蜜游、情侣游、亲子游。我们住了两天，对这个民宿念念不忘。

近几年来，民宿在上饶进入快速发展的阶段。从"中国最美乡村"婺源由老房子改造的民宿，到望仙谷悬崖民宿、葛仙山民宿群、三清山脚下休闲民宿，各种风格迥异的民宿雨后春笋般地冒了出来。2009年，婺源出现首家真正意义上的民宿——九思堂。它是一座建于公元1902年的徽商老宅，经过全面修缮和改造，成为婺源一座雅致生活度假宅院。这里保存了房子的基本面貌，只在内部做了适合游客的一些装修。最重要的是，这种传统的中式庭院可以满足游客对传统义化的一种向往和回归。古老的木门，繁复的雕花，空旷的天井，窄小的闺房，精致的手绣，墙角的青苔，无一不传递着历史的沧桑和岁月的幽深。

望仙谷民宿和葛仙山民宿都是这几年的网红打卡地，以夜经济为主打，民宿成为重要环节。听说望仙谷之前是个废弃的矿山，葛仙山一直以道教文化为特色，之前就是常年香客往来不断，清晨上山的人群成为一条黑线。如今增设了缆车，建了大量民宿，很多人选择头天晚上住在山脚下，看灯光秀，游览古街，参加篝火晚会，在清风明月中酣睡，第二天一早上山。投资者大手笔，把过去罕无人迹的地方打造成一个熙熙攘攘的小镇，主打国潮国风。长街，钟楼，汉服，油纸伞，诸多元素，营造出一个恍如梦里的世外桃源。梳着发髻提着灯笼穿着汉服的少女，在人群里穿梭，展开如花笑颜。

人们喜爱民宿，也许是因为民宿代表的是另外一种生活，一种平日里可望而不可即的生活，一种无须感受世间凉薄的生活，一种让自己短暂地忘却往事，注入诗意的生活。

可惜目前的广丰，比较缺乏有特色的民宿。每次省市的工作人员说要拍摄民宿，我就犯怵。2022年江西省文博会放在会展中心召开，省里来了很多领导，有些领导就想住民宿，我和分管领导李红英跑得满头大汗，也没找到一家合适的。会展中心地处洋口镇，是一个千年商贸古镇，交通极为便利，距离上饶市也就十几分钟的车程。再加上缺乏夜间经济圈的支撑，所以民宿不具备生存的土壤。民宿大部分依托景区而生存，铜钹山为广丰龙头景区，有一些小规模的民宿。大都是自己的闲置房间改造而成，比较分散，在军潭村和七星村有些许。比较典型的是岩溪里和黎锦园两家，一个依山一个傍水，都很幽静，到了夜里，除了山风虫鸣并无其他，非常适合都市来客，寻一方安宁，觅一处乡愁。菜是农家菜，就地取材，春笋冬笋当属山珍，萝卜白菜各自清白，都是泥土里长出来的，汲取四季风霜雨露，带着食物本身的鲜美。

　　说到民宿，就不得不提小丰村。不过准确地说，小丰村基本都是本地农家乐，还够不上民宿的标准。村子沿水而建，几乎所有的人家都在河边。小丰地势边远，和福建浦城接壤，从县城过去，要经历山路十八弯，这是小丰能留住人的位置优势。像很多的村子一样，小丰之前的年轻人都外出务工了，只留下一些老人孩子。这些年旅游发展起来了，小丰村找到了自己的准确定位，是旅游扶贫最见成效的一个村庄。清冽的河水淙淙而流，岸边的大树上长满青苔，带着古意，吃过晚饭，大家坐在老樟树底下乘凉，摇着蒲扇……小丰代表了一种怀旧和传统，让生活慢下来，呼应了很多人的需求。

　　随着铜钹山景区的持续发展，我相信多种风格的民宿会在这个生态极好的区域内发展起来。康养和度假是铜钹山发展的趋势，良好的生态是稀缺产品，目前景区正在打造高端的体量较大的民宿，和之前的小规模的民宿取长补短，让远方的客人留下来。坐在白花岩的星空下发呆，靠在高庄的木桥栏杆上吹风，沿着条铺水库的岸边散步，都是未来铜钹山夜晚正确的打开方式。

听闻远方

一个人独自守候在窗前

茶已微凉

关于你的消息

风告诉了我

笔墨在白纸上挥舞

远方的风景

和着时光的步伐

纷至沓来

火车！火车！

　　我和火车之间的交集要追溯到我出生一周的那个时间节点，那是一个至今都让我欲罢不能的场景：喷着蒸汽的汽笛声，车轮与铁轨接头碰撞出的咯噔咯噔声，冬日的原野与山包，在雪花飞舞中，显得无垠而苍茫。车窗外的料峭寒风，在车厢内失去了它的威力，甚至有暖意隐隐升起。不过，我依然被裹得严严实实的。我再说一遍，我出生才一周，我和我妈都很羸弱。我在我爸的怀里，我妈靠在我爸的肩膀上。车厢里满满当当，脚底下是一个一个的大袋子，衣着臃肿的人们，挤满了座位和过道。我大约是被惊着了，不时地哭几声，可那哭声瞬间被人流所吸附，只有我的父亲母亲听到了我的表达。他们轻拍我的后背，以示安慰，我得到了安全感，在一片混沌中继续沉沉睡去。

　　当然，这一切都是我的想象。那时我尚在襁褓，无从体会一列火车给予初入人世的我的感受。这些都是我多年以后在母亲的反复咀嚼中臆想出来的。但是五岁以后，我就有了很多关于火车的记忆。小舅家就住在铁路边上，著名的浙赣线，每次火车经过，我能感觉到房子和车子的同频震动。我并不常在小舅家，我和外婆住在更远的地方，那里看不到火车，只有辽阔的稻田和花生地。因此到了小舅家，看火车是我生活的重要内容。小舅总是能预知火车将至，他大声呼喊我的小名，我就屁颠屁颠地从屋子里跑出来。有时候提着一个小板凳，有时候就呆呆站在路边，看火车从我的眼前疾驶而过。

火车有客车和货车两种，货车灰蒙蒙的，上面装满了木材或是其他，反正就是灰不溜丢的一长条，我总是不爱看。我喜欢那种长长的绿皮火车，像驰骋在大地上的一个巨型青虫。庞大的蒸汽机车头时时往外面喷着白烟，伴随着浑厚的高亢的嘶吼，带领着一长串的小房子，向前飞奔。它巨大的铁轮轰隆隆由远及近，威武的身躯裹挟着强大的气流。

货车通常不停，那些木材跟着列车会去很远的地方。客车有时候越开越慢，最后停在不远处的站台。这是一个小站，站台空荡荡的，连个顶棚都没有。一个一人高的站牌，白底黑字，写着"刘家站"三个字。我的童年时期，父母就沿着这条铁轨来来回回，把思念洒了一路。我后来离开外婆回到父母身边，起点也是这个地图上找不到名字的小站。下车的人不多，车厢里满满的，各色人等，小小的我在站台上好奇地张望着。这是些什么人？他们要去哪里？我的心里充满着疑问。也许，这就是我认识世界的一个开端。

七岁我跟着父母回去上学，每到寒暑假，要回来看望外婆。从小学就开始乘上了火车，这让我在村子里，成了一个风云人物。那个时候，整个村子也没有几个人坐过火车，除了几个出去上大学的大哥哥，很多爷爷奶奶一辈子也没有见过火车，他们甚至没有去过县城。一个村子就容纳了他们的生老病死。

那时候，火车真挤啊！好像全世界的人都集中到火车站来了。候车大厅里人声鼎沸，各种口音交织，唯一的好处就是冬天不觉得冷。行李特别多，人们乘坐一次火车，就好像是把整个家都搬出来了。一地上都是帆布袋，编织袋，加上许多木棍子，竹扁担，肩挑和手提任意搭配。

我们小心翼翼地绕行，才能错开那些小碉堡一样的行李。铃声一响，人群潮水般地涌向检票口。母亲牵着我的手，一路小跑，才能跟得上周遭那些急速又沉重的脚步，还不时替我挡住那些前后左右突然斜插过来的大袋子。火车的门那么小，门外的人群环绕成一大团，像是一个巨人肚子上突然长出了一个大肿瘤。一阵骚动，肿瘤慢慢缩小，终于平复如初。有时候，眼看火车就要开车了，门外还有好几个人没上来，急得直跳脚。有热心的顾客把窗户打开，之前挤得直叫唤的小孩子被拦腰抱起，往窗户里一塞，在密集的人群中见缝插针。也有一些灵巧的成人，像猴子一样攀缘而上，把自己的身躯从窄小的窗户里呼哧呼哧地塞进去。车门总算关上了，那些高的矮的胖的瘦的身体，紧密地拥在一起，随着火车运行的节奏前拥后仰，像风吹过的麦浪。车厢里非常嘈杂，大呼小叫，此起彼伏。父母找孩子的，孩子哭喊着闹父母的，呼喊同伴的，寻行李的，把车厢里煮得沸腾起来。

　　人们对火车永远充满向往，也许这是对于未知的渴求，孩童尤是。世界在他们眼里，就是一个万花筒，而火车，就是那个睁大眼睛往里看的筒口。至今记得小学四年级的时候，父亲带着我和妹妹去上海。那是我们第一次去那么远的地方，父亲订了卧铺，我们都不住下铺，抢着住最上铺，两个人爬上又爬下，也不嫌累。换了现在，我们只愿意稳稳地躺在下铺，并且对那些兔子一样欢快的孩子大声呵斥。成年人往往忘了自己也曾经是个孩子，忘了那些原始的童真，失去了探索世界的兴趣。我们还坐在上铺吃冰棍，融化的冰水，滴到坐在下铺叔叔的脖子里，父亲把眼一瞪，我们吐吐舌头，赶紧又哧溜哧溜地爬下来，跑到洗手台去吃。吃完了就在两个车厢里溜达一圈，看那些陌生的面孔，要是碰上有孩子，会更好奇地盯着别人多看几眼。那次我们还带了一盒正准备结茧的蚕宝宝，母亲叫我们放在家里，我们死活不同意，非要带到火车上，亲眼看着它们结茧。隔几分钟就去看一次，估计那些蚕宝宝都被我们打扰得不胜其烦了。后来真是剧情大反转，火车进站的时候，我们的注意力都在外面的那些高楼大厦，气派的站台，流水一样的人群上，把那结满了蚕茧的盒子给忘了，欢天喜地地跟着父亲踏上了大上海的土地。直到晚上才想起来，姐妹俩放声大哭，求父亲去找回来。东西当然是找不回来的，那列火车已经携带着新的人群和任务呼啸而走了，父亲也不可能会答应我们如此无理的要求。那个被我们当成宝贝的盒子，不知道是被列车员丢了，还是被其他的乘客给拿着，把它作为回家送给孩子的礼物。要是下一趟火车，这个床铺也住了一个孩子，这个盒子给他带去了巨大的惊喜，那是多好啊！孩子才可以懂孩子的世界，和成年人的价值观永远不同。许多年过去了，这个悬案还时常让我想起。

从上海返回的时候，妹妹短暂地在巨大的火车站候车室里走失了。她去上厕所，回来走错了方向，怎么也找不到我们坐在哪里。一批一排地走过去，都是陌生的面孔，妹妹最后蹲在中间的过道上放声大哭。父亲在发现女儿久久未回时，跑出来找，在围观的人群里把妹妹领了回去。那次旅程，上海怎么样全然不记得，故事都在火车上，像个钉子牢固地楔入记忆里。

外婆去世以后，我去那个叫刘家站的地方就少了。当然，我去或者不去，火车还在浙赣线上如常飞驰，满载着不同的人群。1990年代，改革开放的浪潮席卷了广大农村，一批一批的壮年劳动力放下了锄头，拥上了火车，走上了他们的前辈从没走过的路。车厢里充斥着越来越多的面孔，稚气未脱的青年，面目冷峻的中年，关于远方的许多梦想就在车厢里发酵。

1995 年，我随着绿皮火车去了一趟深圳，但是我忘了携带梦想这件行李。我坐上火车，也许是因为我需要一个远方，一个离家很远的地方，这个地方可以是深圳，也可以是北京，是上海，是西北的一个小城，是闽南的一片海域。我在那里待了一年左右，发现那些怀揣梦想的人每天早上有着崭新的笑容，而一个逃避的人却一直停留在昨夜的梦境。于是我收拾行李，打道回府。回来的时候我坐了一趟飞机，那是我人生第一次在天空飞翔。整个旅途很长，从出发到归家，使用了多种交通工具，飞机，火车，汽车，三轮车，从头到尾都是我一个人完成。本次出行我最大的收获是明白了一个道理：不用怕，其实一个人也可以抵达终点，包括人生旅途。

以后的时间里，探亲，工作，或者旅游，火车都是首选的交通工具。行程或短或长，有时独自一人，有时呼朋引伴，站台，车厢，行李，常常进入我的生活。我们有一次说走就走的旅行。并没有合适的票，深夜的绿皮火车把我们几个人从上饶带到了宁波。没有座位，六个人挤在一起，背靠背的，面对面的，趴在别人的椅背上的，你一言我一语间杂着欢快的大笑，夜深了，仍然没有睡意。若不是怕周围的人投诉我们，大约是可以一直聊到天亮的。火车给我们的日常营造出一些诗意来，周遭是陌生的人群，去往陌生的城市，旅伴便有了相依为命的感觉。在单位里，并没有这样的亲近。时隔多年，说了什么话都不记得了，但车厢里的欢笑，至今在我耳边萦绕。

2014 年，我坐上火车去了西藏，这是风景最美的一条线路。从武汉出发，整列都是去西藏的人。大部分游客都是第一次去，车厢里弥漫着抑制不住的兴奋。到了西宁，换上了有氧列车。车行速度很慢，让大家慢慢适应环境，尽量避免高原反应，也可以让大家欣赏窗外的景色。天空逐渐明朗起来，澄澈无际，牢牢吸引了大家的目光。白云比在家里看到的更厚重，更有质感，它们的结合，像辽阔的南极和巨大的冰川。雪山在远处闪耀着光芒，引来一阵一阵的欢呼。窗外是茫茫的戈壁，偶尔掠过一个小小的翡翠般的高原湖泊，美得像童话。同行的女友高反严重，虽说全程吸氧，还是不能起身，只能躺着闭目养神。和这么美的一段旅程错过，是她的遗憾，也是雪山的遗憾。我路过了你，你迎接了我，一个人和一个地方，就这样建立起了缘分和怀念。也许，我们还会去一趟西藏，去弥补一些错过的，去感受一些深刻的。

从慢悠悠的绿皮火车，到复兴号和谐号高速列车；从挤在窗口买一张火车票，到手机下载12306APP，互联网订票，刷身份证进站；从前胸贴后背的拥挤，到怡然自得地享受列车时光。前进的时代也好像是行驶在一列高速列车上，风驰电掣。方便快捷的出行方式使说走就走的旅行不再是梦想。

上饶有全国仅有的骑跨式高铁枢纽，沪昆高铁和京福高铁呈十字交叉，从上饶出发，可以到达全国任何一个地方。2017年进入旅游战线工作，出差便成为我生活的一部分，与火车的亲密接触更加频繁。行李并不多，一个小箱子，一个随身包，高铁上也很少见行李很多的人。车厢里很安静，没人说话，基本都在看手机。这一个个平板也就成了一道道屏障，隔绝了互相的交流。我们默默地上车，下车，列车的高速运行使旅途的时间大大缩短，也许还没有鼓起勇气和身边的人说上几句，便到站了。

高铁是一汪平静的湖水，而绿皮火车是一条奔腾的河流，挤挤挨挨的车厢里总是喧闹着，从头到尾透着人间烟火气。南来北往的人，聚集在这么一个局促的环境里，交流成为一种必要，成为旅途的短暂快意。于是，聊天越聊越投机的，把各地的美食拿出来分享的，买两瓶啤酒对饮的，打牌的，车厢里充斥着人间烟火气。交流商务信息的，说不定当时就谈下了一单生意，姑娘和小伙子对上眼的，也许就成就了一桩好姻缘。火车就好像是一个流动的市集，一些人来了，一些人离去，潮水一样起起落落。更多的人匆匆一瞥，擦肩而过，从此不再相见。

　　日复一日，火车在大地上驰骋，停留，呼吸，吐纳，将无数人带离故土，去看远方的风景，又带着无数人回到家乡，去拥抱思念的人。他是一个冰冷的机器，却承载着人们的悲欢离合。有时，在夜深人静时，恍然觉得，人生也如一列火车般在世间疾驶，不同的是，不再返程。很多时候，自以为已经足够成熟，掌握着奔赴的方向，却在回头时触目惊心。原来，我只是车厢内那个熟睡的乘客，对于旅途的过程毫无知觉，蓦然惊醒，发现自己已经错过了很多站点。我不知道这趟列车的终点在哪里，但可以肯定离终点越来越近，我想，从现在起，我会好好感受我的旅途，不放过任何美妙的风景，直至微笑着拿起行李下车。

穿越千山去看海

1

一个隧道，又一个隧道！

一个拐弯，又一个拐弯！

车子在平整的高速路上行驶着，不疾不徐。满眼全是高山，一座挨着一座，一峰连着一峰。近处的山清晰可见，翠竹啊，灌木啊，芦苇呀，在阳光下油油地招摇，应和着我们的大呼小叫。远处的山逐渐模糊，只剩下一个轮廓隐约起伏，极像我们逝去的光阴。车子仿佛一叶扁舟，就在这绿色的汪洋中随波起伏。

闽北多山，从上饶出发至福建霞浦，我们一路在大山的腹部不停穿越。天高地远，道路空旷，我们的车子形只影单，俨然就是我们的私人领地，只是，我们得有多少年的修为，才配得上这一程山水呢？

进入武夷山境内，道路两边的茶园此起彼伏，涌现在我们的视野里。茶园大多呈梯田状，修剪整齐，一垄垄，一畦畦，像是镌刻在宏伟大地上的一首首小诗。现在不是采摘季节，山里空无一人，否则，头戴蓝布头巾的采茶女，一定会让这群山充满了生机吧。

武夷山盛产大红袍，是著名的红茶品牌，当然，在它进入沸水之前，是一直保持着翠绿的底色的，直至沸腾的水冲注下去，才会出现这红褐色的茶色。武夷茶产在这武夷山上，承接了云雾雨露。他们从一片嫩芽开始吸收阳光，伸展腰肢，吮吸着天地精华，直到有一天，遇上对的人，茶香水润，与有缘人共度一段好时光。

　　一路也迎着翠竹。竹子是南方山上的"土著"居民，它们肆意地占领了一个个山头，四处播撒着新的生命。盛夏，正是竹子最健壮最繁茂的季节，竹林密密麻麻，阳光只能照耀在林梢，使这些竹叶都散发出一种奇异的温暖的色泽。这上天的恩宠使它们忍不住发出哗啦啦的响声，一波接着一波，向更远处荡漾开去。竹子一辈子只向一个方向生长，绝无旁骛之心，只有天空才是它的目标，除此之外，任何事物都左右不了它，所以竹子是生长得最快的植物，它似乎在用一颗执着的心，进行一场自我救赎。

　　很不明白的是，为什么山上还有许多的芦苇，在我的记忆里，芦苇是生长在水边的植物，"蒹葭苍苍，白露为霜，所谓伊人，在水一方"，这里的"蒹葭"说的就是水边的芦苇，水汽弥漫，佳人婷立，芦苇飘荡，这已经成了一个典型的美的意象，只是我们没想到，在这崇山峻岭之间，也有着大片的芦苇。也许它们不是芦苇，只是长得像而已，对于我来说生物学是知识盲区，认识的品种少得可怜。它们有着细长的秆，轻柔的絮，独一棵看似很不起眼，一旦集结成群，自有摄人心魂的美。迎着阳光看上去，成了半透明的状态，风一吹，起伏飘荡，成了一道独特的风景。幸好有它们的存在，使群山深深浅浅的绿中，有了与众不同的色彩。万物自有其存在的价值，不可替代，正如这世间熙熙攘攘的人群，每个都是独一无二的个体。

　　车行至白云山教科文组织世界地质公园，我们完全惊呆了，语言已被省略到最简，车里只听到"好赞！好美"，这样的词语被反复咀嚼，眼睛已经不够用，我们恨不得能飞出车窗，扑向那一朵朵，一丛丛，一堆堆的白云。不久前刚下了雨，高山水汽充足，形成了白色的云雾，一些在山顶飘荡，一些在山腰徘徊，有风吹过，便有丝丝缕缕的轻絮挣脱开来，飞向那翠竹，那茶园，那更高更远的地方。有一个超级大的云团，铺天盖地地占满了两山之间的峡谷，满山苍翠，此刻只能在云团中若隐若现，平添了许多神秘之感。行至一个路段，云雾更是弥漫了车窗之外的整个世界，恍如仙境。我们只好打开车灯，在道路上反光漆的指示下，小心翼翼地行驶。此处名为白云山，想必经常会有这样的景象吧，不过，返程时我们一直翘首以盼，终未再遇。可见人和景也是要有缘分的，就在那个时间，就在那个地点，相遇，告别，如此甚好。

2

对于一个久居内陆城市的人来说，海永远是一个期盼，一个无法抗拒的诱惑，况且这次霞浦之行还是好友组织而成，我犹豫再三，还是拖着虚弱的身体和她们一起奔向那大海。

霞浦位于福建省东北部，是闽东的文化中心，也是著名的海带之乡，紫菜之乡，不过我只从高速路口的霓虹宣传招牌看到如此字样。实际上，我们在那里逗留两天，一根海带，一片紫菜也没有看到过，甚至连尝都没有尝过。霞浦最有名的景点是在北岐，那里可以看到海上日出。站在高处，晨曦变化万千，转眼万道金光洒满海面。渔船来往穿梭，千万根竹竿插在海面上，潮水退去，大面积的滩涂裸露了出来……可惜我们遇上了阴天，美景与我们擦身而过。不过，我们很快在一小块海滩上找到了乐趣。通往那里的是一条崎岖的小路，大部分的游客望而却步，只有我们雀跃着奔向它，仿佛奔向一个理想国。

　　这里的沙滩细腻而柔软，所有人都把鞋子丢弃一旁，赤脚奔向沙滩。海浪在不远处喧腾，时不时过来亲吻我们的脚踝。不远处的小岛云雾缭绕，成了我们拍照时的绝佳背景。小贝壳成了道具，小螃蟹是调剂品，岸边的礁石也是我们展示的舞台。就在这一小片海滩之上，我们肆意狂欢，每一朵浪花都见证了我们的欢乐。

　　第二天，我们去了高罗海滩，这里才是真正意义上的海滩。海面足够开阔，海岸线也很长，很多游客在这里欢腾：骑沙滩摩托，骑马，冲浪，拍照。我们还有幸目睹了体育学院的学生下海练习帆船，看着他们在海浪里起伏前行。拍照是必不可少的功课，把双脚完全浸在海里，追逐着一波又一波的海浪。裙子一转眼就湿了，可是没有人在意，我们只在这蓝天碧海之间欢呼，跳跃，歌唱。大海用宽阔的怀抱接纳我们的撒野。下了一阵急雨后，天空一改之前的黯淡，显现出明亮的色彩来。天是蓝的，云是白的，阳光下的一切，恍如新生。

　　沙滩上有许多小洞，很小，我们一直诧异是怎么形成的。后来低头仔细观察，发现许多的小螃蟹在那里爬来爬去，这才揭晓答案。它们的安居之所如此简陋，却还是如此快乐。那么小的螃蟹，如果不细看根本发现不了。它们调皮地窜来窜去，不知疲劳，让我想起了我们的童年。来到海边，海鲜自然是少不了的，除了早餐，每餐都有。我们不断寻找更好玩的地方，每一餐都觉得这是到霞浦吃得最开心的一次。那些长途跋涉的不适，在我们大快朵颐时消失得无影无踪。

　　听说我们刚离开霞浦，台风就在那片大地上肆虐，不过那狂妄的大风到了上饶，已是强弩之末，给我们带来一阵小雨而已。此时，我们身上还带着霞浦的气息，记忆里还有霞浦的怀念，仿佛从霞浦刮来的台风都更亲切似的。

杭州记忆

杭州离广丰很近，尤其是通了高铁以后，是随时可以去的地方，用广丰话说就是"归菜空"。我虽未达到这个频率，但杭州也去了数次了。不同时间，不同旅伴，不同事由，便有了不同的记忆和各自的精彩。

第一次去杭州我已不记得具体时间了，手机里、记忆里都寻不到太多痕迹。想来或是匆匆而过，没留下什么深刻的印象，那些细节早消失在流水一般的岁月了。

第二次去就有意思了，我们走了一路又一路，笑了一程又一程。那时我还在学校里，语文教研组正在改期中考试的试卷，我和黄丽华吕昌兴在一个组。昌兴随口说了句，等会要去买火车票，去趟海宁。黄丽华大概是很久没出门了，兴奋地要求同去。又接着叫上了林子，占哥，和张斌，都是语文组的同事，哈哈，一拍即合，说走就走。

昌兴屁颠屁颠地跑去买火车票，那时还没有铁路12306 APP，互联网还没有深入我们的生活。他中午喝了点小酒，买票的时候闹了一个乌龙，原本是要去海宁的，结果票买到了宁波，还是深夜的绿皮火车，居然还是无座票。要是搁现在，我们应该是取消行程了，当初年轻，身上有股劲儿，深夜就深夜，站着就站着，只要我们在一起，啥事都不怕。

临出门的时候，我从家里拎了一只小板凳，事实证明，这是一个明智的选择。我们六个人就以那只小板凳为核心，错落地在周围分布开来。

大家轮流坐着，慰劳一下酸胀的腿。

　　车子抵达宁波是凌晨五点，昌兴坐早班车转去海宁，我们无处可去，开始在城市游荡。这辈子只有这一次的阴差阳错，让我看到了凌晨五点的宁波。街道宽阔而整洁，我们却专门绕着巷子走。那些悠长的宽窄不同的巷子，有着更浓郁的烟火气。城市逐渐醒来，人声开始从不同的屋子里冒出来，是软糯的吴侬软语。我们一边走路一边东张西望，还把欢笑洒了一路。惹得晨起买菜的大妈们诧异地看着这群忘乎所以的外地人。

　　然后去了杭州。其实去杭州没有半点事情，就是觉得去了浙江不去杭州，和去了北京不登长城有异曲同工之遗憾。当然去的是西湖，除了西湖，我们也不知道有啥好玩的。那时没有用上智能手机，资讯远没有如今的方便快捷。

　　西湖没有辜负我们。那时正是五月，是西湖最美的季节，游人可以用摩肩接踵来形容。苏堤上桃一棵，柳一棵，错落有致。桃花开得正艳，映红了无数的脸庞。柳叶鲜嫩得可以掐出水来，枝条软软地垂入水中，搅动了一湖春水。我最喜欢湖滨路上大片的草地，还有那些古老的高树。它们站立于此，已有数百年的光阴。我们一边感慨时光易逝，一边对着一棵树一株草表情达意。教科书里的诗句被我们搬到现场，甚至进行了一些改编。林子插科打诨一向是高手，此刻更是手舞足蹈，妙句频出，我们就在那春光里，笑得前俯后仰，笑得无所顾忌，笑得此生不忘。

　　那次杭州回来，我写了一篇小文，记录下了许多有趣的情节。后来电脑坏了，此文与我两不相见。及至今日，很多细节已经不记得了，我只记得西湖边的开怀大笑。

　　过了两年，我们又组织了一次杭州亲子游，几个闺蜜带着孩子一起。这次的重点就在孩子身上了，一切以他们的活动喜好为原则。我们在西湖边找到了一个民宿，两个妈妈两个孩子用一个房间，稀释了在当时看来相当昂贵的价格。孩子都在上小学，十岁左右，是还可以和妈妈白天手拉手晚上挤一个被窝的年龄。现在这些孩子都上大学了，一个个飞出了我们的视线，年轻妈妈也成了老母亲了，间或地聚会聊天，说来说去还是孩子。

活动主要是骑自行车游西湖，双人座的，孩子在前母亲在后。西湖当然是一如既往的美，"淡妆浓抹总相宜"。但孩子们的兴趣不在这里，他们还没有到欣赏湖光山色感古伤今的年龄。他们在挤眉弄眼，暗暗使劲，想超过身边的队员，妈妈们也只好配合起来。于是，一群人就呦呵呦呵地蹬起车来，长长的队伍在人群里穿梭，间杂着沉重的呼吸和加油声，一个个满脸通红。

这次的活动范围更窄，我们从火车站直奔西湖，两天都围绕着这个湖面玩乐，吃喝，打闹，游戏，然后直接坐火车回去。说是游杭州，其实就是游西湖。

又过了几年，和亚亚、秋秋、婷子、林莉、米，一起特意去了太子湾赏郁金香。郁金香着实好看，颜色艳丽，风情万种。不过，我的女友们往那里一站，郁金香就有点不好意思了。这是一群让人着迷的人。我在她们面前总是有点自卑，拍照时我手脚僵硬，写文时我词汇贫乏，似乎都没有美感可言。幸好，她们总是给我持久而周全的温暖。太子湾的郁金香想来年年都盛开，我们却再也没有去过了。

2017年的暑假，我离开了站了25年的讲台，来到了旅游战线，开始了和以前完全不一样的生活方式。一切都是新鲜的，也是陌生的，我需要掌握许多新的技能，才可以完成这些工作。幸好，我虽然跌跌撞撞，但总是在往前走。大概是次年的夏天，我们跟着上饶市旅发委来到杭州，做一次面向杭州市民的旅游推介会。这是我第一次以工作为缘由抵达杭州，看到的诸多情景，也是以工作为出发点的。比如标识标牌，高铁站的旅游广告，宾馆里的宣传资料等，我都会仔细观察。

推介会是常见的一种旅游宣传推广方式，但对于当时的我来说，是一个挑战。每个县市区都需要有个人去舞台上做推广，展示我们的旅游资源，优惠政策。领导安排我上台推广，说有这么多年的讲台经验，肯定不成问题。老天，这么多的杭州市民，还有兄弟县市的同事领导，台下乌泱泱的一大片，这可比讲台阵仗大多了。提前半个月就开始准备了。整理资料，做成PPT，拟好提纲，背诵思考，每一步都不能掉以轻心。可是临场，还是发生了一些问题。在家里做好的PPT，画面音乐都到位了，按要求拷在舞台左侧的电脑里。排队的人很多，我偷了个懒，没有要求播放一下。轮到我上台的时候，音乐怎么也出不来，全场的目光都聚焦舞台，我满脸通红，双腿发抖，好一会儿才镇静下来，开始按照准备好的程序，硬着头皮把整个过程完成。后来才知道，是课件的配乐源文件没有一起拷到硬盘带去。所以在家里试得好好的，到了那里就成了无源之水，哑巴了。

工作出了纰漏，我当然心情郁闷。活动结束后一个人在西湖边的石头上坐着，看着湖水发呆。西湖美景那时在我眼里索然无味，满湖都是我的惆怅。

此次杭州之行，是一次全面的学习，这个城市对于当时的我来说，就只有一个舞台那么大。我观察推介会上每一个县市的特点，表达的内容和方式，视频的拍摄和角度，包括推介人服装的选择和手势的运用。有了对比，才知道自己的差距在哪里。经过这次深刻的教训，后来每次活动，都要反复调试，达到最好的效果。

2022 年 6 月，我再次来到杭州，参加杭州和上饶联手举办的"宋城奇妙夜"活动。这次活动时间很长，是我到杭州待得最从容的一次。工作是从每天下午开始的，持续到晚上，所以我有大把的时间，可以享受杭州的城市风貌。活动区域仍然选在最繁华的西湖边涌金广场，我每天要从酒店步行去会场。每次走过车水马龙的南山大道，都会惊叹那些粗壮的梧桐树。枝叶繁茂，绿荫如盖，穿行过去，仿佛就走过几百年的光阴。

这是我比较深入接触杭州的一次。我每天都在杭州蛛网般的地下交通系统里穿行，感受这个城市的快捷和文明。

在杭州的几天，我是坐着地铁畅游杭州的。一号线，三号线，七号线，全都乘过。我去了女儿所在的学校，去看了大运河，游览运河博物馆和中国扇子博物馆，在弄堂里吃本土豆花和油条，我还记住了很多站名（不过在我写这些文字的时候，又忘记了），我知道了怎么看地图，怎么换乘，怎么用手机购票。最后我学会了支付宝扫码进出，根本不用购票，信息全都在手机上，出站后直接扣款，诚心诚意地感谢并且享受电子信息化的便捷了。

我想，和杭州的故事还会继续，而杭州的记忆会更加清晰。

摇一湖梦去枫林

　　山在高处，他的雄奇伟岸挡住了我的脚步，我无法去感受那与蓝天呼应的美。而水在低处，只要我愿意，我随时可以走近她，让那盈盈碧波亲吻我的手，荡涤我的心。

　　玉山县紫湖镇枫林村，全县唯一一个只能从水路进入的村庄。她如一个羞怯的美人，隔着重山隔着深湖，藏在深闺中。从玉山县城往紫湖方向，一路依山傍水，哪个季节去都有绝佳的景致。若是春夏之间，阳光够暖，微风和煦，你一定不要把车窗摇上，阵阵草木的香味会扑进你的怀里。还有鲜红的杜鹃，洁白的山茶，紫色的桐花，高低错落，兀自绽放着自己。秋天，山间层林尽染，天空透彻的蓝，仿佛瞬间能把你融化。这多像我们的故乡啊！不管我走得多远多久，我还是会回到这里来，洗净自己。

　　我是在一个秋天去了枫林村。向导引我走下一条长长的坡道，一个浩大的水域出现在我们面前。

　　登上渡船，心情莫名地激动。此时的三清湖水面宽阔，波澜不惊，粼粼水波，像丝绸上的细纹，光滑嫩绿。往远处望，颜色一点深似一点，渐渐变成了深碧。我忍不住地走出船舱，站在船头。湖面清凉的风卷起我的裙裾和头发，肆意飞扬。青山在眼前展现出淡青的轮廓，起伏连绵，延伸到我们不可知的远方。岸边的林木葱葱茏茏。阳光在青松和翠竹之间洒下一片金色的光芒。天空是澄碧的蓝，有白云悠悠地飘荡，仿佛海上不知疲倦的帆。机动船的轰鸣声惊飞了水边栖息的白鹭，它们成群地飞了起来，姿势那么优美，似乎在轻歌曼舞，雪白的羽毛在阳光下熠熠生辉，引发了全船人的尖叫，由此而带来了更多白鹭的飞翔，让人想到花儿在春天争奇斗艳。

我尘封已久的心怦然而动，仿佛怀春的少女忽然遇见了玉树临风的少年郎，猛地漾出无法言说的喜悦。船继续向群山环抱的湖面驶去。似乎翻开了一幅又一幅山水画卷。船头犹如一把琢玉的刀刃，切开碧透的湖水，玉沫飞溅。我张开了双臂，对着两岸的青山大声呼喊，回音荡漾。此时，我又闭上眼睛，踮起脚尖，张开的双臂仿佛是一双翅膀，只要轻轻一扇动，就能迎风飞翔。这是一种多么新奇的冲动，我被自己的举动惊吓了一下。原来，内心里的某一部分，在琐碎生活的催眠下，不知道沉睡了多久。

下了船，远远地看到古朴的民居散落在青山的脚下。犬吠隐隐传来。不禁使我想起陶渊明笔下的"阡陌交通，鸡犬相闻"的诗句来。这里的确有着桃花源般的与世隔绝，一湖碧水是它与外界通联的唯一途径。没有向导，没有人会知道这里的一番景色。如果金庸先生来到这里，恐怕会把这里写成一个退隐江湖恩怨、惬意安居的神仙谷。村庄的小路两旁，细而繁密的荞麦花在风中招摇，碎碎的，像一个羞涩的梦。鸡冠花厚重丰硕，蝴蝶花轻盈可人，路上随处可见。丹桂兀自飘香，全然不管人群喧哗。一条由山泉水汇聚，绕村而过的小溪，哗啦啦地流过，在溪水里悠然的鸭子和鹅，羽毛白得惊人，那是被清澈的溪水洗去了污浊。母鸡带着孩子们在草丛里觅食。老水牛半个身子埋在水里。对于我们这些不速之客，它用慈祥的目光迎接我们。山鹰从茂密的林间飞起，盘旋在空中。蝴蝶在花丛间翩跹飞舞。河水中，手指大的小鱼追逐打闹，待你屏声静气想去捉它，便一摆尾倏忽不见了！罢了，让它们快乐去吧，这一草一木，一花一鸟，一虫一鱼，才是这世界的真正主宰！

枫林还有一个气壮山河的故事。故事的主角叫汪应辰。汪应辰，南宋官吏、诗人、散文家。世称玉山先生。生于宋徽宗重和元年，十七岁连中三元，金榜及第。十八岁便举官镇东军签判。一生正直，敢言不避，力倡抗金，但是，由于朝廷昏庸，奸臣当权，汪应辰的政见受到了抵制，而其自身，也因此受到了弹劾与放逐。最后，空怀满腔报国之志郁郁而终。沿着山路走了很久，找到其故居所在地。但只有青山幽幽，山风呜咽，连残垣断壁也无影无踪。一切有形的东西最后都化为乌有，似乎只有无形的东西才可以流传下来。世间万物，大抵如此。

我走得很慢，像是怕惊扰了枫林的安宁静谧。这里如此安静，安静得像清晨叶尖上的一滴露珠。没有灯红酒绿，没有繁弦急管，只有旷野的风，装饰着处子一般的村庄。

我驻足田野：稻谷已经收割，只剩下一些短短的茬儿。很多稻草垛堆在田间，散发着储存了一个漫长夏季的阳光味道。一种亲切而温暖的感觉在心底弥漫开来！即便我是第一次来到这里，却仿佛早有约定，它们曾千百次地出现在我的梦境里，召唤着我的回归。我想，即使尘世有宽阔的喧嚣，可人世间只要有一个这样的地方，蓝天碧水，阳光绿树，花香四溢。枫林村的每一处宏大和细微，都可以是安放心灵的居所。当你厌倦了喧嚣的城市，或者无法忍受烟尘飞散的空气，那就来润玉一般闪烁着温润光泽的枫林走走。你尽管放空俗世的得失，带上一船的梦，和一湾碧水慢慢摇过来。

云端之上

　　最近的雨下得绵长，从去年冬天一直延续到今春，让人浑然不觉季节更替。好几个月了，太阳很少露脸，他从冬天的主角变成了跑龙套。每日只见低沉灰暗的天空，像一块巨大而陈旧的幕布，紧紧地贴在天际之上。家里墙壁上总是挂着小水珠，空气潮湿黏稠得似乎无法流动，随便往空中一抓，好像就能捏出一把水来。有时候清晨被雨惊醒，就索性躺着听赏，聊以打发时间。急雨如千军万马，疏雨如风拂杨柳，大多数时候，屋檐下的雨滴不疾不徐，有规律地落着，仿佛时间的脚步，沉稳又不停歇。家庭主妇们看着湿漉漉的衣物，再抬头看看天空，却只能摇头。她们像一个疲惫的跋涉者，走过千山万水，却仍然看不到路的尽头。

　　平日里已有太多的借口，天气不好，工作太忙，照顾孩子，每一个都是扯住我们双腿的理由，这样的天气更是让人只愿意慵懒地滞留家中。而我们，却在这绵延的春雨中与三清山有了一场盛大的华丽的约会。

　　我们来到三清山脚下，已是中午十二点，抬头看见山腰上层层涌动的云雾，白得纯洁无瑕，仿佛青山戴上的一块白纱头巾，飘逸在腰间。想到那就是我们即将抵达的地方，向往之情溢于言表。

　　从缆车上一下来，我们才知道是来到了蓬莱仙境。万物都在云雾之中变得唯美、柔和。四周的山峰都没有了棱角，只留下一个隐约的轮廓。

山谷的雾气尤其浓烈，可以看见它们飘摇着逐步上升，直至与空中的云完美融合。除了近处的植物能看清，其他的景物全都在缥缈的远方……我站在云海，张开双臂，闭上眼睛。我听见风在呼啸，感受到脸上的阵阵清凉，我尽情地大口呼吸，奢望自己与这天地万物融为一体……

这一刻，我好像站在了云端之上。

我慢慢睁开眼睛，枯涸的双眼在白雾中逐渐苏醒，仿佛开始变得湿润，清澈。我想我的目光又回到了婴孩时的光亮如初了。是啊，平凡的生活中，这双眼只顾盯着手机电脑，锅碗瓢盆，人海车流，它逐渐变得沉重，干涩，甚至疼痛，失去了最初的清澈与灵动。现在，茫茫白雾是最好的清洗剂，洗涤蒙在双眼里的尘土，更好地看着这人世的沧桑和美丽。

巨蟒和女神其实已经看过很多次了，今天它们依旧在，只是在浩荡的云山雾海中，遮住了往日清晰的面容。晴日里去三清山，远远地就锁定了目标，径直往这个方向前行。今天在这仙境里，我们腾着云驾着雾，得向四周慢慢搜索。沿着湿漉漉的石板路缓步前行，拐了一个弯，神女峰就这么不经意地闯入我们视线。女友大声叫了起来，"女神！"我一抬头，透过眼前这如梦幻般的云雾，女神端坐其中，安详自若，真如大地之母般的慈爱和柔和，恩泽脚下这一方水土。

雨声一直伴随左右。雨本是没有形状的，因势成形，落在山涧就是瀑布，汇入大海就会奔腾。而现在，雨在松针上，在竹叶上，在枯枝上，有了让人惊喜的样子，一颗颗水滴在我的眼前。一滴，两滴，无数滴，组成了一个晶莹剔透的世界。它们前赴后继，像是一直悬挂在那里，前面的落下，新的水滴迅速形成，替补上去，仿佛这里就是它们的乐园。假如你耐心地站在一棵树跟前，会觉得时间已经凝固了。那些枯枝在雨露里有了无尽的生机，像极了一幅水墨画。

我深吸了一口气，和这山上的岩石、树木一起，沐浴春雨，尽情享受着大自然的福泽。有时候觉得，人真不如一棵树。一棵树生长在这里，它就没想过要离开，阳光雨露也好，秋风冬雪也罢，它一视同仁地接受。它的使命只有一个，成长为一棵大树。为这，它竭尽全力。而人总是想要得更多，他们在无休止地折腾，经常忘了活着最根本的意义。

走过一个山谷，山风强劲，一团团的云絮被吹得快速移动。它们从那浓重的，密不透风的云海中脱离开来，变得纤细，轻巧，飞快地向前方奔跑。像是顽皮的孩子暂时脱离了母亲的管制，轻快地，嬉笑着翻着跟头，一会儿就跑远了。

我们走在长长的凌空的栈道上，仿佛来到了最原始的世界。空无一人，寂寂无声，外面什么也没有，混沌一片，没有天，也没有地，就等着执斧的盘古出现。

山上的游人很少，偶遇一群都像是亲人般的美好。彼此寒暄，问个路，提个醒，道个别，挥手相忘。平日里三清山人来人往，热闹非凡，倒是没有这样的感受。也许就是这样，人声鼎沸之中，每个人只关注自己，稀疏的人群反而感觉亲切。突然想到张岱的《湖心亭看雪》，雪并不重要，在那里遇见一个人才是心底的温暖。

下午五点，我们从云端回落凡间。雨比山上更大，淅淅沥沥，毫无停歇的意思。坐下来歇息，才觉得身上一阵阵发冷。鞋和袜都湿了，棉袄的边缘明显有了色差，裤腿摸上去湿冷湿冷的。朋友圈里很多人赞叹，这么冷的雨天，还能出门，真是勇敢。他们哪里知道，我们迈出去，能遇见这么多意想不到的美好呢！

在排山，怀念菜园

上初中的时候，班里的同学经常拿自己家乡所在的乡镇打趣。我老家桐畈，经常被大家笑作是"饭桶"。排山的同学呢，总是被揶揄说，你不用回家啊，排山倒到海里去了！整整三年，费了大家不少的口舌，也给枯燥的学习添了些许乐趣。

排山当然没有倒到海里，我每次去，重重叠叠的民居都安然地卧在群山之间，且面积呈数年增长之势。不知怎的，它总让我联想到一头老牛，面目祥和，望着田野，悠然地咀嚼草料，眉眼之间有着岁月浸润的淡泊。登往天桂岩的山道上，透过枝蔓杂生的高树的空隙，能看到镇上红蓝相间的琉璃屋顶，夕阳顽皮地从这个屋顶跳跃到那个屋顶，那些红色蓝色于是覆盖了一层金色的光芒，像一幅油画。四通八达的乡村小路，像章鱼柔软而有力的触手，伸向广阔的乡野。

我们沿着一只触手前行。新浇的柏油路面黑白分明，平整而蜿蜒，像一条黑色的河流。绕过一户一户簇新的民居，就来到了河边。冬季正是枯水期，河流消瘦，一股股涓涓细流，潺潺地流淌。村里抓住这个时机，修筑堤坝，加固河岸，以迎接来年汹涌而至的春水。脸色黝黑的村主任手指着前方说："我们会沿着河边修一条宽阔的大路，前边还有个广场，装上路灯，让农村的大妈们也可以饭后散个步，跳上广场舞。"他爽朗的笑声感染了我们，也感染了那条河，河水也因此呵呵地笑了起来。

道路两边是油绿的菜地，这是冬季唯一吸睛的色彩。我们的注意力瞬间转移过去了。久居城市，如此纯粹本真的绿色已是难得一见，更何况在万物凋零的隆冬。我蹲在地上拍照，看着萝卜的绿缨垂地面，像公主长长的舞裙。半个白胖的身子都露出了地面，一眼就看到了它圆润的身材。瘦长的大蒜扭动着身子，在北风中倾情演绎柔美的舞姿。种得最多的是白菜，一畦一畦，整齐划一。由于肥料用得足，白菜的叶子绿得有些发黑，硕大肥厚，菜帮子白得耀眼，在手机的屏幕里，简直像个艺术品。

林主任接着介绍说，他们准备把这些土地做一个统一的规划，而不种地的村民，可以把自己的土地租给村委会，进行合理的规划安排，别村暂住此地的村民也可以在这里种菜。"那我老爸可以来种吗？"我插了一句。"可以啊！看中哪块地，可以租下来种菜。"一行人七嘴八舌地，于是谈论起种菜来。

我又想起我家的菜园了。小时候，我们家住在农村，但父亲却不是一个纯粹的农民，更不是一个种菜的好把式，他每天骑着自行车上下班，是村里人羡慕的角色。但是长期生活在村里，不会种菜是会遭人耻笑的。于是父亲在隔壁弄了个菜园子，种点白菜、辣椒、扁豆、苦瓜、西红柿等，一个园子倒也弄得姹紫嫣红。这个菜园子是我们全家人劳动实习的基地，是我们学习之外的实验室，除此以外，我们极少到田野里去。家里的田地很少，只有父亲一个壮年男人，于是田地悉数被分给堂兄弟们去种了，我们只保留了这个小菜园子。

即使是这样狭窄的一块地，一年四季也能变幻出许多缤纷来。父亲把菜地分成了很小的许多个区域，每个区域种上不同的菜，白菜、萝卜是最常见的蔬菜，自然占据了有利位置，推开篱笆门，迎面就是。靠里面的位置会种上一些藤蔓植物，长豆角、白玉豆，或者是苦瓜，它们得依靠一根插在地上的树枝，才能长得欣欣向荣。最靠里边种着西红柿，我们经常摘着当水果吃。除了整齐的菜地，围墙也是一个重要居所，扁豆和南瓜就挨着围墙边种下。到了时候，自会开出紫色的小花和黄色的大花。再过些时候，就可以看到瘦瘦的小扁豆和青嫩嫩的小南瓜。我们总是在南瓜还是青涩细柔的时候，就把它们化为食物，不想等到长成皮糙个大的老南瓜，但一年会留两个左右老南瓜吧，毕竟，来年的种子还藏在那个黄澄澄的躯体里。

菜园的最左侧，父亲专门留了一小块来种辣椒、大蒜、薄荷、小葱，这些都是家庭必用佐料。我们姐妹经常被灶台上的母亲打发来摘取些薄荷或者小葱。菜园的右边角落种了两棵蝴蝶花和几盆太阳花，那是园里仅有的纯观赏性植物。这两种花一直开得很热烈，也许就是我们姐妹三个顺利成长的一个印证。

一九九八年，我们举家迁往县城，菜园子随即脱离了我们的生活。又过了几年，旧房售与堂哥，菜园子上"长"起了一栋小洋楼。

父亲半辈子都想着带我们离开农村，怕我们陷入面朝黄土背朝天的困境。幸好，我们都完成了他的夙愿，个个有了稳定工作，在县城安下了家。城里的菜市场什么都有，比我们的菜园子的果实要丰富几十上百倍。

父亲进城以后，就失去了在土地上躬身耕种收割的机会。他开始想念土地，想念那种侍弄自家菜园的惬意和成就感。大约人总是这样，永远追求自己缺失的，而忘记自己拥有的。无论如何，都不是自己满意的生活状态。城里有的是高耸的楼房，闪烁的霓虹，却容纳不下一个菜园。他开始在我家附近四处转悠，看能否找到一块可以耕种的菜地，哪怕只是一小块。后来，他欣喜地在一个角落里找到一些"边角料"，开辟出来种了几棵白菜。可惜，城市化的进程超过了他耕种的速度，那些边际之地也很快被占领，白菜被挖掘机轻易地碾压成尘土，而不过几个月的时间，那里就"长"出了一幢幢的高楼。

这样的循环发生了几次，父亲渐渐失去了兴趣，他没有精力和时代赛跑，在心里默认了自己彻底失去土地的现状。即使是拥有一个极小的菜园子，如今也只有近乎渺茫的希望。

回到家里，我犹豫着要不要告诉他，去排山牌门村，或许还可以实现再度拥有一个小菜园子的理想。

这里的石头会唱歌

　　阵阵海风拂来，带着咸湿的淡淡的鱼腥味儿，随意把我们的头发，吹成各种奇特的发型。不远处，海浪轻拍堤岸，吟唱着婉转的小夜曲。墨一般的海面上，渔火影影绰绰，恍如一个遥远的梦境。抬眼仰望，夜空像一座广阔无垠的舞台，那些或密集簇拥，或疏朗远离，或明亮，或暗淡的星子，闪耀着亘古不灭的生命之光。我们坐在平台上，低头看着层层叠叠的石头房子，剪影一般，仿佛有母亲细细的鼾声传来，幽静而安详……

　　此时，我在平潭，一个让我如痴如醉如梦如幻的平潭。

　　去平潭，是一个蓄谋已久的心愿。前几年的暑假，这个地名一直在我的朋友圈隔三岔五地出现，它像一个医治不好的顽疾，隐隐作痛，不时地提醒着我它的存在。那些海滩、渔网、帐篷和篝火，组合成一个清晰的画面，定格在我的脑海里。所以，当妹妹说想去平潭，我二话不说就答应了。我们选择了自助游，所有的景点都晃悠着慢慢看，走到哪儿算哪儿，这样，旅游才有了休闲的意味。

　　平潭，简称"岚"，俗称海坛，位于福建省东部，与台湾隔海相望，是中国大陆距离台湾岛最近的地方，由以海坛岛为主的126个岛屿组成，主岛海坛岛也是著名的渔业基地。对于长期生活在丘陵地带的我们来说，大海具有无以言表的魅力。

第一晚入住汉庭连锁酒店，离主景区龙凤头海滩不远，步行大约二十分钟。龙凤头海滩应该是游客必去的一个地方。这里具备了一个景区的所有特征，大大小小的身影遍布海滩，各色的泳衣令你眼花缭乱，五颜六色的帐篷、遮阳伞，像一个个巨大的蘑菇，和海潮相互呼应。孩子们欢欣鼓舞地冲进海浪，小脚丫上沾满了晶莹的沙子。他们在一浪高过一浪的波涛里跳跃，和海浪玩着捉迷藏的游戏。情侣们手牵着手，在人群里穿梭漫步，大海足够辽阔，每个人的心愿都可以一一实现。

但是我们被密集的人群吓住了，决定转战别处。就这样，拖着行李，扶老携幼，来到了一个叫北港的小渔村。这里尚未大规模开发，但有好多家民宿。村子依山傍海，环境清幽，住起来特别舒服。目之所及，石头呈现着各种不同的姿态。砌房子用的是大石头，不太规则，他们与初为粉末的水泥紧密地咬合在一起，成了誓死不离的爱人。外墙没有其他装饰，看起来一片灰暗，但显得极有力量。屋顶上盖了小片的瓦，瓦上密密麻麻地压了许多小石头。我想，台风来临的时候它们就会变成千军万马，用尽力气，守卫家园。路是石头的，通往村子，通往海边。堤也是石头的，那些粗糙的大石手牵着手，成为一条生命保护线。更远处，嶙峋的礁石在海边静默了千万年……到了夜晚，那些石头开始生动起来了。有几间房子被改造成了酒吧咖啡厅，有人在唱歌、喝茶、聊天，堤岸上有人在散步，石头搭成的舞台上，音乐响起，海鲜和啤酒在游客们的口中，咀嚼成美好的生活。

我们住在村子的最高处，眼前的景致一览无余。屋前的大露台是最好的去处，晨看日出晚吹海风，位置绝佳。海边的早晨来得特别迅猛，令人措手不及。五点钟，一弯新月和启明星还在空中相偎相依，天边的晨霞一片绯红，在远山之上，在海的尽头。才一会儿，天色迅速地亮了起来，一切景物都变得明朗清晰。海面呈现出它本来的色彩。几条小渔船离开港口，向大海深处驶去。霞光慢慢隐退，红日出现在山之巅。红润，饱满，纯洁，像一位初降人间的婴儿，没有光芒，但占据了所有人的心。突然，它用尽力气，迸发出夺目的光，于是，海面上出现了一个亮闪闪的光束，世界立刻笼罩上一层奇异的色彩。阳光立刻灼热起来，强烈的紫外线像一把把利剑，可以穿透你的皮肤。我们在海边稍作停留，便回到房间里去了。

　　下午，在当地人的指引下，我们找到了一个好地方。离宿处不远有个叫长江坳的海滩，是福建最大的风力发电站。海滩宽阔，风声呼啸，无数个大风车在不知疲倦地转动。令人喜出望外的是，这里似乎人迹罕至，看样子没有旅游开发。哈，那一大片碧波和柔软的海滩都是我们的啦。我们欢呼着冲了下去，撒起野来。水枪扛上了，沙堡堆起来了，孩子们来回奔跑，大声尖叫，阳光照在他们的背上，那里沾满了细碎的盐粒，闪着金色的光芒。

　　沙滩上有很多规则均匀的小洞，极小，像是浑然天成的，你不俯下身去根本看不见。更让人吃惊的是，总觉得有什么东西在你眼前晃动，飞快，疾速，倏尔不见了！我索性蹲下来看个究竟。这下终于明白了，是小螃蟹！极小的螃蟹！我从来没见过这样的小家伙，像是昨天才出生似的，只有指甲盖大小，身体透明，但行动敏捷，完全不是成年后那种蠢笨的模样。怕人，听到脚步声便飞快地爬到洞里躲了起来，看来那里才是他们的避难所。

　　我手握数枚贝壳，像是捡起大海遗落的心事。那些曾经在里面寄居的生命早已不在，只留下这个居所，在海滩上沉寂不语。这么小的一个生物，尚且留下了它的痕迹，我们，是不是也应该在这个世界上留下点什么呢？

与平潭告别时，天蓝蓝海蓝蓝，一如我们的心情，清澈，纯净。带着一颗悠闲的心，学会享受自然无限的美，应该是这次平潭之行的最大收获。世界很大，我们会一直，在路上。

流年撷趣

我愿意为你
去往幽深的森林
探寻那条神秘而曲折的小径
我愿意在风暴来临之际
把闪电纳入眼帘
然后，化作温暖
送到你的跟前

来，和生活干杯

三月底的一天，老爸在饭桌上突然说，清明节快到了，你酒可要准备好啊！我说，放心，好几箱信州春，都备着呢。

每年清明节，是我家白酒消耗量最多的时候，超过春节。因为只有清明节，我们家族的三大酒桶才会聚集在一起，推杯问盏，言语喧哗。三大酒桶喝酒各有绝招，自立门派，互不干扰。大舅每逢喝酒，肩膀上总是搭个毛巾，一年四季不变。他只要一喝酒就全身冒汗，尤其是额头，像个小型泉眼，每隔几分钟，就被汗珠完全占领，毛巾一会儿就湿淋淋的了。据说这样的人很不容易醉，我不懂，反正我没有见他醉过。不过现在年龄大了，喝酒收敛了许多，舅妈每餐只给他一杯，多了不许，让他眼巴巴地盯着酒瓶叹气。二舅喝酒话多，嗓门特别大，这样酒气很容易挥发，也不容易醉。他走南闯北，见多识广，典型的自来熟，逮着谁都能唠半天。其实二舅半生坎坷，生活困顿，但非常乐观，从不见他抱怨。我觉得他就像一条河，无论河道怎么曲折，都要朝着大海的方向奔流。他出门的时候爱背个双肩包，花生米熟牛肉啥的都塞里头，牛仔裤的双兜里各插一瓶啤酒，像个侠客似的。酒就是他的武器，是他行走江湖的通行证。小姨夫最爱呼朋引伴，菜多少无所谓，两块霉豆腐也能就着来几杯。他们热衷划拳，你来我往，声音震天响，晚餐能从六点吃到十二点，还意犹未尽。我记得有一次他到我家来，没人陪酒，他自己定下规矩，说喝一杯白的四瓶啤的算了。早上我经过他睡的房间去阳台，门一推开，里面的酒气熏得我倒退三步，直犯恶心。

那时，我对喝酒的人无比讨厌，尤其是醉酒。尽管由于遗传基因我或许能来那么一点儿，但我基本不喝，感觉那是浪费时间又虚情假意。可不知为什么，过了四十岁，我突然爱上了喝酒。我逐步深入地理解了酒的意义，也逐步理解了生活的意义。

一般来说，有饭局的地方就有酒。没有酒的宴席是单薄的，沉闷，安静，人人正襟危坐，像是接到通知来参加一个会议。而一旦喝上了酒，就仿佛奏响了雄壮的交响乐，热烈，喧闹。脸红了，话多了，嗓门大了，平时不敢说的话也敢说了，酒精成了一种兴奋剂。我曾经看过一个段子，说喝酒有循环的五部曲，不言不语，轻言细语，甜言蜜语，豪言壮语，胡言乱语，最后又回到不言不语。我仔细观察了好几回，果然是这样的，着实让人忍俊不禁。

我应酬比较少，大部分的时间都在家里，清粥小菜，白菜豆腐，家常味道总是最长久也最浓烈。但是朋友聚会的时候大家总喜欢叫我，因为我总是叫嚣着喝一杯。一般来说，和陌生人我是不喝的，朋友嘛，多少随意，开心至上，我反而经常不知不觉喝多了。尤其是同学聚会，那些都是见证过彼此青春的人啊，除了喝酒，多喝点，似乎没有别的更好的表达方式。从悲观的角度说，聚一次便少一次，每次都值得珍惜。

红酒浪漫，色泽鲜艳，有浓郁的芳香，闺蜜聚会时，和八卦话题是绝妙的搭配。啤酒是夏天的宠儿，冰镇，泛着泡沫，看起来就心生向往，让人有一饮而尽的豪情。年轻的时候喜欢邀几个伴，坐在喧闹的大街边，一盘炒螺蛳下啤酒，看车来车往，滚滚红尘，大汗淋漓地谈着理想，仿佛快意人生便是如此。这许多年，已经不曾有这样的场景。

但我喜欢喝白酒，不是酒量好，而是比较容易把握分寸。它有着呛喉的浓烈和粮食的醇香，喝下一口，只觉得从口腔到食道到胃里，一路火辣辣的，横冲直撞。所以我对白酒有着高度的警惕性，坚决控制量，头一晕就停下，很少喝醉。酒浅尝即可，真喝醉了，既难过又狼狈，一夜狂吐，头疼欲裂，口干舌燥，实在是不堪回首的记忆。我的醉酒几乎都是这些红酒、杨梅酒、花雕酒惹的，因为口感好，度数低，最容易上当。喝在口里没啥知觉，一口接一口地猛喝，等你发现不对的时候，已经晚了，手脚再也使不上劲儿，乖乖地趴着认输。仔细想想，很多时候我们也就是这样被生活慢慢地不知不觉地改变了模样，忘记了当初想要的是什么，成了一群温水里的青蛙。

去年的五月，我和一些闺蜜在一起，那是一群彼此相知又彼此相爱的人。按身份证，那天是我生日。我们拖儿带女地在外面疯玩了一整天，晚上一起吃饭。那是我这半辈子醉得最真实最彻底的一次。

从酒店出来，我尚能和大家拥抱告别，说些礼貌周到的话。坐上车以后，我再也睁不开眼睛，只会用手捂住嘴巴。只觉得风在耳边呼啸，三分钟后，我就控制不住了，肚子里翻江倒海，毫无风度地在路边狂吐。从酒店到家里，居然停了三次车。我最后的记忆是被爱人灌了一杯蜂蜜水，换好睡衣，之后就毫无知觉地睡去了。我无力洗漱，不会翻身，什么意识都没有。除了呼吸和心跳，我都无法证明我还活着。听说有人在睡眠中直接告别世界的，我想，这未尝不是他的造化，没有痛苦和挣扎，安详离开，怕是我们都无法达到的境界呢！

夜里三点五十分，我醒了。三秒钟后恢复了意识。我起身看了看，台灯开着，女儿在身边睡得很香。过去我一直觉得自己开着灯是无法入睡的，看来是错觉。再躺下时，我便无法睡着了，脑子里一直在闪现酒桌上的场景。

包厢里的那个服务员肯定在笑话我，他绝对没有见过一个女人在酒桌上如此失态地又哭又笑。开始的一切都是很好的，很正常，跟过去的任何一个饭局没什么两样。不知道什么时候开始，酒精开始在我的体内发酵，催化着我的情绪表达。我觉得此时的心就像是大海，风来了，浪起了，一浪接着一浪，直至把我淹没。身边的每一个人都在看着我笑，亮晶晶的眼神让我沦陷。人一生中有多少机会能遇上自己情投意合的人群呢，这是生活美好的馈赠，定然不可辜负。我觉得只有喝更多的酒才能表达出我足够喜欢她们。于是，一瓶一瓶的红酒被打开，倒入我们的胃里。我看到美把茶水倒了，换上了酒，友情和美酒就在左右，开车的事情等会再说。婷满脸通红，连耳朵都红了。爱人笑吟吟地看着我，由着我胡闹。要是过去，他一定会抢我的酒杯的。我的泪水伴着酒意在飞舞，在我的脸上肆意横流。我只好不停地拿手去擦拭，最后我的双手变得又咸又湿。我不明白满心的欢喜为什么会化成泪水，酒精像一个魔术师，它很巧妙地把各种情绪捏在一起重新组合，催生出一个全新的自己。过去我很鄙视大家的牛饮红酒，觉得玷污了红酒的优雅，我们今天也算是做了件很俗的事，但是，什么都不能顾及了，我们借着酒而进行了精神的狂欢。

我喝酒的原则是自愿，人家确实不喝就不要勉强。有人对酒精过敏，一杯啤酒下去就全身起红包，奇痒，很不舒服。我爱人就是这样的，不过他可抢手了，饭局上大家都喝，留他一个保持清醒，最后把大家都送回家。大家喝得开心了，那些有酒量的人哪里需要你劝呢，他们早就眼巴巴地盯着那个瓶子呢。

有人喝快酒，三言两语之间，一杯酒就没了。我喝得比较慢，不需要那种疾风骤雨式的表达。生活自有安排，欢喜或是愁苦都不用着急，慢慢走着，该来的总会来，该走的也总会走的。通常情况下我喝得比较有节制，我喜欢自己能够把握住自己的一切。文友圈里很多人都会喝酒，现居东莞的祝成明最典型，我好像没有见过他不喝酒的样子。当年他还在广丰的时候，我们经常会在酒桌上遇见，不过那时候我只是一个看客，始终冷静地看着他们满脸通红地激扬文字，显得不合时宜。有一次例外，在白鹤畈的一家小店里喝了两瓶啤酒，骑着电动车晃悠着刚到家，接到周亚鹰的电话问我有没有醉。这是唯一一次我们提及喝酒这个问题，所以印象特别深刻。如今，他们都离开了广丰，我们见面的次数屈指可数。对生活来说，聚散都是平常，只有自己永远和自己在一起。

师范同桌的那个男生，虽然同在一个县城，但很少见面，靠外地同学过来才能顺带着看一眼。他很有才华，爱酒，也重情，是同学聚会的接待中心，每次都要喝得晃晃悠悠才罢手。过去我经常劝他，甚至很是恼怒，现在，我逐渐理解了他。一个男人，像只蜗牛似的背负着重担前行。没有周末，没有娱乐，假期完全是个装饰，最重要的是，他无法倾诉，一切都要自己扛，有时候得靠着这杯酒，才能找回自己。其实，喝不喝酒，生活的难题还是摆在那里，它们是庞大的琐碎的，像一张网，让人透不过气来。有时候就端起酒杯，暂时忘却一下吧，尽管醒来后，生活依然故我。记得上次同学小聚已是两年前了，他在KTV里唱了一首《兄弟，抱一下》，我当场就哭了。

中国是历史悠久的文明古国，是酒的故乡。黄酒是中国最早的酿造酒。我们的远古先民在贮存采集到的植物时，无意中得到了天然生成的口味淡薄的酒，即古代的醴。那时没有酿酒、饮酒的器具，也不会有意识地制造曲糵，更没有作坊，当然提不到人工酿酒。商周时期，社会分工的出现，使原始的酿酒作坊得以形成。约一千年前的宋代，中国人发明了蒸馏法，从此，白酒成为中国人饮用的主要酒类，绵延至今。酒几乎是用粮食酿造而成的，五谷以另外一种形式融入了人们的生活，并且随着社会文明的发展而产生了更大更深远的意义。因此，酒是一种特殊的食品，既是物质的，也是精神的。几千年来，酒的精神作用远大于其物质意义，以酒壮胆，以酒成欢，以酒忘忧。

在很多时候，酒是仪式感的表现。上至皇帝登基，祭天等重大仪式，下至农民求雨，节庆，酒是必不可少的道具。有了酒，才有了庄重，有了诚意，有了契约。桃园三结义，没有酒不成兄弟，梁山好汉聚义，更是大口喝酒大碗吃肉，没有酒，哪有武松景阳冈打虎的传奇，没有酒，哪有鲁智深倒拔杨柳的豪迈？千百年来，酒已经深深嵌入老百姓的生活之中。直到现在，酒驾抓得如此之严，逢年过节，大家还得喝一杯。

我们有一个成语叫"觥筹交错"，觥，古代的一种酒器；筹，行酒令的筹码，意为酒杯和酒筹杂乱地放着，用以形容许多人聚会喝酒时的热闹场景。在古代，酒器都是青铜做的，特别有分量，举在手里，仿佛说出的话都得一言九鼎。中华文化中特别崇尚一个"义"字，其中就包含着诚信，忠贞的含义。现在这些词汇好像离我们越来越远了。

酒杯就算越来越轻，尚且还在，"筹"在现在的酒桌上已经消失得无影无踪了，以至于很多人都不知道这个成语的含义。其实，在过去，喝酒是一件特别有文化意味的事情。文人饮酒特别讲究饮的过程，讲究饮酒过程中的那套"繁文缛节"。于是，便制作出花样百出的酒令。那酒令，可不是好玩的，是对人的聪明才情、知识水平、文学修养和应变能力的严峻考验，没有满腹诗书和机敏睿智，是要临场出丑的。文人们硬是把这一套玩出美妙的极致，硬是把经史百家、诗文词曲、歌谣谚语、典故对联等等文化内容，都出神入化地囊括到酒令中去了。于是，酒宴始终，便充溢着浓浓的而又绵绵的书卷气和文化味。觥筹交错中，不仅享受了酒的醇美，也享受了文化的馨香。《红楼梦》中，常见黛玉、宝钗她们一起饮酒行酒令，个个都是聪慧的女子，酒在她们身上更是洋溢着无穷的魅力。

可惜，如今我们喝酒喝不出这样的感觉和意味深长了。

真喝酒的人眼里只有酒，哪管他什么职位高低，贫富差距。只要端起酒杯，这世界就无他物，全身心就在这玉液琼浆之中，独饮也有别样滋味。"举杯邀明月，对影成三人"，无人陪伴，李白和明月也可喝得淋漓尽致。明末文学家张岱在《湖心亭看雪》中记录了一件事，杭州大雪三日，他独自前往湖心亭看雪，偶遇二人在亭中喝酒，铺毡对坐，见他大喜，硬拉他同饮，他喝了三大杯告辞。可见喝酒能遇上知音最是人生快意之事。"酒逢知己千杯少"更是道出了其中的滋味。

江湖一杯酒，一碰泯恩仇。很多时候，过不去的坎，说不清的事，就在这杯酒里了断。喝下这杯酒，我们和前尘往事说声再见，喝下这杯酒，我们原谅这个世界，也原谅自己的不完美。生活有时候把我们挤得密不透风，只留了一条窄窄的缝隙，我们就在这个缝隙里大口喘着气，偶尔停下来想一想，我究竟是谁。酒以它特有的方式拥抱了我们，酒是我们和这个世界和解的一种方式。

来，端起一杯酒，我们和生活干杯。端起这杯酒，我们和世界握手言和。

除夕"欢乐颂"

　　小时候，年是新衣，是糕点，是压岁钱，是小伙伴们的游戏，是童年时最大的期盼。长大了才知道，年是团圆，是欢聚，是忙碌生活的承上启下，是继往开来的庄重仪式。人们用所能想到的美好字眼来表达这个时刻：喜庆、吉祥、平安、团圆、兴隆、长寿、富贵……

　　"有钱没钱，回家过年"。年，仿佛是一声号角，吹响了回家的集结号，无数人拖儿带女，肩背手扛，千里迢迢，长途跋涉，只为那一顿意蕴深长的年夜饭。

　　说起年夜饭，我就想起家的一张大圆桌。这张桌子，是前年在老妈的坚持下买的，她说过年没有它，不像样。深棕色的桌面，全实木的结构，配了十张凳子，往厅里一放，团圆的氛围感就特别强。平日里这张桌子根本用不上，我有时还觉得特占地方。临近过年，老妈就刻意交代我，要把桌子弄干净。先用洗洁精，把桌面、截面、托盘、凳子靠背镂花的缝隙，细细清理过去，再用清水抹两遍。桌子像是重上了一层亮漆，光洁透亮。

　　离过年越来越近，老妈往这张桌子上堆放的东西越来越多。老二爱吃的糖糕，荸荠，咸鱼，老三爱吃的羊肉粉，笋干，老四爱吃的豆腐，依次陈列。对于一个母亲来说，过年像是儿女们的一次集体撒娇，她哪个都得满足。东西全都准备好了，姑娘们一个个拖家带口地回家了，一时间家里笑语盈盈，欢声不断，着实像个小型游乐场。

除夕的年夜饭是年终盛典，在我家，每年都像一曲"欢乐颂"。这餐饭充满了仪式感，菜肴丰富，时间充足，更重要的是，在老爸的主持下，它就像一个家庭总结大会，大大小小一个个要说说今年取得的成绩，来年的安排打算，丝毫马虎不得。不过我们经常说着说着就跑题了，最喜欢挖掘各自小时候的糗事，乐事，于是，年夜饭成了新年开心第一课，一家人互相打趣又互相鼓励，时间把我们变得更加密不可分。

老爸平日里很少喝酒，过年了算是破例，不过也是浅尝即可。他一辈子谨言慎行，没做过出格的事。倒是我们姐妹，相互怂恿着多喝一点，好和这万家团圆的氛围匹配。母亲解了围裙，也乐呵呵地坐下，父母，姐妹，加上第三代，满满的一圆桌，春节的交响曲正式奏响。老爸作为大管家率先举起酒杯，"来来来，过年了，咱们齐喝一口，共祝新年好！""新年好！"碰杯的声音格外清脆，在全家人的笑声欢呼声中，像一个跳跃的音符。接下来是孩子们的大呼小叫，"我要吃鱼！""我要吃虾！"我要啃猪脚！""我要喝汤！"……此起彼伏，应接不暇。菜肴是老妈精心准备的，荤素搭配，冷热交加，咸辣适宜，全家人爱吃的，她心里都有谱呢！现在，她就是给这个夹菜，给那个舀汤，忙得不可开交。我知道，这份忙碌里有满足，有安宁，有无须多言的幸福。

我们开始向二老汇报成绩。其实哪有什么成绩，无非是工作稳定，身体健康，孩子快乐成长，或许作为一个普通老百姓，平和的生活状态就是一份及格的成绩单吧。

酒过三巡，集体微醺，大家的话渐渐多起来了，故事下酒，也是一道精品菜。话题通常从我女儿身上说起，她这几年个子蹿得贼快，还没满十六岁，已经一米七的个头了，她外婆经常拿她打趣："哎呀，我还记得你上幼儿园的时候总是抱着我的大腿哭啊，赖着不肯上学，怎么一下子就这么大了！"照例引起一家人的哄笑。女儿不甘示弱，马上反击："上幼儿园哭的又不只我一个，你们老记着干吗？我妈说二姨和三姨小时候还经常打架呢！""这个情况属实，我可以证明。"我给女儿帮起了腔，"那两个家伙从小打到大，每次我都是劝架的。"老三大声叫起来："都是她欺负我！"老二搬出小时候父母的口头禅来："妈说了，没一个好东西！"全家人笑得前俯后仰，两个外甥女看着自己的妈妈在互曝糗事，乐得在边上捂着嘴咯咯地笑，连老爸这么不苟言笑的人，也禁不住咧开了嘴。

孩子们吃得差不多了，开始下桌玩电脑，几个脑袋挤在一起，双目炯炯，大呼小叫，不亦乐乎！我看着她们大发感慨："现在的孩子其实可怜着呢，平时没玩伴，就是一个电脑，哪像我们小时候，到处都是小伙伴，自编的游戏花样百出。"老二接腔："你们都还正常，玩的都是女孩子的游戏，什么跳格子跳皮筋丢沙包，我呢，整天跟着男孩子混，拿黄泥做手枪做大炮，捉虫子，然后做成诱饵去钓青蛙，打乒乓球，偷辣椒……"老爸赶紧接了个话茬："我说菜园子里的辣椒老丢，原来都是你带人去偷的啊！"妹妹大叫着撒起娇来："没有啊，我偷的都是别人家的！"又是一阵哄堂大笑，这笑声仿佛使得空气都温暖了起来，这份温暖浸润着在场每个人的身心。

说笑完了，话题慢慢就转到了一些大家比较关注的热点上来。男人们开始参与讨论，什么新农村建设啊，媒体发展的趋势啊，高考改革的方向啊，延迟退休的利弊啊，逮着什么说什么，没有中心议题，漫无边际。通常年夜饭吃到春节联欢晚会开始我们也就结束了，集中到客厅看晚会。

虽然节目并不十分精彩，但是我们还是愿意守着它，仿佛在守护着一份情怀，一份记忆。

很多人都说年味淡了，不再是小时候的感觉，我想，这应该是一种必然。年龄不同了，生活方式改了，时代在飞速发展，过年的方式肯定会有所改变。在物质生活已经相当丰富的今天，过年，更多的是文化地沿袭和不断地创新。也许，以后我们可以尝试更多的过年方式，旅游过年，抱团过年，与不同地方不同民族的家庭交换过年，这样，年年的年都会有不同的年味，年的精神内核才能得以代代延续。

味蕾深处

味蕾最深处，藏着最醇厚的情。

——题记

酸萝卜和茄子干

我把硕大白亮的萝卜从地里拔出来，在旁边的水沟里洗洗，我就迫不及待地往嘴里塞，脆生生，甜滋滋。外婆捏着我的脸："丫头，做成酸萝卜才好吃呢！"外婆心灵手巧，萝卜白菜，南瓜豆角，每一种寻常蔬菜，在她手里，都能变出百般滋味。

地里收了花生，外婆就念叨起她的酸萝卜了。松土、铺灰、选种、播种、浇水。每天，外婆起早摸黑，一双大脚从灶台到地里来回穿梭，似乎那是一条通往幸福生活的必经之路。成担的萝卜挑回家后，外婆挑个晴好的日子，开始做酸萝卜。她坐在屋檐下，脚底下白花花的一片。手起刀落，上下翻飞，外婆俨然就是一个生活的魔术师。叶子切掉，泥土洗净，根须清理完毕，萝卜们放在晒谷场上，去接受阳光的洗礼。它们娇嫩的身躯在烈日下逐渐萎蔫，皮肤满是皱褶，颜色也变得暗淡，个头小了许多。晒了两天，找来两个大水缸，装半缸水，放上盐，外婆把干萝卜一股脑儿丢下去，然后探进双手，把它们一个个排列整齐，像是在检阅自己的部队。最后抱来一块大石头，压在了萝卜上面。她额上的滴滴汗珠落进了水缸里，和那些盐水融为一体。是的，我们吃到的每一个酸萝卜或是其他，都饱含了外婆的汗水。

干巴巴的萝卜沉入水中，就像久旱的大地遇上了甘霖。带了盐分的水注入他们的体内，肌肉逐渐紧致，缓慢地发酵，使味道开始变酸。时间，阳光和水分让他们浴火重生。半个月后，新鲜出炉的酸萝卜成为外婆饭桌上的新宠。下稀饭，来一个，没菜吃，来一个，过节日，来一个。水缸日益消瘦下去，外婆就不让随便去拿了——总要留一些过年的。

过年时酸萝卜管够。记忆中一次年夜饭，外婆解了围裙出来，发现桌上的酸萝卜只剩了个空盘子。她二话不说，回厨房又烧了一大盘。身后响起了一片欢呼。

做茄子干也是外婆的拿手好戏。茄子挑那紫黑滚圆的，放在水里煮二十分钟，夹出来，小心翼翼地放在竹匾上晒。煮透的茄子又软又烂，浑身皱巴巴。拿一根筷子从中间划破，并向两边拨开，浑圆的茄子便成了一个平面，暴晒一天，放在箩筐里备用。

糯米磨成米浆，白亮亮的，在太阳底下闪耀，仿佛等待一个盛大的典礼。蒜瓣切碎，和红辣椒粉一起放在米浆里搅拌，成为上好的佐料。把晒好的茄子干拿出来，一块做底，舀一勺佐料，抹匀，用另一块做面，按紧。接着放到蒸笼里面去蒸。米浆遇上大火，迅速变成了一个个小团，糯米的黏性让上下两块茄子干立下盟约，永不分离。

蒸好后继续拿出去晒至七分干，储存在罐子里，可以随时切开吃，我隔三岔五就要去拿一回。假如哪天外婆心情好，放在油锅里煎一下，外表焦黄，内部柔韧，入口滋味，无以言表。贫瘠的生活教会了外婆用智慧对抗苦难。

后来我回到父母身边，就很少吃到这美味的茄子干了。成年后在超市里买过几回，和记忆里的味道相差甚远，逐渐失了兴趣。外婆早已不在，我的味蕾记忆缺失了半壁江山。

蛋炒饭和鱼头豆腐汤

女儿上了初中以后，时间变得空前紧张起来，尤其是早上，熬了夜的眼睛总舍不得睁开。饭桌成了我们母女交流的一个重要场所，学习中的压力，同学交往的困惑，她都习惯和我诉说，仿佛这是另一种形式的一日三餐。

早餐既要吃得饱，又要烧得快，蛋炒饭成了我们两个人的首选。头天晚上，我把剩余的米饭放在冰箱里，冻成颗颗坚硬，散乱，绝不能糊成一团。喊起女儿，我们共同来成就一碗蛋炒饭。我洗锅，她搅蛋，我翻炒，她切葱，我们像是一对默契的搭档，在油烟里携手并行。米饭下锅，逐步加入酱油，青辣椒，火腿肠粒，还可以加黄瓜和胡萝卜丁。待每一粒米饭都饱吸了养料，油光发亮，个头饱满，便可以起锅了。黄红青绿，美味可口，这碗蛋炒饭滋养了女儿的初中生涯，也是我们母女的温情陪伴。

若有时间，我更喜欢煲一锅鱼头豆腐汤。投入时间和深情，熬成家人的欢喜。和爱人一起去菜市场，慢慢逛着，细细挑选，说着家长里短，流水般的日子也能有小生机。挑一个上好的雄鱼头，顺带两块水豆腐，豆腐必要早上刚做的，新鲜，嫩滑，肤如凝脂。鱼头切开，洗净，用料酒先解腥。一个小时后开始烹饪。先用油煎少时，至颜色微黄的时候就可以了。放盐，姜，蒜，注入一大锅水，淹没所有的材料，用文火慢慢煲。我可以站在锅前吹个小曲，可以看看手机，或者什么都不干，就享受这氤氲的白气。十分钟后将豆腐切成小块，顺着锅壁滑入滚烫的鱼汤中。鱼汤的鲜美迅速包围了它，豆腐也尽情释放它的本真，它们在一锅汤里心心相印，互相成全。在持续的咕噜咕噜的声响中，鱼汤逐渐变得浓稠，之前倒入的清水不再清澈，而是有一种乳白色的高贵，鱼肉和豆腐中的营养和美味基本融入这一锅汤里。女儿像个跟屁虫似的，围着锅边打转。一会儿给我讲个段子，一会儿尝尝鱼汤，我们的笑声成了这锅汤最重要的调味品。四十五分钟后，把汤盛放在碗里，喝一口，胃和心皆是暖意。

熬一锅鱼头汤，时间是经，爱心是纬，经纬交织，才造就这一份浓烈。时至今日，我只为家人熬这一锅汤。无论何时，只要喝上一口，就觉得人生的诸多困窘，都敌不过这碗鱼头豆腐汤。

桂林米粉和广丰炒粉

迷茫的青春里，我曾独自一人坐火车去了深圳，疗伤。我化装成一只蜗牛，在偌大的城市里踽踽独行。每天吃着快餐，家乡的美味成了遥不可及的记忆，以至于十个月后我体重只有九十斤，像一根细长的芦苇。回到家里，母亲朦胧的泪眼扯住了我出行的脚步，于是深圳只成了一个短暂的落脚点，当然这是后话。

一日闲逛时，在一条小巷子里发现了一家小吃店，外立招牌"桂林米粉"。我没有去过桂林，只知道桂林山水甲天下，至于米粉如何，不得而知。进店坐下，方觉没头没脑地不知道自己要吃什么。挤到窗前去看，一大盘子的米粉，浸在水里，根根细长。旁边是个大炉子，烧着开水，白气弥漫。顾客需要，随时煮热。调料很多，五花八门，牛腩，叉烧，荷包蛋，酸菜，价格不等，看人所需。我点了一份叉烧，加上醋，辣椒粉，葱花，慢慢吃着，很自然地想起家乡的米粉来。这米粉很有劲道，耐嚼，带汤，以味鲜吸人，家里的炒粉火猛，油多，比较热烈，凭味浓取胜。

从那天开始，我就经常上那里吃米粉。好像那碗里，盛放着家乡的影子。

听说每一个旅居在外的游子，回到广丰第一件事，就是吃一碗炒粉。不管几点下火车，一口气直奔夜宵摊，跟师傅叮嘱要多加粉，加辣椒，然后站在火炉旁，忍受呛鼻的煤烟味，看着师傅翻炒，颠锅，装盘，期间要尽力控制自己忍不住滴落的口水。狼吞虎咽干完，才恍过神来，确定自己真的回家了。

平日里，炒粉也是广丰人日常生活的源头。早餐店散落在县城每个角落，从不愁客源。要是掌勺师傅有点名气，队伍直接从厨房开始排着。猛火油烟之间，热气腾腾的市井生活由此徐徐展开。到了冬天，广丰更是人满为患，很多邻近县市的人大老远地跑过来，只为了尝一碗味道纯正的羊肉粉。在整个冬天，它都是温暖人心的理由。

前几天听一个朋友说，他在杭州也发现了广丰炒粉。那口气，蕴藏了无限的欣喜和自豪。

若有光

每去一个城市，必去书店，像是一个虔诚的教徒去朝圣。

最近的一次是在成都春熙路的方所。那里是城市最繁华的地段，楼宇高大威猛，街道宽阔如坻，各种奢侈品的广告牌在闪耀光芒。我们穿行其间却未曾流连，直奔这个心仪之地，像孩子急切地想要拥有一个期盼已久的玩具。这个坐落在闹市的书店有着巨大的面积，书目繁多，分类精细，不少人席地而坐，翻阅自己喜欢的文字，好像一只只春蚕在细啃桑叶。巨大的书架成了他们身后独特的装饰品，柔和的灯光照射下来，每张脸似乎都有着深邃的光芒。成都归来，唯火锅和书店念念不忘。

印象最深的是台北的诚品书店，24 小时不打烊。我们在晚上八点左右抵达，彼时是书店人最多的时候。虽不至于摩肩接踵，但一眼望去，一片黑压压的人头，可见读书是很多台湾同胞的生活习惯。想起白日里去逛过一个服装店，老板娘一袭长袍，坐在那里看书，并不起来招呼我们，与在家时感受完全不同。此时最让我惊异的是，人口密度如此之大，却寂寂无声，每个人手捧书本，就完全进入了一个自我的世界。这个世界里不需要语言，只有文字所带来的美妙足矣。我第一次见到如此多的竖排繁体字书籍，兴奋不已，仿佛拿到了通往一个秘境的钥匙。当然，书我看得很吃力，我们从小接触的都是简化字，此时好像来到了一个文字的大人国，边蒙边猜，勉强读懂。

　　在我生活的小城，书店自然也是有的，去得多的就是一千零一夜。最早在西关街，一个很小的店面，逼仄，阴暗，大量的书堆放在角落里，让人难以通行。那时还叫三联书屋，我便常去光顾。后来搬到新鸟林街，更名为一千零一夜，上下两层，面积大大增加，品种也多了不少，我和女儿去蹭了不少书。当然，非常经典可以收藏的书籍还是要买的，我的那套《平凡的世界》便有他们的印章。现在又搬到永丰小学隔壁，成为全城读书人打卡之地。饭后散步的时候，我们经常一家人去那里溜达。距离不远，走过一个小区，越过一段闹市，穿过一个小巷，就到了。春天我们伴着和风的欢畅，夏日我们忍着高温的余威，秋季我们顶着满头的星空，冬天我们冒着刺骨的寒风。我们熟悉路上每一个痕迹，这里有家奶茶屋，那边有个眼镜店，一路说笑直到进门。进门的时候是一个整体，一进去就分散了，直奔自己的领域，像一尾鱼游进了深邃的大海。有时候光看看，有时候买点杂志或者喜欢的新书，教辅书籍也会买。家有读书郎，这是刚需。回家的路上，大家交流一下自己的心得体会，时而争论，时而颔首，时光倏然变得短暂而温情。

　　读书这个习惯的养成，要从小学算起。那时我生活在一个偏僻贫穷的小山村里，地域理所当然地限制了我的生活半径，视野里只有操场，田野和河流，它们一度是我所能到达的全部。小学一年级有篇课文是这样的："大兴安岭，雪花还在飞舞……海南岛上，到处盛开着鲜花。我们的祖国多么广大！"当时的我决然不知道大兴安岭和海南岛在哪里，连想象也不能够到达。彼时，书籍是我走向世界的唯一通道。

　　我第一次读大部头书是小学四年级。每天下午放学后，坐在家门口看。那个时候没什么家庭作业，我们有大量的时间不知如何打发。在田野里奔跑，在屋后跳皮筋已经不能满足我了，我需要一个新的突破口。如今我完全忘记了那本书的来源，只料想和它相遇，应是满心的欢喜。我用自己不多的识字来读这些文字，碰上不会认的，联系上下文来猜。我低头看一会儿，再抬头看看天边缓缓下沉的夕阳，回味一下刚才所看的文字，像一头小牛刚学会反刍。荷锄而归的农人路过我家门口，每每诧异地说："这么小，就看这么大本的书了！"那本书的确很大，足有三本语文书那么厚，握在我小小的手里，显得很不合时宜。书的名字我已经不记得了，但是我还依稀记得内容，写的是地下党员与敌人斗智斗勇的故事。紧张的情节和丰满的人物一直吸引着我，甚至超过了和伙伴们游戏的美妙。那时，我无法像现在一样去分析一本书的结构，语言，精神内核，但我隐约地本能地向着它奔跑，仿佛那是一束火炬，而我在黑暗里踽踽独行。

那本书用了一周的时间看完，可它对我的影响一直都在。如果说有什么习惯是从小到大不曾离开的，只有阅读了。

小学四年级，父母带着我和妹妹去了一趟上海。我记得动物园特别大，我们姐妹坐在两条仿真的老虎身上，心惊胆战地留下了一张照片。然后，舅公家里的书真多啊，听说我们要看书，搬了两大抽屉过来。我们就坐在门口，就着夕阳不停地翻阅。那么多书几天时间当然看不完，我们也不可能带走，我心里只有一个念头，什么时候我家里也能有这么多书就好了！现在，我家里的确有了，好几个书架，满满当当，像训练有素的士兵，站在自己的位置上，等待检阅。可是，我已经不像当年那么如饥似渴了。工作的忙碌，生活的烦琐消耗了我大量的时间和精力，手机的便利又让我不自觉地疏远了书香。不过，睡前阅读还是一直保留了下来，不管多晚，翻几页书才心安。

要说起来，我人生的转折点就和一个书店有关。二十一年前，闺蜜给我介绍了一个横峰的小伙子，用她的话说他是相当成熟有才华的。可是初次见面一点儿都不浪漫，才华我没有看出来，但一眼就看出他的穿着相当老土。喝了半瓶啤酒脸红得像猪肝，唱歌严重跑调，和我完全不在一个段位。更糟糕的是长期戴眼镜的人，那天居然说眼镜摔了，就这么眯着变形的眼睛在我跟前站着。我当即决定不和他交往。闺蜜好说歹说，你再观察一下，别一棍子打死，说不定后面有惊喜呢！

　　惊喜是在第二天的上午发生的。我们去爬山，一路上我爱理不理的，没个好脸色。解放路上破破烂烂的，也没什么看头。他忽然手指向右边说："那里有个蓝蓝书屋，我常去那里买书，我们去看看吧！"这个可以有。我随着他进入书店，在一个大书柜前站住了。没想到，这一站，就站了两个半小时，就站成了一段目前已有二十年的婚姻。来到这个书店，他就好像是一尾濒死的鱼回到了水里，顿时变得欢畅起来。书柜很高，从上到下起码有八层，密密麻麻摆满了各类书籍。哲学的，文学的，经济的，政治的，他从第一层开始讲解，滔滔不绝，神采飞扬，说话也不结巴了，表情也不木讷了，我变成了一个好学的学生，他变成了一个博学的老师。我惊异地发现，那眯缝着的小眼睛没那么讨厌了。许多年后，我经常追问他，你怎么想到带我去书店的呢？假如去的不是我，而是另外一个姑娘，那书店到底是为你加分还是减分呢？此人笑而不答，多次追问未果，只好作罢。答案就这么遗落在时间里了。

　　女儿继承了我们俩的这个特点。识字量很大，速度之快让我讶异。小学一年级时，她看的书已经是三年级的水平了。和我一样，四年级开始看大部头的作品，《狼图腾》翻来覆去看了好几遍。有一次期末考试，她带了一本小说去考场。考数学的时候，三下五除二就完成了，把试卷往抽屉里一丢，开始看小说，一直到老师收卷。分数出来后前所未有的低，老师也觉得很奇怪，去看了一下试卷，全是失误，卷面潦草，显然是心不在焉。我回到家里拿雨伞柄打了她一顿，从此养成了考场检查试卷的习惯。但看书看得云里雾里，叫她也听不见的时候还常有。一个人有一个乐在其中的爱好，这是一件幸事。有时候父母给的陪伴远远不够，她需要从文字中去汲取营养，感受这个世界的浩大，关爱和温暖。唯此，才能有足够强大的内心，去对抗生活。

陶渊明在《桃花源记》里面写道："林尽水源，便得一山，山有小口，仿佛若有光。"隐约的光芒从小口中透射出来，吸引他寻得一片桃花源。对我来说，书就是这样的一个事物，它永远散发着光芒，或许微弱，但持久，牵引着我去寻找属于自己的桃花源。

龙船调里艾粽香

　　吴方言的广丰龙舟调，和着一声声鼓点，节律分明，高亢悠远。唱龙舟调的人，一个肩扛围着红布的龙头，一个脖挂圆鼓挥着鼓槌，还有一个挑着两只箩筐唱着调子，挨家挨户地唱，身后总跟着一群拿腔学调的孩子。刚下了一场淋漓的雨，粉红的合欢花打落了一地，石榴花却火苗一般跳出满树翠绿。屋后的杨梅红得发紫，适合摘下和高粱酒一起，酝酿出新一年的甜蜜。河流里的水比平日满了不少，远山在云雾里若隐若现，连日雨，短时晴，端午就在湿漉漉的黏稠稠的天气中，一步步向我们靠近。

　　母亲往返菜市场的手提袋里，出现了长长的艾条和一捆捆粽叶。母亲把艾条斜斜地插在门口，浓烈的气味立刻弥漫开来。端午插艾条是习俗，据说可以辟邪，给家人带来福气。良好的祝愿没有人拒绝，况且艾能驱蚊是显而易见的。一到冬天，我就买一大包晒干的艾叶，鼓动全家人都用艾泡脚，泡完了，一晚上都是暖洋洋的。用艾绒来熏也非常好，长期使用可以祛除体内湿寒。不过，好像只在每年端午，艾才会以最本真的面目出现，纯粹而明朗。母亲插好艾条后，总是拍拍手说，"哎，端午了，一年又去了一半了"。

　　买回来的粽叶，在水里泡上几个小时，洗去灰尘，离水沥干。白花花的糯米被水泡得肥大起来，安静地躺在木桶里，等待着它的伙伴。母亲每年会包三种粽子，五花肉、豇豆和纯糯米的，我最钟情豇豆馅的。肉馅太油腻，纯糯米的得蘸糖吃，我从小就不爱吃甜食。每次我都要放很多的豇豆，少了不过瘾。晒干的豆子也要先浸泡，待膨胀起来，再和糯米搅拌均匀，一起被带着清香的粽叶包裹起来。母亲不要我动手，嫌我笨手笨脚，"捆粽子的棉绳要是不绑紧，粽子就会散掉，影响口感"。我在母亲身边，一会儿站一会儿坐着，帮她递个东西，做个搅拌，陪她说点家常。很久以前，我们家的粽子都是外婆包的，母亲大约和我现在一样，爱撒娇般地大呼小叫。后来，外婆走了，母亲也因此成了真正的母亲。

粽叶得两张重叠一起，先围成一个冰淇淋筒状，下尖上圆，用勺子将拌好的料舀下去，压平，再用粽叶左右折好，用棉绳牢牢地捆起来。母亲双手不得闲，左右开弓，一气呵成，不一会儿脸盆里粽子堆得像小山。她的白发在身体的摆动中不断闪现，让我不忍直视。

母亲记得全家人的口味。她把肉馅的两个连在一起，豆馅的三个连在一起，单个的呢，自然就是纯糯米的了，这样大家都不会弄错。等厨房里腾腾的热气送出阵阵的香气，端午的序曲欢快地奏响了。

当然，端午的欢腾绝不仅在这灶台上，汹涌的大河才是精彩的主会场。一个月前，龙舟队就报名集训了。每年会推举一支主队，做好英雄帖，四处散发，邀请参赛，就像一年一度的武林大会。龙舟检修，上漆，团队合成，早晚训练，各种准备工作，有条不紊又紧锣密鼓，只等端午的发令枪响起。

赛龙舟的时间可以持续好几日，因此，端午节到农历五月十三，河边总是聚集了看热闹的人群，以端午当天最盛。没拿到名次的队伍如果不服输，五月十三，还可以报"一箭之仇"。赛龙舟那天，观赛的有利地形早就被人占了。尤其是桥上，视野开阔，把握全局，全是密密麻麻的人头。人贴人，人挤人，年幼的坐在父亲的肩膀上，得意扬扬地四处张望。大一点的男孩在人群里挤来挤去，想找到一个最合适的位置。兴奋的话语不断从人群中传出。"我们村的，都是老手，今年稳拿第一。""话不要说得太早，我们村今年来了两个很厉害的后生呢！""都别争了，比完了不就知道了吗？哈哈哈哈！"哄笑声漾在了水面上。

十几只龙舟停在指定位置，在水面上泊着，仿佛是大江中蛟龙即将大战，龙眼炯炯有神地巡视一切。观众的脖子伸得更长了。"咚咚咚！"有力的鼓点响起来了，所有的龙舟就像突然被注入了强大的力量，在水面上飞速地前行。船上队员分坐两边，整齐划一的动作和口号，"嘿哟嘿哟！"鼓手站立在船头，左右交替，鼓点如雷，不停地吆喝着。真是"冲波突出人齐谏，跃浪争先鸟退飞"。岸上的观众开始大声地叫喊，为自己的船队加油。一时间，水面上人声鼎沸，各种声音此起彼伏。这无疑是一个欢乐的节日。

船队渐渐拉开了距离，终点越来越近了。无数双眼睛盯着河面，呐喊声越来越响，到最后，已经顾不得是不是自己村里的船队了，只看着那前三名。已经落后的船只就算拼尽全力，也是回天乏术了。岸边的人不但看不清赛手的表情，连哪船是哪村的都搞糊涂了。"耶！"随着一阵欢呼，比赛结束了。冠军队仿佛成了英雄，他们向岸边的人群使劲挥手，以自豪的姿态接受大家的欢呼。观众意犹未尽，大声地讨论着，此时，汹涌的丰溪河似乎收纳了端午无尽的欢腾和悲喜。

此时，抬眼远眺，日西山远，丰溪河水自云烟中来，牵两岸柳影袅袅，送一袭栀子花香。多少欢声笑语，化作了云影天光。

没有哪个节庆如端午般与一条河流紧密相连，用蓬勃的力量与一个高洁坚贞的灵魂亲密对话，这是可以一直延续下去的久远。

三千烦恼丝

四十岁前，头发是长与短的切换。

四十岁后，头发是黑与白的厮杀。

——题记

屋内开了空调，暖洋洋的，吹风机在不停地嘶吼，热量丝丝缕缕地蔓延开来，脱下厚重的羽绒服，在洗头床上躺好，就可以闭目养神了。看了一天的电脑，眼睛干涩无比，脖子僵硬，脑袋昏沉沉的，晃一晃，嗡嗡作响。

躺着洗头还真是舒服呀，全身都放松了，任由温热的水流在头皮上游走，然后就是涂抹洗头液，顶着满头的泡泡。洗头小妹见我一脸疲惫，贴心地在头上几个穴位和脖子上用力地按压几下，强烈的酸胀感向我袭来，按了几分钟，疲劳确实有所缓解。

洗完头发，小妹给我裹上了紫色的头巾，剩下的事情就交给发型师了。我其实很少在美发厅里洗头，每次修整头发的时候，都会交代美发师，"给我整一个容易打理的发型，我可没空每次来找你吹头发"。我通常早上起床洗头，晚上不想动，一是怕湿气重，二是怕睡一晚，短发容易出岔子。它那喜怒无常的个性，不知道给我整出什么花样来。说不定就要重新洗一遍，不如早上洗吹效果好。

发型师通常会在给我吹头发的空档里，提示一些我故意装作不知道的事情："姐，你这头发该染了，看看这一撮，好多白发了，还有这根……你看看，全是白的，我拔给你看。"头皮仿佛被蚂蚁叮了一小口，一根白发飘落在我的手心，我低头端详着，真的够白，够纯，银闪闪的，一丝黑色素的痕迹都没有。我很难想象这根头发是从我头上拔下来的。它在我的头上存在了多久？是什么时候变成这样子的？还有多少同伙潜伏在周围，伺机而动？

这一切问题，显然只有一位智者能够回答，即时间。

换作十年前，谁要跟我提染发我就跟谁急。那时我一头黑色长发，每日骄傲地跟随我的脚步轻盈跳动，虽无及腰的风情万种，却也挥洒自如，俏皮可爱。现在，我的头发越剪越短，还隔三岔五要染发，仍然难以阻挡白发的蓬勃势头。唉！好汉不提当年勇，当年，谁的满头黑发里，没有藏着大把的童年稚趣和无限的青春往事呢？

小时候生活在农村，根本没有发型这个概念，男生一律平头，女生一律直发，有的拿个橡皮筋，脑门后一扎，或者扭个麻花辫。女孩子们一般不剪头发，家长们不愿费这个钱，女孩子留长发天经地义，由着它长。那时也没有美发厅这玩意儿。头发都是母亲自己拿剪刀动手的，一不留神，刘海就跟狗啃了似的，大家也互相不嫌弃，反正都差不多。村子里经常有收头发的人上门，满村子晃荡吆喝，"收鸡毛、鸭毛，收兔毛、头发啦……"拖着声调，一遍又一遍。有姑娘站在门口吃饭，一头乌亮的长发被人瞅见了，就会凑上来问卖不卖，谈好了价钱，咔嚓一声，一把长发被他收入囊中。有的女孩哭闹着不肯剪，被父母一顿呵斥，"头发剪了，还会再长的，哭什么哭，要不你给我弄这些钱来"。这些话结结实实地堵住了丫头们的嘴，只好抽抽搭搭地背过身去，任由剪刀在头上挥舞。那时候的头发多健康啊。乌黑发亮，有韧性，有弹性，柔顺光滑，阳光铺陈其上，真如一匹黑缎子一般。等到后来电视上看到飘柔潘婷的洗发水广告模特时，那样的头发早已经成了稀缺产品，被满大街的美发厅给清理完了。

我家从来没有卖过长发。我妈嫌弃给我们扎头发麻烦，每次都给我们剪齐耳的学生头，头发稍微长一点就被剪了，没有发挥出任何经济价值。刘海齐眉，头发齐耳，整个发型就是两根直线，清楚明晰。一条挡住眉毛，一条直线挡住耳朵，这还是当时挺时髦的发型。

三年级的时候，我的头发遭遇了灭顶之灾，几乎被剃成了光头。我妈在我的哭闹下给我留了一两厘米长，看起来像冬天收割了的稻田，类似于现在的板寸。不只是我，全村人都这样，不知道从哪来的传染源，反正结局是所有人头上都长虱子。男女老少，头上一片白花花的虫卵，如果不及时清理，不出几天，就会繁衍出大量活体。当时有一种木头制作的工具，叫发篦，齿间比梳子紧密，专门用来篦虱子的虫卵。白花花的一片，散落在桌子上，叫人浑身起鸡皮疙瘩。然后拿沸水浇注，将其扼杀在萌芽状态。即便如此，仍然不可能赶尽杀绝，总有一些虫卵躲过一劫，成了活蹦乱跳的小生命，芝麻大小，身体呈灰黑色，头发翻开后四下逃窜，被人眼疾手快地抓住了，用两个大拇指的指甲盖用力挤压，啪的一声，鲜血迸出来，染红了指甲盖。冬天，大伙儿坐在太阳底下，互相翻找，找到一个掐死一个，不时发出啪啪的声响。"这里！这里！……快！快！"喊叫声此起彼伏。这些与人类的体型相差数万倍的小生物，却被当成重要敌人来对待，恨之入骨，不留一丝活路，只有经历过那种从头到尾全身痒得无计可施的滋味的人，才可以理解。那个年代，我们的头发里藏着大把寄生的活体，这些幼小的生命在人类繁盛的头发中找到了生活的欢乐场，既遮风挡雨，又随时提供生命所需。它们不亦乐乎，生儿育女，呼朋唤友。换作现在，大家能想象吗？

全村人经历了好一段时间的虱子围歼战，终于胜利了，和我一样被剪了短发的孩子大人，慢慢地重新蓄起了长发。后来大家的生活条件都好了，床板上不再铺稻草，改成了被单，洗头洗澡勤快了，再也没听说谁头上长虱子。

初中我来到了广丰中学，住校，头发和个头都长得很快。可这头发，也是我们宿生的烦恼之源。1988年，我们没见过吹风机，连热水都稀缺，有些同学拿肥皂洗衣粉洗头，有些从家里带洗发水。洗头尽量选晴天，自然晒干，要是碰上连续阴雨，没有洗头，头发就油腻腻地挤成一团，散发出难闻的气味。我的头发在经历了好几个雨天之后，终于等到了一个晴天，这个中午，我决定要好好洗个头。那天打热水的人特别多，等我排完长队打好热水回宿舍，大家都已经差不多去教室了。我急匆匆地把头发浸泡进水里，准备倒上洗发水，拿起摇了摇，才发现已经没有了。该死，上次用完了，这几天下雨，一直没有去买。马上要上课了，我草草地灌了点水进去，摇晃几下瓶子，倒在头上抓了几把，勉强出了一点泡泡，匆忙清洗了一下跑去教室上课。

我怎么也不知道，油腻的头发下了水，没有得到有效清洗，一直湿漉漉黏糊糊，干爽不了。学习的时间被安排得很紧密，从中午到晚自习，直到第二天上午，我依旧顶着一头狼狈的头发上课，晚自习，出操，接受大家的检阅。课间操的时候，我看到几个家住县城的女生在后面指指点点，她们的表情似笑非笑，间杂着低声持续的窸窣声。有一个声音清晰地击中我的耳膜，"她那是脏！"重音落在最后一个字上面，还带着长长的尾音，像一支利箭，准确地扎入我的心脏。我的脑袋轰的一声巨响，脸刹那就红了，随即眼泪就掉了下来。长久以来的自卑使我不敢吭声，只能强装镇静在座位上坐了下来。那时，班里的通生和宿生之间有一条明显的界限，我们越不过去，人家也不屑过来。她们天天穿得很好看，叽叽喳喳地议论哪种款式好看，最近流行什么。她们的头发可以扎出多种花样，配上漂亮的蝴蝶结，散发着好闻的香味。她们家里都有电视，可以看到当时热播的各种电视剧，课间操的时候经常聚在一起热烈地讨论剧情。她们由父母照顾日常起居，不用洗衣服，更不会发生我这么狼狈的事情。而我们这群乡下的黄毛丫头，只能待在阴暗潮湿的宿舍里，靠书本来展望自己的未来。我们远离父母，穿着老土，挤在食堂打饭，冬天也经常用冷水洗脸。我们很少和城里的女生说话，两个世界的人无法交流，就像那英唱的歌，"你永远不懂我伤悲，像白天不懂夜的黑"……那天我没有吃午饭，一放学就飞奔出校门买洗发水，痛快地洗了个头。我用力地揉搓，满头都是白花花的泡沫，仿佛这样就能洗掉内心的委屈和不堪。

　　时至今日，三十多年过去了，我依然清晰地记得这个场景。当然，我并没有记恨我的同学，也从来没有跟谁讲过这件事情，这是我独守的一个秘密。人到中年，我们深入地理解了"生活"这两个字，既要把握自己的节奏，也要理解他人的感受。后来，我升学，进城，不断努力，城乡差距对于我已经不是问题。我们宿舍的女生，当初怀着父母的期待，在学校苦学三年，如今都生活得挺好。我特别感谢那三年的经历，那是我人生重要的转折点。我已经不再自卑了，数年的努力和飞跃的时光让我变得越来越好。只是，如今我会尽量给我的孩子一个好的环境，不只是物质层面的，更重要的是精神层面的，希望她要有一个强大的内心，无论面对谁，面对怎样的境遇，可以不卑不亢，做好自己。

重新说头发。工作以后，我再也不用考虑是否会长虱子和找不到洗发水的问题了，我主要考虑好不好看，女性的爱美本性在头发上表现无遗。我的头发直，硬，黑，粗，是理发师比较难对付的那种。剪短，如雄狮鬃毛，留长，如清汤挂面，烫发，坐在理发室小半天，满头发卷，药水上好几种，过了一个月，基本还原直发。

这些年，我就在剪发，烫发，短发，长发之间不断循环反复，自己短发时就羡慕人家长发的飘逸，自己长发时就眼馋别人短发的洒脱，长年跟自己过不去。当然，俗人都差不多，脚踏红尘万丈路，头顶三千烦恼丝。三千烦恼丝是个宗教用语，出家人躲开红尘，寻求内心的清静，才要去除烦恼丝，落发为僧为尼，用一个光头来表达自己的决绝。我们这等凡人，有无数烦恼丝，自然也有无数烦恼。

四十岁以后，我再也没有留过长发，不再纠结于头发的长短了，因为我发现了一个更强大的敌人——白发。

不知道第一根白发是什么时候长出来的，反正等我有所警觉的时候，它们已经成燎原之势，在我的头上四处安营扎寨了。开始是隐蔽的，照镜子的时候看不见，得翻开发丛，才会看到银亮的几根。最初的办法也很简单，拔，顶着疼痛，一根一根地拔。朋友在一起吃饭，吃完了加个节目，互相拔白发。女人们挤在一起，大声喊叫着，笑成一团，后来又感慨万分，这怎么就老了呢？

终究是拔不过来，星星之火，可以燎原，到后来不用掀开发丛，白发直接在表面就渐现端倪，尤其是鬓角，这个地方最藏不住秘密，最早感知岁月流逝。这个时候你去美发厅，会下意识地瞄一眼柜台上丰富的染发产品。眼尖的店长拿着一本特别大的色板，走了过来，"姐姐看看，喜欢哪款颜色？"我又能喜欢什么颜色呢？又不是二十出头的小姑娘，什么时髦就染什么，我的主要目的是遮盖白发。再说了，那些大红大绿的，晃得耀眼的，驾驭得了吗？所以没啥好挑的，我一向只用深棕色。围裙，耳套，胸兜，全套道具到位，坐在座位上，任那些年轻的手在头上摆布。我就是很奇怪，感觉调好的染发剂都是乳白色的，为什么最后能染出来那么多样的颜色呢？

刚染好的头发很能迷惑人，加上理发师有技巧的吹风，看，多么有光泽，多么蓬松，多么显年轻。金钱的确可以换取短暂的快乐，让人喜不自禁，而失去了判断力。到我自己在家洗头的时候，手摸上去，这是我的头发吗？确定这不是一蓬枯草？化学的药剂可以在视觉上提供很多可能，可是在触觉上，大约是原形毕露了。

到后来，连视觉也过不去了。头发每天都在生长，染发改变了现状，却改变不了问题的本质，新生的头发该黑还是黑，该白还是白，任你气急败坏，一副事不关己的样子，我就这样了，你怎么着吧？头发每个月都要修剪，那些已经染过的越来越短，新生的头发慢慢变长，从一九开到三七开到平分秋色，这大概是最尴尬的时候，我这种颜色差别不大的还好点，轻易看不出来，走在大街上，常常看见一半金黄一半乌黑的，一半青灰一半乌黑的，这种怪异，估计大家都受不了，于是继续染，染发成了年度必需的重要工作，怪不得大街上的美发厅，不是一般的多。

有一段时间，我发现很多美发厅打上了新的招牌，橱窗里展示了各种各样的假发，短发居多，颜色也丰富，有一些比较长，还有些戴了帽子，还挺活泼的。我虽然没进去过，但可以想象，用户在不断增多，要不，这雨后春笋般的店铺，是怎么存活下来的呢？有一天回家，我发现我妈置办了一顶假发，烫了点蓬松感，焦糖色，戴上还真是挺时髦的。我妈的白发集中长在头顶，几乎全白了，很是触目惊心。她嫌染发麻烦，在她的老姐妹的带领下，花了一千八，整回这么个玩意儿。要知道，一向节俭的她，能花这么大笔钱，那决心真是够大的。

但是我下不了决心，主要原因是在这个假字，假牙，假发，那得多老才能用得上啊？一用上这玩意儿，仿佛自己真的就老了似的。中年妇女喜欢矫情地自己说老了老了，那在心里可是一百个不承认的。谁要是当面说她老了，那可记仇呢，就跟自己的母校一样，我自己骂几句可以，外人要是说它不好，我跟你急。所以，我数次路过那些店铺，只是瞄了一眼，从来没有进去过。

有一次参加一个饭局，很诧异地发现，两个和我年龄不相上下的女性也用上了。一个说，我免得经常去打理头发，每次虽然是同一个理发师，但也不能保证，每次能做出理想的发型。现在好了，保证每天的发型都是一样的，晚上取早上戴，很方便。另一个说，我买了好几顶了，没事自己换发型，想长就长，想短就短。这是个时髦的主。我一晚上盯着她们的头发看，人家泰然自若，丝毫没有半点不自然。我暗暗羞愧，这观念，有点老套了哈！

这以后，就试过几顶了，但离付钱还差那么一点儿意思。人就是这样，迫在眉睫的钱才付得爽快，付得甘心，自欺欺人地觉得没有浪费，是个会过日子的人。2022年国庆前，为了参加表弟的婚礼，我去做了个新发型。那天理发师可能心情不太好，下手太狠，头发太短，反正出来的效果怎么看怎么不对。这下完了，剪下来的头发又不能接回去，咋整？

我思忖一番，往一个早就逛过的假发超市走去，一边走一边自我安慰，天时地利人和，全齐了，形势所逼，一切都刚刚好。一个大姐迎了上来，"来，看看我们的发套"。哎呀，这个词语多好了，发套，这不跟袖套、鞋套一样，都是生活必需品了吗？我豁然开朗似的，左挑右选起来，早知道还可以叫发套，我早就可以用上了呀！适合我的款式并不多，选了几款比较端庄大方的，试了试，敲定了其中一款。看着镜子里的自己，还挺精神的，发量大，颜色正，还算周全。

真正麻烦的是戴上以后，像戴了一顶厚帽子，表弟婚礼那天温度挺高，不一会儿头上就出汗了，弄得很不自在。隔几分钟就把鬓角按按，发尾摸摸，总怕露出破绽。碰到熟人，别人先是一愣，大部分人不好意思直接问，左看右看，又狐疑地走开了，走远了还回头看一眼。特别熟的会说上一句："你今天看起来有点奇怪哦！"再上手摸一摸，我补上一句自嘲："每一根头发都是真的，哈哈！"如此陆续过了半个月，该见的人都见了，各种眼光和玩笑也都见怪不怪。这个发套慢慢地潜入我的生活，像一件旧衣服，成了一个熨帖的存在。

从国庆到春节前，大概用了三个月，我自己的头发恢复正常，可以重新设计发型了。发套被我取了下来，挂在架子上，有时候拿着它来救急，解决不时之需。

岁月悠长，这一大把烦恼丝还在我的头上，头发会继续长，烦恼会继续有，而生活，也会继续乐呵地过下去。

麻将饮水饱

　　有次过年的时候，我和爱人在家附近散步，听到许多窗户里飘出哗啦哗啦的麻将声，间杂着一些兴奋的尖叫，高声的抱怨和零散的轻笑。我们走了一路，听了一路，也笑了一路。爱人指着那些窗户说："这真是麻将声声辞旧岁，扑克张张迎新年啊！"

　　没错，在这个小城，麻将是最具有群众基础的娱乐活动，简直和吃饭穿衣一样，是妥妥的生活必需品。究其根本，小城生活节奏缓慢，有大量的闲暇时间，而且特别能拉近人际关系。就这么点人口，同事同学，亲戚朋友，呈现出盘根错节的网状结构。两个互不认识的人，被凑到一个牌局上，只要拐上几个弯，必定能扯出几个共有的名字。一回生二回熟，下次再见，俨然就是旧相识了。小城够小，就算是如今城区面积扩大，从城东到城西，从城南到城北，车程也不过是三十分钟左右。赶赴一个麻将的局，时间成本并不高。

　　麻将成为一种主流娱乐，还有一个重要原因就是小城的娱乐方式过于简单。我初涉"麻坛"大约是十几年前了，那时旧的影院已经拆除，而新的影院不见踪迹。现在，电影院虽已经回归，但去的大多是年轻人，我经常听到一些和我年岁差不多的人说，都三十年没进过电影院了。网吧是香烟和男人的聚居地，很少有女性涉足。横竖两条商业街，除了一些服装饰品，就是一些小饭馆，没什么逛头。歌厅和篮球场属于年轻人，青春和汗水都值得喷发，而那些工作和家庭都处于稳定状态的中年人，麻将是填补生活空隙的最好方式，不二之选。此时，网购正在小城成为一种时尚，物流的便捷让许多家庭主妇找到了新的购买方式，晚上靠着床，手机点点刷刷，就买好了全家所需。工作和生活一般都在二十分钟的行路直径里，时间被最大效率地使用，麻将这种活动便大行其道了。

　　麻将的奇趣就在于它无数种的排列组合，撞击出扣人心弦的多种结果。世上没有两片同样的树叶，也不会遇到两个完全一样的牌局。所以，你一辈子打的无数次麻将，各有各的精彩。136张牌，可以凑成花样繁多的和牌方式，七对，碰碰胡，十三幺，清一色，根据自己手里的牌和另外三人的牌进行取舍。常见一堆人凑在一起，讲述经典的一把牌，诉者眉飞色舞，声情并茂，听者目光炯炯，不停发问，打破砂锅问到底。"你们知道吗？我是海底捞摸到了最后一张。"听的人爆发出一阵欢呼，末了，主角感慨道，唉！这样的经典不会再遇上了！仿佛这是他人生的高光时刻。有人说，成功的牌局就是尽力把自己的牌做得最大，如果不能，那就把别人的牌压制得最小。此话不无道理，牌如人生，博弈也。

　　牌局被大量的工薪阶层所喜爱，也许还有一个更深刻的社会根源。他们在单位业绩平平，并无骄人之处，有他不多，无他不少，就像大海里的一滴水。光荣和梦想总是属于少数人，他们是平淡又沉默的一个群体，也许，牌桌是他们的一个战场。这里不论官职大小，没有长幼之序，不分人群尊卑，规则一旦制定，必须全体遵守，否则被视为牌德不佳，失去信用，在这个江湖就不好混了。位子靠丢骰子决定，不可挑三拣四，不可强词夺理，每张牌都按序排列，上家出完牌下家才能摸牌，每种牌都有明确的和牌规格，公正严明，绝不能因为你是富商或者领导而开绿灯，坏了规矩。因此，牌局是个清晰的世界，简单，明了，却坚定。当然，也许会有极少数人在一起，会因为一些不可言说的因素，而让牌局之意并不在牌。我只是道听途说，从未遇到，因此不敢赘言。

和牌靠的是手气，观察和思考，无他人帮忙决断，一切都靠自己的判断。也许其他地方无从得到的尊严感和成就感，在牌桌上都得到了。若是命运都如此能掌握在自己手里，也许生活能让更多的人迷恋，就像迷恋牌局一样。

这乌快快地麻将大军里面，我是其中的一员。不过，我不是主力军，是挤在队伍里东张西望，经常开小差的那种。在我的生活哲学里，人生就是一种平衡，工作，生活，身体，灵魂，孩子，自我，哪个都重要。不可为了某一个而丢弃了其他。所以我是东一榔头西一棒槌，四处乐呵。活得倒是逍遥自在，成绩就一般般了。用教育行话来说，属于学科比较平均，但每科都拿不到高分的那种。朋友一大堆，按主题来分，有文友，球友，麻友，诵友，歌友，聊友，酒友，在数个圈子边缘混，哪里缺个角儿才叫上我。有时候各路人马聚集，看起来风生水起，有时候门可罗雀，四处晃荡找不到方向。

虽说三条腿的蛤蟆不容易找，两条腿的搭子多的是，但我的麻友就那么几个，很少去开疆拓土。也许我比较挑剔，有些别人难以理解的习惯和癖好。时间，地点，人物，每个因素都得是水到渠成，就像我想动笔的时候，就有千万个汉字向我飞奔而来的那种感觉，欢畅淋漓。时间不对不约，既不能影响工作，也不能影响睡眠，地点要干净且安静，让人放松且欢愉。人物更不用说了，不可抽烟，不可说脏话，不可捽麻将子。这么一排除，麻局的数量少了挺多，但质量提升不少。我最忌讳别人看我的牌，仿佛芒刺在背，又仿佛一个巨大的秘密正在被人偷窥，浑身的不自在。我得关上门，泡好茶，屏蔽闲杂人等，这才安心地沉浸其中。

工薪阶层玩麻将通常会伴点小彩头，小打小闹，不影响家庭生活。但就是这点小彩，仿佛一面纤毫毕现的大镜子，把相对而坐的四个人照得透明一般。有人稳重，有人急躁，有人随意，有人强求，有人眼观六路，有人只盯自己，有人沉默不语，有人喋喋不休，有人三把牌没和就大呼小叫，有人稳坐钓鱼台等着最后翻盘，有人总是喜欢责怪他人，有人经常自我检讨，活脱脱一个麻局众生相。也许平时有所隐藏，此时个性完全凸显。尤其是看他不如意的时候，顺风顺水的时候，谁都是谈笑风生，指点江山，一路溃败的时候，差别就出来了，有的脸色铁青，有的摔摔打打，有的人嘴里一直嘟囔，此时如果还能镇定微笑，那可真是个将军了。我年轻的时候，心浮气躁，埋怨比较多，总觉得对我不公平，为什么我要的都不来。如今越来越心平气和，不过是个游戏，今天和明天并无关联，完全可以翻盘。又不是人生，一张单程票，没有回头路可走。

我进入这个圈子是怀孕期间。挺着个肚子，家里把我当成大熊猫似的捧着，啥家务活都不让我干。工作之余，我开始正式拜师学艺。起步很低，不过是打发一下时间，和阅读，散步，听音乐一起，成为胎教的一种方式。孩子出生后，生活紧张忙碌，并无太多时间操练，偶尔在奶粉尿片的空隙里，约上几个人换换脑子，过过手瘾。总体来说，频率不算高，玩多了自责，过了段时间又有点思念，这种若即若离的状态，就好像是恋爱初期的试探，有动心，也有抗拒，有思念，又有不甘。看来生活的许多滋味，都是相通的。

暑假是麻局的高峰期。天气炎热，主妇们上午早早地把该干的家务都干了，午饭后是休闲时间，在空调房里待着，说说笑笑，顺便吐槽一下自己的娃，玩个小牌，别提多惬意了。我的搭子大部分是文科女老师，这让我少了许多压力。听说理科男老师可厉害了，算牌特别准，记牌特别牢，我闻风丧胆，吓得不敢靠前。就我这智商，看到数字就打哆嗦，惹不起我还躲不起吗？但有一次，朋友带我去见识了一个高手，女性，超级冷静，基本不说话，布局严谨，出牌从容，仿佛将军在沙场指挥千军万马。和她打一下午，感觉脑力比平时消耗多一倍，累得慌。要是麻将有段位评级，她至少是业余七段吧，我甘拜下风，五体投地，然后落荒而逃。

　　牌桌上我偏爱话少的人。虽然日常里我是个话痨，但在这个场景里，并不多言。聊其他事情呢，分散注意力，别人打啥牌都不知道，忘了吃牌碰牌，容易引起麻烦和纠纷。说牌面的事呢，言多必失，容易泄露信息，更有甚者，有些人每张牌都有话说，别人吃也不对，碰也不对，怎么着都是错。漏了一张好牌要拍桌子，溜了一张杠子更是喋喋不休，恨不得所有的好牌都到自己怀里。如此聒噪之人，我是不会主动相邀的。明明是件轻松快乐的事情，却弄得气氛紧张，暗藏杀机，实在是得不偿失。

　　无论陪谁打，无论打啥规格，我都是一个样。这种智力和运气的双重游戏，最重要的就是规则的制定和遵守。遵守游戏规则，这是对游戏本身的一种尊重。无论下家坐的是谁，喂牌是万万不可的，连我妈都不行。我可以把战利品交给她，但是以败绩作为孝心，这不是我的风格。只有一种情况例外，彼时审时度势，发现有人虎视眈眈，手里有把惊天大牌，权衡利弊，决定协调下家，做成一个美好的结局。那还得有这个技术，分析准确，目标清晰，手起刀落，皆大欢喜。

　　牌桌上很见人的心性。有人和风细雨，见牌就和。有人喜欢布大局，谋大事，好像胸中装有千山万壑。前者在生活里通常也是个小心谨慎之人，不逾矩，多自在。后者像个潜伏的特工，轻易不出手，出手必是血雨腥风。这两类人要是遇到一起，就有拼手气的成分了。不是东风压倒西风，就是西风压倒东风。有时候一张牌上下偏移，整个牌局完全变了。真真是差之毫厘失之千里。手里捏着一副好牌的人正在全心谋划，却不料被下家和成一个超级小的牌面。当事人被人搅局，一脸沮丧，其他人简直要高声欢呼了。

所谓牌局如人生，意在于此。一些偶然的人或事，却改变了你的轨迹。你发呆的当口，时间的车轮已经带着你的爱恨情仇扬长而去了。

有些人是真嗜这把牌。出门游玩的时候，还没走几步，便开始嚷嚷："哎呀，天太热了！"听者会其意，出声附和："我们都是山里来的，爬啥山啊？这山还没我们那山好看呢！"眼看着窗户纸越来越薄，就等最后一个人轻轻一捅。再走几步，终于有人发声了："咱们不如找个地方坐下，打个麻将，不比这太阳底下舒服？"那些志同道合的人群收到了清晰的指令，呼朋引伴地走了。余者摇摇头，苦笑着继续前行。外出游玩，我是决计不会放弃远方而蹲守在那四方桌上的。与一些美好的风景相遇，是不可多得的体验，是人生中独特的感受。至于牌局，多一场少一场，又有什么分别呢？

印象最深的一次，是从外地出差回来，周日中午十二点十分抵达上饶火车站。刚下火车接到电话，说是江湖救急。有个人临时有事，眼看组好的局要拆了，病急乱投医，电话打到我这里来。我说来不及的，她们说可以等，我说还没吃饭，她们说为你安排好。等我拖着行李箱风尘仆仆地赶到，一碗香喷喷的蛋炒饭在桌上等我。四个人相视大笑，皆说精神可嘉。

关于麻将的段子可真不少。说是冬天里的一把火，夏季里的穿堂风。说在乡下遇上停电，四个人把桌子抬到河里去打，既是避暑也是娱乐。

如此种种，无非是说明了一个道理，人的精神力量是巨大的，一旦开发出来，具有不可想象的成效。

香港有个电影叫《有情饮水饱》，意思是两个人只要有足够的感情，喝水也能饱。物质生活退而求其次，精神是最重要的。如此看来，麻将也可饮水饱。至少，目前，它就是县城娱乐生活的主流。

不过我始终持有这样的观点，无论如何，麻将不过是一种休闲方式，不可成为主旋律。在时间的缝隙里，做些自己喜欢的事，取悦自己，生活如此沉重，的确需要一些娱乐和愉悦。但不可为之付出巨大的时间，精力，甚至是财富。戒骄，戒躁，戒贪，静心，静气，静神，才能在麻局里游刃有余，享受由此带来的快乐。麻将也因此具备了哲学意味，成为生活美学的一部分。

梦醒时分

　　说起睡眠这个话题，我对我妈羡慕至极，简直顶礼膜拜。好几次，大概是晚上九点钟的样子，我路过她房间门口时，她还扯着嗓子叮嘱我"水还在烧，等会灌进热水瓶""晚上会下雨，把后面房间的窗户关好"等诸如此类的话，等我刷完牙出来，她就已经满意地打着小呼噜了。这呼噜均匀而饱满，响亮却不刺耳，简直像一首小调，跟随着呼吸张弛有度，从里到外都透露着高度的幸福感。

　　我完全没能继承老妈的这一优良传统，我活了多少年，睡眠问题就困扰了我多少年，我成了我自己通往幸福睡眠路上的钉子户。不但如此，我妈的手脚麻利我也没学到，她左手切菜，下刀如飞，转眼就切出一堆整齐的菜。我们都上桌吃饭了，她最后端碗出来，等我放下碗筷，她已经坐在沙发上剔牙了。袖子撸起来，衣架上转眼就挂满衣物，她老人家就在阳光里看着一群五颜六色慈祥地笑着。老妈比我高，比我结实，手脚一年四季都是滚烫的，大冬天的还是穿丝袜，不像我，冬天还没来，我就抓住秋天的尾巴凉了手脚，怎么焐都觉得冷。要不是我爸信誓旦旦，我简直不相信我是我妈亲生的。

　　还好我的胃和我妈高度契合，她吃什么我就吃什么——不烧饭的人也不好意思提啥意见。我一向认为，吃饭这个问题是很容易解决的。清淡的吃不下就来点辣的，米饭吃不下可以煮粥喝，不油腻的鸡汤怎么也能喝下两碗，总之，吃饭可以调配，可以变花样，酸甜辣咸，总有一款适合你。

而睡眠是个纯自我的事件，没有任何人能够依靠，必须单打独斗。网络上有大量治疗失眠的广告，可见饱受睡眠之苦的人群，绝对是个大数字。不过，能睡的人大致相同，不能睡的人各有各的故事。

我的睡眠问题，排第一的就是特别刻板，必须要在一个固定的时间段里入睡，前后时差不超过半小时，否则这一夜就白瞎了。同样，我也会在一个固定的时间里醒来，生物钟的程序从来不出故障。我们家的睡眠时间春秋冬三季都是大约十点，夏天可以推迟半小时到一小时。那些适合夜里的休闲活动，烧烤啊，唱歌啊，我基本不参与，实在推不过去的，也要准时回家，扫人家的兴。久而久之，就没人找我了。于是，我就更在这个睡眠程序里无法自拔。大家都说我是自律，其实是饱受了无法入睡的痛苦。

从吃过晚饭到睡觉这段时间，如果没有一些活动，那时间是充裕甚至奢侈的。通常我的顺序是洗碗，整理家务，散步，洗漱，散步可以顺便和朋友聊个语音，或者听歌，上床以后看书和刷手机交替进行，以免过于疲劳。对于时间的管理我一向很有原则，基本不浪费，可以同时进行的肯定同步，边听歌边做家务已成习惯。大约九点五十，倦意开始发动进攻，眼皮逐步奋拉，脑子已经不能思考，如此持续十分钟，睡意就好像滚滚而来的波涛，顺理成章地把我淹没。这是我最满意的状态。

此时如果接一个电话，或者突然想起一件什么事情，睡意就被拦腰斩断，无影无踪。最可恼的是，一旦被抽离，就像风筝断了线，再也拉不回来。思考是我的睡眠路上的最大强敌，所以，过了九点，我基本不动脑筋，进入纯休闲状态。程序一旦被冲击，各种纷繁杂乱。我的肉体躺着，可是思绪就在那空中飘荡，像一朵云，看着真真切切，伸手去抓却两手空空。脑子成了一个摔坏了的相机，无法聚焦，朦胧一片，既无法认真思考，又丢失了本该有的睡眠，两头都没有着落。我左右翻转，调整呼吸，默念口诀，均告失败，焦虑感开始蔓延上来，渐成大势，像烈火烧身，苦不堪言。如此折腾一番，已经到后半夜了。后来我想通了，一切不以睡眠为结果的平躺都是耍流氓，我坐起来，开始刷手机，追剧，幸好手机里下载了一些电视剧，准备在等车，等饭，等人的时候派上用场，如今看来，在等待安眠的路上，发挥的作用尤其大。迷离双眼看了两集以后，勉强进入半睡眠状态，直到闹钟响起，开始新的一天。最害怕的是有后遗症，想着头天没睡好，今天可要好好睡，好了，越想着越睡不着，直接出现和头一天一样的情况。这样的情况如果接连出现几天，人已经像个傻子了。有时候我就破罐子破摔，大晚上的约人整个麻将，把自己逼得没空思考别的，弄得筋疲力尽，往床上一躺，反而睡着了。然后顺利进入良性循环。呜呼！在和睡眠交好的路上，我是个经验丰富的战斗者，心得体会可以写满一箩筐，本文只算铺了个箩筐底。

睡前不能喝水，连牛奶也不行。虽然说牛奶能促眠，但是它的本质还是液体。一杯牛奶下肚，夜里就会在某个时刻，化作另外一种形式的液体，把我从好不容易来临的深睡状态唤醒。也许是两点，也许是三点，这取决于牛奶盒的容量和我膀胱的容量。反正不管什么时间，对于我来说，新的一天开始了。经过了四五个小时的睡眠，昨天丢失的大部分能量已经找回来，再想睡着已是不能。继续闭眼，但耳朵醒着，脑子也开始接上昨晚入睡前的思维，风声雨声声声入耳，大事小事纷至沓来。翻身，坐起，刷朋友圈，听喜马拉雅。有时候天气好就索性起身出去走走，有时候就死赖着等闹钟，这取决于我的一念之间。我一直是个没有毅力的人，除了活着，就没有过更多的坚持。

有时候好不容易睡着了，梦开始找上门来了。各种千奇百怪，匪夷所思，不同的人，不同的场景，奇怪地组合在一起。一些许久不见的人出现在梦境里，我真的不知道这意味着什么。有些梦反复出现，比如找不到教室，做不来数学题，考试时间进入倒计时，试卷还是一大片空白。如果第二天要出门，头天晚上的梦里，不是找不到火车票，就是找不到身份证，或者赶不上火车。听说这是焦虑，我到底焦虑个啥呢？身份证一直都在，火车票早就订好，确认无误——我是个很有计划的人，我的生活很少意外，甚至可以说是井井有条，那我到底焦虑什么呢？我想，我应该是个容易焦虑的人，为了不让自己焦虑，事先谋划自己的工作生活，思考，安排，直至自己认为足够妥当。也许就是这个过程，加大了焦虑的脚步，在日常生活里也许没有展现，但在梦里暴露无遗。还有一种梦就是被人追杀，我拼命跑就是跑不动，急得一身汗，最后脚猛地一抻，醒了。好了，梦没了，睡意也没了，早知道这样，我还不如在梦里呢！可是，我无法控制我的梦境啊！你看，又焦虑了。

有一次特别费解的经历。在某个月，以十五号为中点，前三天，后三天，刚好一周，每天都睡不着。那一周全是晴天，月亮明晃晃地照在窗帘上，把我的睡眠彻底打乱，就算准时睡着，夜里也会醒来，一睁眼就看到月光映照着窗帘，有些还从缝隙里漏进来，在地板上刻下一条光带。我忍不住起身，打开窗户看月亮。一周的月亮没有非常明显的圆缺，她们同样的饱满而光洁，充满着神性的光辉，月光一泻而下，大地一片银白，恍如白昼。四下里寂寂无声，连鸟儿也在安眠，离它们的晨课还有足够的时间。这是我唯一一次因为没有睡着而心生欢喜，因为无人与我抢夺，我奢侈地拥有了一整个月亮。

　　山穷水尽的时候，我还尝试过服用安眠药物，但都不是长久之计，因为我很快就发现了我身体的抗药性。记得杨贞君老师带我去婺源参加全市语文优质课比赛，我抽签抽到了上午第一节。料想自己头天夜里会睡不好，特地求助，朋友黄建英送了我一瓶从澳洲带回来的纯植物提炼的助眠药物，我如获至宝，带着去了婺源参赛。按照说明书提前服下，果然效果惊人，同去参赛的一位老师说，她洗漱完毕，就听到我打着小呼噜了。我第一次知道我也可以和我妈一样幸福地走向睡眠，只可惜我借助了外力干扰。比赛有没有好成绩姑且不说，我在参赛的头天晚上能安然入眠，这已经是刻骨铭心的事件了。

　　这瓶万里迢迢来到我身边的药物被我精心收藏着，以为从此获得了豁免权，再也不怕长夜漫漫了。可是好景不长，服用了几次以后，我发现这药对我已经不起作用了。那个药丸足够大，得掰开两半，才能吞服下去。从吃半粒，到吃一粒，再到一粒半，两粒，我眼睁睁地盼着那些褐色的药物能化作我体内的定海神针，按住我那些飘浮的思绪，换来一个安然的睡眠。可是事与愿违，后来，我真的是眼睁睁地，看着它，直到我眼睛看累了。医院开出来的安定我也服用过几次，情况雷同，前三次有用，第四次开始作用撤离，完全不管不顾我的撕心裂肺。到后来我也明白了，这事儿吧，还得靠自己调节，我每两年都会做一次体检，目前各项指标都非常正常。除非遇上一些不可逆转的天祸，我想我的余生还够长。不用着急，今天睡不着明天再说，不要逼自己，云淡风轻才能换来一个好时节。

　　晚睡尚且如此艰辛，午睡就更不用说了，我几乎没有睡得着的，顶多只是在床上打个盹，闭目养神。要是哪一天突然睡着了，简直比捡了钱还高兴。午睡短时小憩，缓解一上午带来的疲乏，有则幸之，无则不求。

　　说到底，睡眠其实就是人面对生活的一种反射。生活的走向，是由许多偶然性和必然性推搡着前行的。有时候看着是个偶然事件，仔细想想，其实却是必然。站在一个路口，你过去的所有，会帮你选择前进的方向，而就在那条路上，你会遇上那些之前没有想过的风景与人事。也许我之前是个完美主义者，有时候跟自己拧巴着过，如今年龄渐长，慢慢放下许多，一些不喜欢的人和事选择远离，顺承内心，暗合时令，睡眠的舒适度比过去高了许多。还是会做梦，但梦醒时分，收获的是安静和祥和。愿以后的岁月，我能一直这样被睡眠温柔以待。

那些年，我追过的男神

　　灯光暗下去，观众席上一片沉寂，突然，唰的一声，聚光灯里出现了一个身影。白衬衣，牛仔裤，头发中分，露出清纯而忧郁的脸，他坐在高脚凳上，怀抱吉他。吉他低沉而缠绵的声音先期到达，然后，他开口了，声音充满磁性，第一句一出来，全场便掌声雷动。我无法清晰地表达当时的心情，只觉得整颗心都融化了。我几乎是屏住呼吸，凝神静气地听完了整首歌，他在我的生命里瞬间定格。

　　他就是老狼，那是 1992 年，他在首都大学生毕业晚会上唱的一首歌《同桌的你》。那年我十八岁，师范毕业，刚刚经历青春的别离，这首歌中的淡淡感伤，准确地击中了我，就像一道闪电，石破天惊地在我的生活里撕开了一个口子。以致在当年那场节目精彩纷呈的晚会上，而我只记住了这一个人，只记住了这一首歌。从此用心倾听着老狼，从《同桌的你》开始，到后面的《睡在我上铺的兄弟》《恋恋风尘》《北京的冬天》《流浪歌手的情人》，还有和叶蓓合作的《青春无悔》，和王静合作的《想把我唱给你听》，直到最新听到的《我要你》。他的歌总是那么干净纯粹，声音略带沙哑，伴奏以吉他为主，辅以钢琴。因之老狼的歌，吉他也成了我最偏爱的乐器，老狼成了我青春记忆里一个重要组成部分！

　　1990 年代中期，香港的电影电视剧大量进入内地市场。一个会唱普通话的香港歌手慢慢地吸引了我，爽朗的声音和灿烂的笑脸是他独特的名片，每次看到他，总是在张着大嘴傻笑，仿佛永远不知人间哀愁，让我也忍俊不禁地跟着嘴角上扬。周华健，华语歌坛的常青树，在我眼里却永远是个阳光的邻家大哥，尽管如今额上爬满了皱纹，看他的 MV 或者是演唱会，印象最深的就是他那一口白亮的牙齿，笑眯了的双眼里盛着对生活的积极向往。周华健的代表作《花心》《让我欢喜让我忧》《朋友》可谓脍炙人口，是歌厅里的经典歌曲。继老狼的清澈纯净之后，他以乐观开朗占据了我的半边心房。

　　多少个周末时分，我一边做着家务一边听着音乐，是他们，用歌声陪伴我度过漫长岁月。熟悉的旋律也滋生出一种天长日久的默契感，一切都是那么妥帖，那么温暖。歌是老歌，亲切熟悉，我情不自禁地跟着一起轻轻哼唱……之后的时光，孙楠走进了我的耳朵，水木年华也走进来了，许巍当然不能错过，这些看似普普通通的人，却可以迸发出那么出彩的声音。我洗衣的时候做饭的时候整理房间的时候拖地的时候，生活一点点地从混乱变成秩序井然的同时，优美的旋律声声在耳。望眼处，窗外白云飘动，阳光倾泻，在他们温暖饱满的歌声中，我只觉得自己一定要分外美好，才不辜负这大好时光。

　　骨子里，我偏爱一些略带忧伤的情歌，尤喜文艺气质的型男，如果能出自高等学府，文理兼收，那是最好不过啦！那么，就是李健吧，他基本上符合了我对男生的所有审美追求——来自清华，外形俊朗，双目有神，有着浓郁的诗人气质，声音醇厚。之前他一直在幕后，并不为人所熟知，某一年天后王菲在春晚上演唱了他的作品《传奇》，从此进入公众视野，迅速被大家所了解并喜爱。他的歌获得了我持久的聆听，那首带有俄罗斯风情的《贝加尔湖畔》，让我百听不厌。

　　音乐和文字像是两位老友，多年来陪伴我左右，不离不弃，身边的人来来往往，飘忽不定，幸好它们一直都在。上初中的时候，小说是不敢公开看的，老师拦着，家长管着，只能遮遮掩掩与之秘密"约会"。听歌绝对没有条件，宿生，十二个人的上下铺床位，吃饱穿暖能睡着，已是奢侈。

　　到了师范，就像脱缰的野马，生活空间一下大了许多，功课松了，周末也不常回家，有大把时间可以挥霍，租小说看成了我业余休闲生活的主流。葵花子作为当时最流行最便宜的休闲零食，与小说成为绝配。不回家的周末，我都是这样度过的，左手捧着书，右手不停地抓瓜子，眼不离书，手自忙碌，咔嚓咔嚓的声音像是伴奏，练就了一双快眼，和一副铁齿。那时候流行男看武侠女看言情，而我却是二者兼收，一本都不肯放过。和书店的老板混熟了，我可以不用押金直接租书看，用现在的话说算是 VIP 了，武侠言情，并驾齐驱，这是不是我如今女汉子性格的源头呢？凡看武侠者必知梁羽生、金庸和古龙这三大巨头，他们也是我当年追过的男神吧！金庸写得最精彩耐看。梁羽生行文拖沓，两个人打斗了三百回合，他起码要写出两百个回合的招式，占了满满几大页，我一般都直接跳过去，根本不看。古龙的语言最简洁，好用短句，高手出招都是一招毙命，就像小李飞刀，例无虚发，哪里来的那么多废话。他笔下的主人公，都是江湖浪子，来无影，去无踪，不讲江湖规矩，全凭性情行事，这大概就是孤独的古龙的自我写照吧。这位写作怪才好酒如命，四十多岁便死于肝癌。他在小说中写着，一个人但凡最爱什么，最后就死于什么，他自己以这样的结局践行了他的文字。古龙和金庸的照片我都看过，前者完全是一粗鄙大汉，后者慈眉善目，一派学者风范，梁羽生没见过，或者见了却不记得了，印象并不深刻。当然，人长得不好看，也不妨碍我喜欢古龙的文字，不像号称台湾常青树的费玉清，整个一奶油小生，我一看见他就换频道，一点儿也不客气。

钱钟书老先生告诫我们说，如果你吃了个鸡蛋，觉得不错，那就好好吃得了，何必要认识那下蛋的母鸡呢？当然，这只姓钱的母鸡不但学识渊博，著作等身，而且风度翩翩，当时可谓是国民男神了。我看了他的《围城》，后来又看了电视剧版，由此认识了另一位国民男神——陈道明。彼时他还年轻，演的是方鸿渐，细致入微地演绎出一个受过新教育，有追求却软弱的知识分子形象。这以后，他还出演过许多的影视作品，如《康熙大帝》《手机》《大汉天子》《长征》等。其实电视剧我看得并不多，我甚至更喜欢看他拍的广告片，永远是温文尔雅，气度不凡，宠辱不惊的形象，如一坛老酒，经过时间的发酵，恰到好处，让人觉得岁月静好。

所谓男神，也不过是某一时期在某一领域做得特别出色的男人，人各有所长，不可能面面俱到，生活也不能只是文字和音乐这些精神食粮，女儿说，袁隆平已研究出可在盐碱地里种植的水稻品种，若果真如此，如他般在科技领域给社会和人们带来巨大利益的人更应该受到大家的尊重和喜爱，他更是一位赤脚站在稻田里的散发着璀璨光芒的国民男神。

和学生们聊过追星。他们会把偶像的血型，星座，身高，体重，爱好等种种都了解得清清楚楚，我却从来没有这样做过。我遵循钱先生的教诲，喜欢听谁的歌就多听好了，喜欢看谁的文章就多看好了！只要有一些人，一些音乐，一些文字，曾经存在于生命岁月，触动过内心，温暖过灵魂，那么，一切的美好都是恰逢其时！

闲情雨寄

　　惊蛰一过，雨水便成了大地的常客，点点滴滴，淅淅沥沥，欲去还来，无休无止！此时天气不骄不躁，温度正好，让你愿意把每个毛孔都打开，迎接春光。雨水常常会在我毫不设防的情况下突然造访，让我像孩子得到心爱的玩具似的兴高采烈。常常夜半醒来，听雨落窗台，敲击屋瓦，轻啄枝叶，仿佛是长夜里的一支安眠曲。

　　从小我就爱看雨，一到下雨天，就趴在窗前或靠在门上，看得痴痴的。春雨下得耐心又细致，像是老天在天地间练习精致的小楷，一点一横，一撇一捺，都透露着气定神闲。老天的手逐渐运行加快，小楷成了行书，雨水逐渐增多，在瓦屋的沟隙里形成一股水流，再顺着屋檐跌落，一滴，两滴，一行，两行，急促而慌张，倚靠在房门上看，眼前是一幅天然的巨大的珠帘，把屋里屋外隔成了两个不同的世界。我经常想，下雨了，那些没有伞的人怎么办呢？没有家的人又怎么办呢？那时还没有上初中，并不知道"安得广厦千万间，大庇天下寒士俱欢颜"这样的句子，但那时便知世间凉薄，并非人人如愿。地面逐渐蓄起了一个个水坑，我穿起高套雨鞋，撑着伞去雨里走，雨水叭叭地打在伞面上，机关枪似的，尤其是屋檐一角的下水处，简直像个小瀑布，我特意撑伞在那里站一会儿，水流急切地击打着伞面，无数的水花迸溅，整个伞都震动起来了，我站在伞下咯咯地笑，好像找到了一个储存宝藏的大门钥匙。接着去找那大水坑，用力踩上一脚，水浪在脚底下向远处喷射，像一朵盛开的花。

天地为证，童年的快乐最简单，最纯粹，最难忘。

有时候，雨细小得连形状都没有，不用打伞，在雨中穿行，只感到头发上一层白白的毛茸茸的，像是头上结了层霜。仰脸，有湿湿的水汽飘荡着，从脸上，到全身，到心里，次第漫延开来，整个人都舒展开了，像一朵干花，被注入了清流，瞬间有了生命的活力。不见其形而感其神，雨水是个多么高超的化妆师。

春季雨水增多，连绵不绝，无数雨水汇合，成为浩大的水流，在大地上奔涌。去看一条河，就是去听雨水的合奏。有时候一个人背着包，到山里去，到林子里去，到没人的地方去。寻一条小河，找一块平坦的石头，坐下，听流水潺潺。这真是天籁之音啊！仿佛人世间所有的哀怨，忧愁，烦闷，憋屈，都被这流水给带走了。怪不得有人专门录制水声雨声给失眠的人听，这就是天然的安魂曲。它洗净了我满身的尘埃，心里的疲惫，让我带着干干净净的肉身，回到俗世中去。

挑了一个雨天往林子里走。一条青黑色的小路成为指引，越走越瘦，最后消失在一棵大树的脚底下。雨水顺着两边的沟隙往下流，无声无息。林子里都是高大的松树，雨滴落在厚厚的松针上，噗噗噗，细密却轻微，叫人不敢高声语。雨不大，地上没有明显的水流，全叫那千百年来不断堆积的厚重的泥土给吸纳了。

小路旁有一个水塘，雨滴在水面划起一个一个的小圆，不断的漾出来，又漾出来，仿佛永无止境。下雨天，常常会让人忘记时间。天色持续阴暗，没有阳光做参照物，时间好像隐匿了踪迹，容易生出今夕何夕的感慨。

四季中，只要有雨，于我都是上苍恩赐的礼物！春雨绵长，夏雨狂暴，秋雨平和，冬雨凄楚。即使雨意不同，欢喜之心却总是不变！

　　我真正喜欢的，是听雨。

　　听雨，听的是情趣。风吹树摇，雨打芭蕉，点点滴滴，如诉如泣。细雨轻轻地落在大地上，房顶上，树枝上，发出沙沙的微响，似天籁之音。我仿佛能看到草木舒展着身子，贪婪地张开嘴巴在吮吸这仙露琼浆。树叶在雨中洗净了自己，她们娇羞地低着头，尽态极妍。有时候，夜里会被雨声惊醒，那时，雨声是伴随着狂风或者雷电而来的，它们串通一气，组合成一支强劲的乐队，在天地间演奏着壮烈的曲子。谁也阻挡不了它们的激情，雨是主唱，它摇摆着，嘶吼着，倾尽了自己的全部力量。哗啦啦，哗啦啦，浩大的水势从天而降，仿佛千军万马呐喊着冲锋陷阵。倘若是打在空寂的雨棚之上，那声音被放大数倍，简直就是震耳欲聋了。这个时候，我索性起身，站在窗前，看骤雨翻江倒海，攻城略地，无数的水花在舞蹈，旁若无人，飞珠溅玉。哗哗哗，这是号角，哗哗哗，这是节奏，哗哗哗，这是誓言……我仿佛在欣赏一场盛大的演出，舞台遮天蔽地，演员千军万马，观众却独此一人。这世上没有比这更奢华的演出了。

　　听雨，听的是意境。"好雨知时节，当春乃发生"，听的是春雨的欢喜。"何当共剪西窗烛，却话巴山夜雨时"，听的是相聚的期待。"黑云翻墨未遮山，白雨跳珠乱入船"听的是大雨的气势，"黄梅时节家家雨，青草池塘处处蛙"，听的是农家的闲适！带着一颗心去听，何时何地都能听出雨的诗意。下雨天，最适合捧卷夜读，嗒嗒的雨声像是天然的节拍器，落在耳边，也落在心里。安静下来，翻几页书，也许读着读着倦意侵袭，就这么沉沉睡去。

　　听雨，听的是人生。宋代蒋捷写了一首《虞美人》："少年听雨歌楼上，红烛昏罗帐。壮年听雨客舟中，江阔云低，断雁叫西风。而今听雨僧庐下，鬓已星星也。悲欢离合总无情，一任阶前，点滴到天明。"短短几句，道尽了人生的悲欢。少年总是多情，以为世界会是如我所愿的美好。到了中年就会明白，人生不如意总是十之八九。而今鬓微霜，心安宁，生活已然通透，人生不过是一个未知的旅程，做好自己，过好今日，便是幸事。倘若能和喜欢的人一起，听雨，听歌，听真言，听欢笑，更是人生难以索求的美好。

跋：这世界，我来过

2022年的植树节，我在电脑里种下了一棵树。然后在一整年的时间里，用工作的空隙，去浇水，施肥，剪枝，修叶，让这棵树更挺拔，更苍翠，更有生命力。

时至今日，这棵树和大家见面了，就是你们手里拿着的这本个人散文集《若有光》。这个集子是我这些年陆续记下的一些观察和思考，感悟和希冀。我写我的亲人，他们的喜怒哀乐，悲欢离合，人生际遇，写我周遭的人群，我的学生，写那些细碎的温暖，于是有了"纸短情长"这一章节。"行歌文旅"主要是记录我在文旅战线上的所思所得，我的工作方向，我们的文旅资源等，让更多的人了解广丰，这也是我的工作内容之一。个人的力量尽管微薄，但只要能散发出一丝光亮，哪怕如萤火虫般的弱小，也是有意义的存在。"听闻远方"记录了我去过的一些地方，表达了我对远方的构想，未知的地方对人们总是有一种天然的吸引力。这个系列的稿子成文时段拉得较长，大家可以看到多年前我青涩的文字。"流年撷趣"写的是我们琐碎的小日子，喝酒，麻将，听雨，发端的烦恼，除夕的欢乐，那么多的细微，构成了我们真实的生活。

熟悉我的朋友都知道，我的吃穿用度一直比较节约，钱得用在刀刃上。直到2021年末，收到文友徐珍的散文集，对她文中写到的观点深以为然。我们年岁渐长，精力日渐消退，总有一天，我们的肉身灰飞烟灭，不留一丝痕迹。拿什么证明我们曾经来过这人世间，曾经爱过恨过？文字是最好的载体。执手中之笔，写心中所念，我们走过的路程，我们成长的痕迹，一一呈现。等我们老了，坐在火炉旁翻阅自己的青春，直至睡意昏沉。许多年以后，孩子可以通过文字来认识我，那个和他们血脉相连却素未谋面的老太太。这是送给自己的一份礼物，量身打造，独一无二。我想用这些文字来证明，这世界，我来过。这本书，就是我的刀刃。

这几年写的文字合起来超过了二十万，体量过大，良莠不齐。我精选了其中部分，增加了文旅札记的部分篇什，最后收录了46篇相对较好的散文，加上好友林莉、张庆良的各一篇序言，以及跋，一共49篇，刚好对应我的年龄。2023是癸卯兔年，我的本命年，恍然间，我在人间已虚度49个春秋。

由此，感谢我的父母亲人对我无私的付出，感谢爱人多年来包容和支持我的一切想法，感谢毛嘉玥和我多年母女成闺蜜的情谊，感谢我写作的领路人林子、周亚鹰、祝成明等，感谢傅菲老师程杨松老师对我的引导，感谢暖窝给我无尽的温暖，感谢这几年的写作小伙伴蔡瑛、刘诗良、姜丽敏、沐沐、水皮等对我的鼓励，感谢张庆良、纪英虎、洪厚火、俞剑波等领导同事对我的关心和爱护……还有更多的人给予我的支持和帮助，文字有限，而感恩之心无尽。

你看到的这近16万字，每个字都是我在电脑前陆续敲击出来的。这个过程较长，有时候我心力交瘁，想揪自己的头发，有时候我欢快如小鹿，手指在键盘上敲击如飞。它不够完美，但足够真诚。这是另一个我，同样有气息，有温度，有奔腾的情感。

这是我给自己开出的永久生活证明，我希望它的有效期能长一点儿，也愿你能喜欢这些拙笨的文字。

余敏

2023/2/23